星合う夜の失せもの探し
秋葉図書館の四季
森谷明子
Akiko Moriya
東京創元社

目次

# 星合う夜の失せもの探し　秋葉図書館の四季

# 良《りよう》夜《や》

良夜《りょうや》：「中秋の名月」の夜、時として陰暦《いんれき》九月十三日の「後《のち》の月」の夜をさす。

佐由留《さゆる》は簡単にそれだけを言って、ぎっしり詰まったスポーツバッグを肩にかけると、玄関のドアを閉めた。

「行ってきます」

家の中が、完全な無音になってしまった。

茉莉《まり》はゆっくりとダイニングキッチンに戻る。

今までだって、家の中に一人でいることは珍しくなかった。でも、こんなに心もとない気持ちになったことはなかった。何もする気になれず、さっきまで佐由留がいた椅子にすわりこむ。

目の前に、佐由留のティーカップがあった。冷めたミルクティーが、ほんの少し残っている。

一人息子の佐由留がミルクティーに砂糖を入れなくなったのは、いくつになった頃からだろう。甘いミルクティーはいや。煎茶《せんちゃ》は相変わらず苦手。麦茶は一年中冷たいものだけ。

中学受験のための塾通いの時、お弁当と一緒に持っていくのは、必ず麦茶だった。もちろん冷えていないといけない。一度、茉莉はぬるいお茶を水筒に入れようとして、受験直前で気が立っていた佐由留と大喧嘩《おおげんか》したことがあった……。

こうやって、佐由留のいない時間が増えていくのだ。頭ではわかっていても、こんなに家の中を広く感じるなんて、想像していなかった。

土曜日の朝だ。佐由留は学校のクラブの合宿で、明日の夜までこの家を留守にする。九月に区役所広報課内で小さな異動があり、茉莉もカレンダーどおりの休みが取れるようになったのは佐由留のためによかったのだけど、こういう時はありすぎる時間をもてあますことになる。

今までだって、佐由留が家を空《あ》けたことはある。つい数週間前も、佐由留が秋葉《あきば》のご実家へ泊まりがけで行ったことがあった。でも、あの時は茉莉のほうも、実家の父が体調を崩したために施設から病院へ移されたりしていたタイミングで、こんな空虚さを味わう余裕がなかったのだ。幸い、今は父も回復して施設に戻り、この週末は妹一家が面会に行ってくれている。

茉莉の気持ちに余裕があるせいか、今朝は自由な時間が空《から》っぽに思えてしまう。茉莉が気にかけなければいけない存在が、一つ一つ、なくなる。

だが、そこで茉莉は考え直す。

「それでも、なくなってよかったことだってあるもの」

茉莉は自分にそう言い聞かせた。

そう、健一《けんいち》との離婚のことだ。

後悔はない。小さなことの積み重なりだけど、もう、一つ屋根の下で呼吸するのが耐え難くなっていた。それは茉莉だけではなかったのだろう。離婚を切り出したのは茉莉だったが、健一もあっさりと承知したのだから。

でも、佐由留は一人で両親の不仲の悪影響をまともに受けてしまった。むしろ離婚して佐由留も安定したと思いたい……けれど、それも親のエゴでしかないだろう。

本当に悪いことをしてしまったと思うが、これはかりは、これから一生かけて佐由留にわかってもらえるように努力していくしかない。

茉莉にとっては健一との離婚よりも、夏の終わりにある存在が消えたことのほうが大きな打撃だった。愛犬のケンが、老衰《ろうすい》のために息を引き取ってしまったのだ。あの喪失感は今でも残っている。

茉莉はかぶりを振って立ち上がった。

十月終わりの週末。空は晴れ渡っている。東京の渋滞を避けるために学校が指定した集合時刻が早かったから、まだ八時にもなっていない。

こんな日に、じめじめと考えごとをしていてはもったいない。

朝食に使ったわずかな食器を洗ったあと、茉莉はさて何をしようと考えた。

明日の夕方に佐由留が帰ってくるまでの時間、茉莉がどこで何をしていても、困る人がいない。こんなことは結婚して以来、初めてだ。特に最近は佐由留の受験、離婚、弱ってきたケンの看病と父の心配、茉莉はいつも心の片隅で佐由留やケンや父のことを考えている日々だったから。

――だめ、こんなに後ろ向きなことばかり考えていちゃ。

茉莉は自分をしかりつけると、コーヒーを手に、とりあえずパソコンの前にすわってブラウザを立ち上げた。区役所の広報課で仕事をしているため、区内や都内のいろいろなイベントをチェックするのは日課だが、今日は時間があるから久しぶりに趣味のサイトでも訪問してみよう……。

二杯目のコーヒーを口にしながら一か月ぶりくらいにあるサイトを開いた時、茉莉は思わず声を上げてしまった。

〈リトル・ブック・ルーム休業のお知らせ〉

いつもご訪問いただき、ありがとうございます。

皆様に一つご報告があります。

当店の店主、川添世津子《かわぞえせつこ》が、去る十月三日、逝去《せいきよ》いたしました。当店はただいまお休みを頂いております。再開の目処《めど》がつきましたら、すぐにご報告いたします。

今まで支えてくださった皆様に、御礼申し上げます。


茉莉が呆然《ぼうぜん》としているうちに、残り少ないコーヒーはぬるくなっていた。ようやく気を取り直して、携帯電話を取り出す。八時半。リトル・ブック・ルームのスタッフをしている岬《みさき》さんと去年連絡先を交換していたのだが、このアドレスはまだ有効だろうか。


さいわい、岬さんからはすぐに返信が来た。

——はい、オーナーの世津子さんが亡くなったのは、本当に突然で、私もまだ何も手につかないっていうか……。私こそ、茉莉さんに連絡しなくてすみません、いろんなことが抜け落ちちゃって。世津子さんのお骨《こつ》はリトル・ブック・ルームにあります。世津子さんはご自宅の一部分を改装してお店にしていたので、お店部分のバックヤードに。

茉莉さんみたいにあとからご弔問《ちょうもん》に来たいという方が多いもので、お店部分だけは加寿子《かずこ》さん（妹さんです）に、まだ入ってもいいと許可をもらっています。今日だったらちょうど私は掃除に行きますから、茉莉さんが来てくれてもお迎えできます。

茉莉は、午前中には伺《うかが》いますと返信して、携帯電話を置いた。

ここにも、いなくなってしまった人がいるのだ。茉莉は客としてつきあっていただけだが、すでに十七年近く続く間柄だ。たまに会うだけなのに、会えばいつでも茉莉を温かい空気で包んでくれる、ふんわりとしたたたずまいの人だった。

今どきによくあるような頻繁《ひんぱん》にＳＮＳでアピールをする店でもなかったし、茉莉もしばらくチェックしていなかった。こんなに暇を持て余していなければ、まだ何日も知らないままだっただろう。

身内でもない人の急逝は、こんな風に知らされることもあるのか。

秋庭《あきば》という土地でなじみのない人に囲まれていた茉莉に、優しくしてくれた人だったのに。葬儀にも出られなかった。

茉莉は大きく息をついて、立ち上がる。

――行こう。秋庭に。


健一と結婚したての頃だった。突然何かを思いつくとすぐに実行したがる健一が、秋庭のはずれにある蕎麦屋《そばや》へ行きたいと言い出した。婚家で落ち着かない思いをしていた茉莉も、乗り気になった。

だが、その大正庵《たいしょうあん》という蕎麦屋は、地図で見るとかなり辺鄙《へんぴ》な場所にある。

――どうやってこのお店まで行くの？　車もないし……。

婚家には車がないし、そもそも健一は自動車免許も持っていない。

すると健一は、婚家の広い庭の隅の物置から、自転車を引っ張り出してきた。

――これを使えばいい。二台あるよ。君、自転車乗れるだろう？

茉莉だって、普通程度の運動神経は持ち合わせている。まだ若かったし、休日にはジム通いをしていて体力にも自信があった。

だから、夫と二人でサイクリングというのも楽しそうだと賛成した。

だが、健一の性格を考慮に入れていなかった。

健一にとってはなじみ深い秋庭の土地だから、子ども時代を思い出したのか、大張り切りでペダルをこぐ。後ろからついていく茉莉のペース配分など、おかまいなしだ。おまけに秋庭は古くからの農地が広がる典型的な田舎町で、昔の農道そのままの道路は意味もなく曲がりくねり、道路脇には地図も住居表示も見当たらない。

必死になって健一のあとを追いかけて行ったものの、ある交差点で、赤信号に引っかかった茉莉だけが置き去りになった。信号が青に変わってから、何度か目にした健一の後ろ姿も、とうとう見失ってしまった。たしかにこの角を右折したはずと思った曲がり角の先が、無人になっていたのだ。健一ときたら、呼び出し音に気づかないのか、携帯電話にも出ない。

そんな、途方に暮れている茉莉の前に、魔法のようにその店は現れた。

リトル・ブック・ルーム

赤いドアにかけられた木製パネルにはそう書かれていて、その下に少し小さい文字で、

中へどうぞ。


と足されていた。

外観は何の変哲もない平屋の住宅だった。ただ、くすんだグレーのモルタルの壁に対して赤い

ドアは鮮やかで、そのグレーと赤のコントラストが楽しい雰囲気をかもしだしていた。

そっと押すと、ドアは軽やかなベルの音とともに開いた。

「いらっしゃいませ」

そう言って迎えてくれたのは、地味なセーター姿で白髪《しらが》交じりのショートカットの女性だった。

「あの……、ちょっと伺っていいでしょうか。大正庵というお蕎麦屋さんが、この近くにないでしょうか」

「大正庵だったら、ここからまだかなりありますよ」

女性はびっくりしたように答える。

「それは大丈夫です、自転車なので」

「そうですか、じゃあ……」

女性はレジ横に置いてあった観光協会発行の地図に手早く現在地と大正庵の場所を書き込んでくれたあと、萩焼《はぎやき》の湯呑に熱いほうじ茶を汲《く》んで出してくれた。

「ありがとうございます、こんなお茶までいただいて……」

「いえいえ」

女性はおっとりと笑う。

「よかったら、そのうちまたいらしてください。ここは、どれだけ長居してもかまわない店なんです」

内部は、白木《しらき》の壁に、やや濃い色のニスを塗った本棚が一面に並んでいた。そこにぎっしりと本が詰め込まれ、中央には大ぶりの木のテーブルが二つと、それを取り巻くようにさまざまな椅子。

「あの、このお店は……？」

「ブックカフェです。もともとはただの喫茶店だったんですけどね。だんだん本が増えて、今はこのとおり。書籍も販売していますが、お茶を一杯注文していただければ、ご自由に読書してくださって結構です」

茉莉はあこがれるように中を見回した。結婚前はかなりの読書家だったつもりだが、今は仕事と家事に追われている。

午後の日ざしが暖かい色にカーテンを染めている。こんなところで丁寧《ていねい》に淹《い》れた紅茶をお供にゆっくり読書できたら、どんなにいいだろう……。

「また、ぜひ、寄らせてもらいます」

茉莉はそう言うと、名残惜《なごりお》しい気持ちでその店をあとにした。

それが世津子さんとの出会いだった。


この時は結局、世津子さんにもらった地図を頼りに、やけくそな思いで自転車をこいで、大正庵にたどりついた。先に着いていた健一は、茉莉を心配するでもなく、顔を見るなりこう言ったものだ。

——遅いよ。どこにいたの？　蕎麦が売り切れてるかもしれない。

もちろん茉莉は猛烈に腹を立てたが、時が経《た》つうちに悟《さと》るようになった。

健一はこういう人なのだ。興味の湧くことには一心不乱に突き進む。他人のことなどおかまいなしに。仕事の上ではその性質が功を奏して、年齢の割にはいいポジションについていた。だいたい、そういう健一の、ぐいぐい引っ張ってくれる頼もしいところが、結婚前の茉莉にはむしろ魅力的だったのだ。

以来、秋庭に来るたびに、時間を作って——健一は、すぐに茉莉を置いて地元の同級生と遊びに行ったり先輩面して母校に顔を出したりという男だったので、茉莉は婚家で居場所のないことがよくあったのだ——世津子さんに会いに行くのが楽しみになった。秋葉のお義母《かあ》さんもお義父《とう》さんもいい人なのだが、大人だけの家ではたいした家事もない。茉莉がぽつねんとしているのは気の毒らしく、散歩してきますと言うと、喜んで送り出してくれたものだ。

そうやって結婚生活を続けるうちに佐由留が生まれ、産休育休を経て無事に職場復帰もできた。茉莉はますます忙しくなり、秋庭へ来る回数も減った。

引っ張られ続けると人間は疲れるのだと気づいたのは、そんな日々の中、仕事と家事のほかに育児（保育園への送迎含む）が加わってしばらくした頃だ。茉莉は毎日をこなすことに精一杯で、疲れていると自覚するのにもそれだけ時間がかかったのだ。

佐由留が生まれてからは家族一緒に行動することも少なくなり、秋庭まで来ることもリトル・ブック・ルームに立ち寄ることも少なくなった。それでもお正月やお盆、わずかな時間を作って顔を見せると、世津子さんは喜んでくれた……。

リトル・ブック・ルームに逃げ込むことも控えたほうがよかったのか。健一はビジネス書しか読まない人間で、茉莉がどんな本が好きかなど、興味を持ってくれないから。佐由留に絵本を読んでも、幼児が集中できる時間は短いから。だから健一が地元の友だちに会いに行っている時、秋葉のお義父さんや親類の子どもたちと佐由留が遊んでいる時に、茉莉は一人で訪れていた。

家族一緒の時間を、もっと努力して作るべきだったのか。健一とも、夫婦らしく寄り添うべきだったのか。

今さら考えても仕方ないことだ。そう思おうとするそばから、やはり痛みは感じる。

でも一方で、健一に離婚を切り出した時の解放感も、嘘ではない。もう健一のペースに合わせずに、自分の仕事と佐由留のスケジュールだけ考えればいい生活は、本当に楽だ。休日の朝、健一が突然海へ行きたいと言い出すのにつきあうことも、茉莉が実家の父の見舞いに行きたかった日に職場の部下を呼ばれて相手をすることもないのだから。

電車の窓の外に、見慣れた景色が見えてきた。久しぶりの秋庭だ。

この前来たのは、半年近く前か。健一と二人、離婚することを秋葉のご両親に報告しに来たのだ。

そのあと、佐由留は九月に泊まりに来て、ちょうど台風が襲来したせいで、いろいろな人にお世話になったらしい。

茉莉は佐由留が帰ってくるまで、そのことを知らなかった。

——じいちゃんの家から外に出かけている時に、ちょうど台風のピークが来ちゃったんだよ。でも大丈夫、安全に避難できたし、じいちゃんも迎えに来てくれたから。

佐由留は簡単にそう言ったものだ。

あの頃から、佐由留はぐんと大人びた気がする……。

久しぶりのリトル・ブック・ルームは、赤いドアが色あせて見えた。「休業中」の札もわびしい。

ドア横のチャイムを押すと、すぐに開けてもらえた。店内もがらんとしているが、岬さんだけは何も変わらないように見える。

「どうもありがとう、岬ちゃん」

そろそろ三十の大台に乗る年齢ですよ、岬さんは以前そう言っていたが、ポニーテールのせいか学生のような雰囲気を残している。おかげで、つい「岬ちゃん」と呼んでしまう。

「いいえ、世津子さんも喜ぶと思います。それに本のためにも換気は必要ですから。私、今はよそで短期バイトを色々入れていますが、週に二度くらいは来ているんです」

初めてお店のバックヤードにお邪魔して、お線香をあげさせてもらう。お骨の横に飾ってある世津子さんの写真は、今年の正月に撮っておいたものだという。

「オーナー、六十歳になってから、毎年、写真館で写真を撮ってもらうようになったんです。『いざという時の写真がないと、困るものね』って冗談みたいに笑って」

「いざという時って……。世津子さんらしいと言えばそうだけど、用意がよすぎるわ」

独り暮らしの高齢の女性なら、そんなことまで考えておくべきなのか。

ふと、茉莉は自分にとっても他人事《ひとごと》ではないのに気づいた。独り暮らしをしているわけではないけど、今は母一人子一人。今自分にもしものことがあった時に佐由留が困らないような用意を、気にかけながらも、茉莉は結局何もしていない。

いやなことを振り払うつもりでかぶりを振ってから、茉莉は聞いてみた。

「それで世津子さん、もともとどこか体に不調があったの？」

岬さんは手を振って否定した。

「そんなこと、ありませんでした。本当に突然だったんです。オーナーは成人健診でもどこも異常ないと言われてたそうですし。ただ、なにしろ一人だったから、具合が悪くなっても助けを求められなかったみたいで」

死因は心筋梗塞《しんきんこうそく》だったという。朝、いつまでも世津子さんの姿が見えないことを近所の人が不審に思って勝手口に回り、倒れている世津子さんを台所の窓越しに見つけたのだそうだ。

「すぐ近くが、町内のゴミ収集スポットになってるんですけどね。オーナー、収集日には必ず自主的にそのスポットのお掃除をして、近所の人にもありがたがられていたんですって。それが、あの日に限って掃除する姿が見えないから何かあったんじゃないかって、すぐに気づいてもらえて。それだけはよかったんです。救急車を呼んでもらった時、まだ息があったそうですから」

「そうなの。本当、世津子さんの人徳ね」

茉莉は心から言った。

「情けは人のためならずって、そういうことよね」

「はい」

岬さんもうなずく。

お線香をあげ、合掌《がっしょう》してから、茉莉は気になっていたことを聞いてみた。

「このお店は、どうなるのかしら」

茉莉は、秋庭とは縁の切れた人間だ。でも、この店のことは気になる。世津子さんは友だちだったのだし、茉莉のようにこの店を愛していた人もたくさんいるはずだ。

岬さんは、ちょっと眉を寄せた。

「実は、そのことが気がかりなんです。世津子さんは『私に何かあってもこのお店は続けてね』って言っていたんですけど」

「そんな遺言みたいなことも、世津子さんは考えていたの？」

でも、いざという時のために毎年自分の遺影用の写真を用意していたような人なら、当然かもしれない。

「はっきりとはわかりませんけど。でも、『六十を超えたら何が起きても不思議じゃないしね』っていうのもオーナーの口癖でしたから。『加寿子にもちゃんと言っておくから』って」

「世津子さんの縁者の人は、その加寿子さんという方だけ？」

「はい。ご両親はもういないし、世津子さんはずっと独身だったから、最近親者は妹の加寿子さんなんです。ここはもともと世津子さんや加寿子さんが子どもの頃から住んでいたおうちで、ご両親が亡くなった後、世津子さんが一部をお店に改築したわけですけど。だからすべて妹さんのものになるんだと思います」

「じゃあ、お店がどうなるかも、その方次第……？」

「はい。でも、加寿子さんは結婚して静岡にお住まいなので、このお店をやっていくつもりはないんじゃないでしょうか」

　それでも世津子さんの遺志がある。

「その『加寿子にもちゃんと言っておくから』っていうのが、どういう意味かよね。書き残したものがあったりしないのかしら」

　岬さんは心もとない表情になった。

「世津子さんは書いていたと思うんですけど、それが見つからないんです。少なくとも、お店の、私が手を触れてもかまわない所にはありませんでした。もちろん、住居部分のほうは、私には調べる権利もないし」

「そう……」

　生前どんなに親しくしていても、いざ死後の始末、相続ということになれば、身内の方にまかせるしかない。

茉莉も今は広報課所属だが、区役所の中で色々な部署を回ってきた。住民の生活に直結する税務課や福祉課その他、生臭い金銭のトラブルや親族間の争いもたくさん見てきた。

その妹さんに会ったことはないが、自分の相続した遺産をどうしようと、当然自由だ。他人が口を挟めることではない。現在の自宅でもない土地と家屋が自分のものになるなら、売却してしまうのが手っ取り早い。

うがった見方をすれば、相続人は、わざわざ遺産の使い方に制限をかけるような遺言書を探そうという気にならないかもしれない。

気分を変えるつもりで、茉莉は申し出てみた。

「ところで、お店のお掃除をするなら、何か私にお手伝いできることはないかしら。今日は時間があるの」

今日も明日も時間がたっぷりある。茉莉がどこで何をしていても、誰も困らないのだし。

「じゃあ、ひとつ相談に乗ってもらえますか」

岬さんはレジの下から紙袋を取り出した。

「これ、図書館の本なんです」

「図書館の本？」

「世津子さんたら、本屋をやっていたくせに、図書館のヘビーユーザーでもあったんです。図書館を利用して、気に入った本はあとからお店用にそろえたりしていました。それで、私が今朝来てみたら、図書館からハガキが届いていたんです。『本の返却期限が過ぎています』って。あわてて探したら、レジの下にこの袋があるのに気がついたんです。世津子さん、最近アガサ・クリスティーがお気に入りで、いつも三冊ずつ借りてきて、読み終わったら返してまた次の三冊をっていう具合でした。みんなおそろいの赤い背表紙の文庫本を」

本は二冊だ。どちらも文庫本で、赤い背表紙に『ヘラクレスの冒険』『杉の柩《ひつぎ》』とある。作者はたしかにアガサ・クリスティー。

「でも、督促状《とくそくじょう》によると三冊あるんじゃない？」

ハガキには書名は入っていない。個人情報だから、役所として当然の措置だ。その代わりに本のＩＤ番号が印字されているのだが、それが三つある。

「やっぱり、三冊あるはずですよね。じゃ、もう少し探してみないと」

「その前に、図書館のほうで書名を教えてもらえないのかしら」

今は、個人情報保護にどこも大変気を遣《つか》っている。役所勤めの長い茉莉もそのことは重々承知しているが、この場合は人の死がからんだ問題だ。とにかく、秋葉図書館に連絡してみよう。

茉莉は図書館に電話をして、督促状にあるＩＤ番号から書名を教えてもらえないかと頼んでみた。だが、返って来たのはこんな言葉だった。

――恐縮ですが、ご本人でなければ書名はお教えできないんです。でも、三冊とも文庫本ですね。あと、ご返却にはどなたが来てくださってもかまいません。

「二冊は見つかったんですよ。それに、いつも赤い背表紙の文庫本の、クリスティーを借りていたみたいなんですけど」

すると、電話の向こうからこう言われた。

――あの、もう一冊というのは、白い背表紙だと思います。

「そうなんですか？」

どうしても見つからなければまたご相談します、茉莉はそう言っていったん電話を切り、岬さんを振り返った。

「この一冊だけは白い背表紙ですって。もう一度探してみましょうか」

二人で心当たりの場所をあさり、しばらくして岬さんが叫んだ。

「これかしら！　世津子さんが近所へのお買いもの用に使っていた手提《てさ》げの中にありました！」

岬さんが掲げているのは白地の表紙の文庫本で、たしかに図書館のものらしくバーコードシールが貼ってある。

タイトルは『春にして君を離れ』。

「世津子さん、読みかけだったのかしらね……」

しんみりした空気を払うように、茉莉はしゃんとした声を出し直した。

「じゃ、私が図書館に返しに行きましょう。返却は誰でもいいそうだから」


「そう言えば、もう一つ気になることがありました」

茉莉を送り出しながら、岬さんは思い出したように言った。

「何？」

「『きなこ』の姿が見えないんです」

「『きなこ』？」

「オーナーがかわいがっていた猫ですよ。オーナーが亡くなる二日前くらいだったかしら、『きなこ』がいないわねって話をしたのを覚えています。私もオーナーが亡くなってそれどころじゃなくなって、すっかり忘れていたんですけど、よく考えたら、オーナーと話した頃から一度も姿を見てないいんです」

言われて、茉莉も思い出した。岬さんに携帯電話の中の写真を見せてもらって、どんな猫かもはっきりした。

「きなこ」という名から連想されるとおりの、きつね色の毛並みの猫だ。たぶん雑種。店内の片隅のキャットタワーや窓際で、気持ちよさそうに寝ていた。丸まっている姿は、遠目にはたしかにきなこをまぶされたお餅《もち》のようだった。おとなしい性格も含め、この店の雰囲気によく合っていた。おととしくらいから店に現れた記憶がある。

「もともと野良猫だったみたいなんですよ。オーナーが気に入って声をかけたりするうちにお店の中まで入ってくるようになって、餌《えさ》をもらったり看板猫みたいにお客さんにかわいがられたりしていたんですけど」

「もとが野良猫でも、ずっと世津子さんと暮らすようになったの？」

「さあ……。結構気まぐれに出入りしていましたよ。ほら、裏口のドアには猫用の出入り口も作りましたから」

岬さんは茉莉が持つ紙袋の中の文庫本に目を落として続けた。

「その『ヘラクレスの冒険』ですか？　それを読んでいた時だと思います。世津子さん、『きなこ』をなでながら嬉《うれ》しそうにつぶやいていたんです。『お前はさかさまね』って」

「さかさま？　どういう意味かしら」

「さあ、わかりません。世津子さん、『私に何かあったら猫を見てね』とも言っていたから、気になっているんですけど……」

秋葉図書館へ歩いていく途中だった。ふと見上げたブロック塀に、茉莉は目を留めた。きつね色の毛並みの猫がいる。「きなこ」によく似ている気がする。でも、違う猫かもしれない。岬さんに見せてもらった写真の中の「きなこ」はこの猫よりかなり太って見えたのだが……。

その猫は、茉莉と同じ方向へ、ブロック塀の上を歩いていく。まるで道案内をしてくれているようだ。そこではっと気がつき、茉莉は携帯電話を取り出した。この猫の写真を撮って岬さんに確認してもらおう。

だがその瞬間、猫はひらりと身をひるがえし、塀の向こうに消えてしまった。


秋葉図書館は、秋葉家近くの建物だ。そもそも、秋葉のお義父さんが寄贈した土地に秋庭市が建てた施設だという。寄贈の話を聞かされた時は、秋葉家の資産のスケールの大きさに圧倒された。おつきあいしてわかった秋葉のお義父さんやお義母さんの人柄は、ごく庶民的なのだけれど。

実は秋葉図書館に、茉莉は少々負い目がある。

先日佐由留が秋庭に来た時に、ちょっとお世話になったあの事件だ。

佐由留は外出している時に台風がひどくなり、図書館に避難させてもらったのだそうだ。

帰って来てから佐由留にそれを聞かされた茉莉は、まず佐由留の無事を喜んだ。しかし、実家の父の具合が大変だった時期で秋庭まで佐由留を迎えにも行けないほどだったから、秋葉家の皆さんにも図書館にも、電話でお礼をしただけで済ませてしまった。

結局そのままになっている。

――いいんだいいんだ、佐由留も無事だったし、たいしたことでもないから。

秋葉のお義父さんのその言葉に甘えてしまったのだ。

そのほかにも、佐由留は秋葉図書館のことを話してくれていた。

——本のことでも、いろいろ相談に乗ってもらったんだ。それから、秋葉のじいちゃんやばあちゃんとも知り合いの人のことで、長い話があるんだけど……。母さんに話してもいいかどうか、今度、聞いてみるね。

佐由留からは今のところ、それだけ聞いている。

——今さら、自分のことを佐由留の母親だと自己紹介しなくてもいいだろう。今は本を返しに来ただけなのだから。

そう決めて、茉莉は自動ドアを入った。

「あの……。延滞してしまった本を返しに来たんですが」

図書館のカウンターにいたのはポニーテールがよく似合う、まだ若い女性だった。ちょっとだけ岬さんに似ている。岬さんより年下だと思うけれど、本好きというのは雰囲気が似るのだろうか。茉莉がカウンターに載せた本と督促状を見て、合点がいったというように問いかけてきた。

「先ほどお電話で問い合わせてくださった方ですか?」

「はい」

「たしかに、かなり遅れていますね……」

「実は、この督促状の宛て名の人なんですが。亡くなったんです」

「え?」

彼女——ネームプレートには「今居《いまい》」とある——は、目を丸くした。

「それはどうも、とんだことで……」

「この方、世津子さんは独り暮らしでして、図書館の本を借りたままになっていたことを、誰も気づかなかったようなんです。督促状が来て探したら見つかったということで。あ、私は親族でもないんですが、それはよろしいんですね?」

「はい、かまいません。お持ちくださったのはたしかに当館の所蔵本ですし、お借りになったのが世津子さんだという事実もこちらで把握《はあく》していますから。それでは、たしかにご返却いただきました」

今居さんは本を手にしたまま、きちんと頭を下げた。ふと、茉莉は気になったことを聞いてみる気になった。

「あの、どうしてこの『春にして君を離れ』の一冊だけ、背表紙の色が違うんですか? 私もアガサ・クリスティーは好きですが、この早川書房の文庫はみんな赤い背表紙で統一されていますよね」

今居さんは笑顔になった。

「そうですね。現在書店に並んでいる版はすべて赤色のようですが、うちの図書館の所蔵本はちょっと古い版なんです。以前は、同じクリスティーの作品でも、ミステリは赤い背表紙、ノンミステリは白い背表紙で区別されていたんです」

「え? この本はミステリじゃないんですか? クリスティーなのに?」

今居さんの笑みがさらに大きくなった。

「よろしければ、読んでみますか?」

「でも、私は秋庭市民ではないので……」

ことわりかけてから、茉莉は思い直した。別に、今日一日、行く当てもないのだ。そしてこれは、世津子さんが人生の最後に読んでいたであろう本だ。

「館内で読ませてもらってもいいですか?」

今居さんはまたにっこりと笑った。

「はい、もちろん」

クリスティーと言ったらミステリ作家だと思っていた。だが、この本は本当にミステリではなかった。

『春にして君を離れ』。

第二次世界大戦より前、英国が中東に広く進出していた頃の話だろう。ジョーンという名の女性が中東からイギリスに戻る途中、乗車予定の国際鉄道に乗り遅れ、おまけに後続の列車も悪天候のために来なくなる。結果、彼女は砂漠にぽつんとある鉄道宿泊所で足止めされてしまったのだ。持っていた本もすぐに読み切り、客は自分一人。宿も食料もあるが、何一つすることがない。つれづれのままに自分の半生を思い起こすうちに、彼女は奇妙な感覚に襲われ始める。

自分は、本当に家族から愛されてきたのかと。

自分の生き方は、本当に感謝され、肯定されてきたのかと。

順風満帆《まんぱん》な人生だと思っていたのに、すべてが砂上の楼閣《ろうかく》のように崩壊していく……。

「ありがとうございました」

茉莉は『春にして君を離れ』をカウンターにいた司書さんに返すと、外に出た。秋の終わりの太陽は傾き始めている。夢中で読んでいる時は気がつかなかったが、ずいぶん時間が経っていたようだ。

あの本の主人公のジョーンは、人生にも自分にも不足を覚えなかった。自分は愛情深い妻で、献身的な母親で、夫からも子どもからも感謝される人生を誠実に歩んできたのだと。

だが何もすることがない砂漠に一人放り出され、過去の家族の言動を思い返すうちに、ジョーンの心に不安と疑惑が忍び寄る。自分の内にある自分の像は、本当に正しいのかと。

率直に言って、ジョーンは独善的の一言に尽きる人間だ。善意の塊《かたまり》ではあるかもしれないが、自分が善だと思い込んでいる善だけを行う人間は、やはり独善的だろう。

知らず知らず、足が速くなる。

独善的な妻を持ち、彼女の「善意」による言動に疲れていく夫のロドニーが、茉莉の頭から離れない。

――世津子さんは、どんな感想を抱いただろう。お話ししたかった……。

ふと我に返ると、五メートルほど先で、さっきの猫が道を横切るところだった。茉莉はあわてて携帯電話を取り出す。だが、猫の動きが速くて、シャッターチャンスがない。猫は秋葉図書館に向かっていくので、茉莉も今来た道を戻る羽目になった。

茉莉が追いかけるのに気づいたのか、次第に猫の足も速くなり、とうとう秋葉図書館の植え込みの中に飛び込んでしまった。

急いで図書館に引き返したところで、自動ドアから出てきた今居さんにばったり出くわした。

「あの、こちらの植え込みに猫が入り込んだんですが、ちょっと探して写真を撮ってもいいですか？」

急《せ》き込んだ茉莉の口調に、今居さんがきょとんとした。茉莉は手短に説明する。

「さっきお話しした、故人となった世津子さんという方が、飼っていた猫かもしれないんです。最近姿が見えないことを心配している人がいるので、猫の写真を撮れば彼女に確認してもらえると思うんです」

「そういうことでしたら、どうぞ」

今居さんはそう言って、図書館の建物の裏側に案内してくれた。

「あの猫ですか?」

「あ、そうです!」

例の猫は、植え込みを抜け、今は図書館の裏庭の銀杏《いちょう》の木の根元で顔を洗っている。じっとしていてくれたので、今度は写真を撮ることができた。

「あの猫なら、今までにもよく見かけましたよ」

その写真を岬さんに送って返信待ちをしている時、今居さんがそう言い出した。

「たしかにうちの図書館を自分のルートにしているみたいですね。図書館の前の道路から入ってきて植え込みを潜《くぐ》って裏庭を突っ切って、またどこかに消えていくんです」

「そうですか……」

その時、岬さんからの返信が来た。

――この猫の気がします。そっくりですもの。ずいぶん痩《や》せたみたいですけど。体の色や模様や、あと何より、チェック柄の首輪が同じです。世津子さんが買ってきた首輪だから、よく覚えているんです。ただ、首輪にちょっと大きめの造花の飾りがついていたんですが、それがなくなってますね。

その時、猫はまた塀に飛び乗り、どこかへ行ってしまった。だが、同じ猫なら、とりあえず無事は確認できたことになる。健康そうだし、ひとまず安心だ。

「どうでした?」

今居さんに尋ねられた茉莉は、同じ猫らしいと説明した。それからつけ加えた。

「きっと亡くなった世津子さんも安心しますよ。ブックカフェを切り盛りしていた人なんですが、『私に何かあったら猫を見てね』と岬さんというスタッフに言っていらしたそうですから」

それを聞いた途端、今居さんが真面目な顔になった。

「あの、ちょっと待ってください。それ、どういう意味でしょう。猫の面倒を見てねというふうにも取れますけど、『今後のことは猫を見ればわかる』って解釈もできませんか？　私、ミステリの読みすぎで変な方向に想像してるだけでしょうか」

茉莉ははっとした。

「実は世津子さん、遺言書みたいなものを残しておいたらしいんですが、それが見つからないそうなんです」

急に今居さんの目がきらきらと輝き始めた。

「まさか、猫にそのヒントがあるとか？」

はっきりそう聞かれると、茉莉のほうの自信がなくなる。

「だって、ヒントと言っても猫の体に隠せるようなものがあるかどうか……」

だが、今居さんはあきらめない。

「何か小さなものを、猫の体につけていたとは考えられないでしょうか」

「そういえば、今送った写真からは首輪の飾りが消えているって、言われました」

今居さんがぽんと手を打った。

「ああ、たしかにあの猫、前は首輪に目立つ花をつけていました！　今はなかったですね。それが手がかりかもしれない！　私、探してみます！　あの猫、いつもうちの図書館の植え込みを潜っていますから、どこかの枝にひっかかって取れたのかもしれないですよね？」

「え、そんなお手間を取らせては……」

「大丈夫です、利用者の遺失物探しということにしましょう」

恐縮する茉莉をよそに、今居さんは大はりきりで植え込みの中を動き回る。こうなったら、茉莉も遠慮している場合ではない。

そして、十分くらい経過した時だ。

「これじゃないですか？」

今居さんが勢いよく右手をかざした。その手にあるのは、たしかに、岬さんに見せてもらった写真の猫についていたのと同じに見える布製の、バラの花だ。

二人で顔を見合わせ、そのあと、今居さんがこう言った。

「もう一度館内に入っていただけますか？　何かあった時のために、もう一人、証人に立ち会ってもらって調べてみましょう」

今居さんが引っ張ってきた証人というのは、眠そうな顔をした男性司書だった。

「何事だ、今居」

「能勢《のせ》」というネームプレートをつけた彼に、今居さんは口早に説明する。世津子さんの家からいなくなった猫のこと、その猫について世津子さんが生前口にしていたことなどを。

「……ですから、この飾りの中に遺言状の手がかりがあるかもしれないんですって。一応図書館の拾得物ですから、私が調べてもさしつかえないですよね？」

能勢さんは面白そうな顔でうなずいた。

茉莉も、固唾《かたず》を飲んで覗《のぞ》きこむ。

だが。花を注意深く引っくり返しても、何も出てこなかった。念のため、花弁の一枚一枚を丁寧に指で押してみたが、何か入っているような感触もない。

「……なかったですね」

今居さんがあまりにがっかりした顔になったので、茉莉は慰《なぐさ》めるつもりでそう声をかけた。

「そうですね……。考えてみれば、こんな小さな飾りに隠せるものなんて、そんなにないですよね」

今居さんはしょんぼりしている。他人事だというのに、人がいい。

佐由留がお世話になれたのも、この図書館の職員たちの人柄によるものだろう。

すると、能勢さんがまた面白そうな顔で口を挟んだ。

「だが、その世津子さんという方の『猫を見てね』という言葉には、まだ解釈の余地があるかもしれないですね」

「え？　どういうことですか？」

今居さんも、そして茉莉も体を乗り出した。能勢さんは続ける。

「そもそも、問題の猫はこの数週間、世津子さんのお宅から消えて、どうやって暮らしていたのかを考えてみましょう。そのためのヒントはあります。世津子さんが借りていた本の中に」

「本？」

「クリスティーの『ヘラクレスの冒険』を読んでいたんですよね？　そして自分の飼っている猫は『さかさま』だと嬉しそうに言った」

「はい、そう聞いています」

さっき世津子さんの言葉を色々と説明している時にその話もしていたが、よく耳に留めていたものだ。

「『ヘラクレスの冒険』の中に、猫の出てくる話はありません。だが、猫に関連しているものとして思いつく話はある。第一の事件の『ネメアのライオン』です。ご存じですか？」

茉莉は首を振る。今居さんが答えた。

「たしか、『ヘラクレスの冒険』って、ギリシャ神話の英雄ヘラクレスに課された十二の冒険になぞらえてポアロが十二の謎解きをする短編集ですよね。ポアロのクリスチャン・ネームのエルキュールがヘラクレスのフランス語読みだっていうところから、端を発して」

茉莉はうなずいた。

「じゃあ、『ネメアのライオン』も、そのギリシャ神話に出てくる冒険の一つなんですね。そうか、ライオンならたしかにネコ科の動物ですから……」

「そして少々ネタばらしになりますが、『ネメアのライオン』は、ざっくり言えば、犬を使った詐欺《さぎ》をポアロが暴《あば》く話です。中心となるトリックは、知らない一般人が見たら同じ犬種の犬はどれも同じに見えるということを利用して、二匹の犬が一匹であると錯覚させるというものです」

今居さんが声を弾《はず》ませた。

「それと『さかさま』ということは、つまり……」

「そう。二匹で一役の逆は、一匹で二役。問題の猫はもとが野良猫ですから、つまり、世津子さんの家だけでなく、どこかほかの家でも、一匹二役の飼い猫としてふるまっていたのではないでしょうか」

「ああ、なるほど！」

茉莉は思わず声を上げてしまった。能勢さんは続ける。

「そう考えると、その時の世津子さんが嬉しそうだったということの説明もつきます。独り暮らしで年輩の女性なら、飼い猫の今後を心配するでしょう。自分に何かあったら、この猫はどうなるのかと。でも、自分のほかにもこの猫の面倒を見てくれる家があるなら、世津子さんはむしろ喜んだのではないでしょうか。亡くなる直前までお元気だったそうですから、猫のあとをつけて、その『もう一軒』を把握していたかもしれない」

思わず、茉莉はうなずいていた。自分一人で誰かの面倒を見ている人間なら、必ずそんな気がかりを覚えたことがあるはずだ。自分にもしものことがあったら、この子は、この犬は、どうなるか……。

それから、茉莉ははっと思いついた。

「だったら、その『もう一軒の飼い主』が世津子さんの遺言書を隠してしまったとか？」

世津子さんの妹だって、もとは秋庭の人間なのだ。「もう一軒の飼い主」と知り合いで、結託して遺言書を隠して……。

だが、その推理を話すと、能勢さんは微妙な反応をした。

「そうですね、その可能性もあります。ですが、ほかの可能性もありませんか？」

「ほかの？」

「世津子さんの残した言葉に戻って考えてみましょう。なぜか猫は世津子さんの家から姿を消してしまったが、もしも世津子さんの家に猫がいる時に世津子さんの死やその後の葬儀があったらどうなるか。猫をどうするかが、すぐに検討されたはずです。そうしてたぶん猫はもう片方の家に引き取られる。うちの今居が見知っていたくらいの猫ですから、ご近所の人に聞けば『もう一軒の飼い主』も見つかるでしょう。そこで『猫を見てね』の言葉が活きてくる。猫本体以外にも、猫のためのもろもろのグッズなり身の回りのものなりを、猫とともに『もう一軒の飼い主』さんのほうへ移動させないでしょうか」

「でも、猫は、ただいなくなった。だから岬さん、猫のものは何も動かさずそっとしてあるって言ってました……」

言いかけて、茉莉ははっとした。

「リトル・ブック・ルーム内の、手をつけずにある猫のグッズのどこかに、遺言書の手がかりがあるということですか？」

「少なくとも、誰かが偶然猫から遺言書を見つける可能性より、そのほうがありそうな気がするんですが」

それでも、茉莉は反論したくなった。

「でも、実際に猫は世津子さんの家からいなくなっているじゃありませんか。まあ、今見た猫が同じ猫だとしたら閉じ込められたりしているわけではないことになりますが。やっぱり『もう一軒の飼い主』がからんでいるからでは……」

「それについても、ちょっと別の解釈を思いついていますが。でも、とにかく、できることから調べてみませんか？　問題の猫がまた姿を現すのを待つうちにできることです。実際、手がかりなら、猫という生物よりは無生物のほうが隠しやすいですし」

なんだか、自分の疑り深さを指摘されている気がするが、ともかく茉莉は立ち上がった。

「岬さんに話して、お店の中を探してみます」

茉莉が岬さんと二人がかりで探した結果、リトル・ブック・ルームの、キャットタワーの一番上の棚板の裏に小さな手紙が貼りつけてあるのを、岬さんが見つけた。このキャットタワーを取り外《はず》したら、必ず目についただろう場所だ。

世津子さんの名前が書いてあるが、封はされていない。表書きは「加寿子へ」。

「私たちが読むわけにはいかないわ。岬ちゃん、加寿子さんに連絡が取れる？」

「はい」

行きがかり上、茉莉は岬さんが電話している間、その横にいることにした。口添えの必要があるかもしれない。そして。

「加寿子さん、明日、ここにおいでになるそうです」

それを聞いた茉莉は、唐突に決心した。

「私も、明日、立ち会っていい？　この手紙を見つけた経緯を説明する時、岬ちゃん一人ではないほうがいいと思うの」

岬さんは恐縮しながらも、ほっとした顔になった。

「そうしてくださると、心強いです。でも、ご都合は大丈夫ですか？」

「ええ。今日は家に帰らなくてもいいから」

どうせ帰ったところで、佐由留もケンも、誰も待ってはいないのだ。

「だから、今晩は秋庭の駅近くでビジネスホテルでも探して泊まることにするわ」

家の戸締りはちゃんとしてきた。現金もクレジットカードもある。ホテルのアメニティグッズとコンビニがあれば、身支度や下着程度はどうにでもなる。幸か不幸か、茉莉は美容にそこまで気を遣うような人間ではないのだ。

リトル・ブック・ルームを出てから、茉莉は決心した。

謝罪は、早いうちにするべきだ。こじれないうちに。億劫《おっくう》にならないうちに。

自分にそう言い聞かせて、また秋葉図書館に戻る。

「申し訳ありません。司書さんたちの推理のほうが、正解でした」

茉莉はそう切り出して経過を説明し、能勢さんと今居さんに頭を下げた。

「いや、ご丁寧にありがとうございます」

「見つかって、本当によかったです」

二人は優しい顔で口々にそう言ってくれた。それで用は済んだとばかり、能勢さんは本を抱えてどこかへ行ってしまう。

「あの……」

残った今居さんに茉莉はさらに言いかけてから、迷った。

佐由留のことも、もう一度お礼を言うべきだろうか。

考えてみれば、茉莉はこの人たちにまだ名乗ってさえいない。この人たちは、茉莉が佐由留の母親だとは知らないのだ。

——でも、地方公務員なら住民に手をさしのべるのは義務だし、よくあることよね。

茉莉はわが身に引き比べてそう思い直した。

佐由留のことは、一度電話でお礼をしたから、もういいだろう。たぶん、電話に出てくれたのは今居さんではなかっただろうけど。

今居さんが、茉莉が何を言うのかと待っている。それに気づき、茉莉は別の話題を持ち出した。

「クリスティーの『春にして君を離れ』、考えさせられました」

今居さんが身を乗り出した。

「あれは、ミステリとはちょっと違う意味で、ぞっとするストーリーですよね。愛されていると思っている幸せな人妻が、実は自分の生活が虚構ではないかと疑うっていう……」

「でも、主人公のほうに、独善的で人の気持ちを考えないという欠点がありますもの」

茉莉がそう言うと、今居さんはさらに前のめりになった。

「でも、私、あの本を初めて読んだ時、かなり憤慨《ふんがい》したんです」

「憤慨した？」

「ええ。だって、あの夫のロドニーは、妻のジョーンの欠点を、指摘もせずにあきらめてしまったわけでしょう？　話し合って、もっと深く理解し合うチャンスだってあるのに、なぜそういう努力をしないのかって腹が立ちました」

「それは……」

茉莉は言いかけて、苦笑した。

今居さんはきっとまだ二十代、それも大学を卒業して間もないように見える。

悪意のある笑い方はしなかったつもりだが、今居さんは顔を赤らめた。

「……でも、私独身だし、いろんなことに経験不足ですから。私みたいな若輩者《じゃくはいもの》が、結婚について生意気なことを言っちゃいけないでしょうか」

「いいえ、生意気なんかじゃないですよ。そういう腹立ちももっともだと思います」

ただ……。

茉莉は、そのあとの言葉を呑み込んだ。独身時代の茉莉なら、今居さんと同じように憤慨したかもしれないと気づいたのだ。

「今居さんのおかげで、面白い本を読めました。ありがとうございました」

話をそう終わらせて帰ろうとした茉莉は、ふと、展示コーナーの前で足を止めた。

〈名月・満月・十五夜・十三夜・良夜〉


そんな風に書かれたポップの下に、本が並べられている。

天文学の本や月の写真集、樋口一葉《ひぐちいちよう》の『十三夜』などが。

「良夜っていうのはどういう意味ですか？」

尋ねると、今居さんがにこにこと答えてくれた。

「私も今回、国語辞典を調べて初めて知りました。『良夜』っていうのは月のきれいな夜をさす言葉で、特に十五夜や十三夜のことに使ったりもするらしいです」

「まあ、そうなんですか。風情《ふぜい》のある言葉ですね」

すると、今居さんは思い出したように外を見た。

「ああ、そう言えば、今夜は十三夜ですね」


図書館を出ると、すっかり暗くなっていた。茉莉はゆっくりと駅に向かって歩く。

きれいな十三夜の月が空に輝いている。

今居さんみたいな若い人に、言うことではないのだろう。

『春にして君を離れ』。

妻に何を話しても意味がない、好転するものなどないと、あきらめてしまう夫。

せっかく、妻が自分の欠点に気づきかけたのに。

夫婦で変わるチャンスだったのに。

今居さんが憤慨するのももっともなのだ。

だが、茉莉が今日あの小説を読み終わって感じたのは、仕方がないというあきらめだった。そう、こういう、物事を自分の都合のよいように受け取る人間は、変わらない。いや、人間は誰も、そんなに簡単には変われない。

茉莉も。健一も。

一人放り出された砂漠での絶望的な孤独。それはたしかに強烈な体験だが、ジョーンはそれまでの何十年もの人生で、両親の死も三人の子の出産も経験している。誰にも助けてもらえない心の痛みも体の痛みも何度も味わっている。ただ、それを忘れて生きてこられた人間なのだ。

きっと、ロドニーとジョーンの夫婦にも、何度も同じようなチャンスがあったのだろうと茉莉は思う。そのたびにジョーンは自分の来し方を疑い、ロドニーはそんなジョーンが今度こそ変わってくれるかもと期待し、でも結局、ジョーンは自分に楽な考え方に戻り、ロドニーもジョーンを変えるだけのエネルギーを出せなかった。そうして夫婦二人して易《やす》きに流れてしまったのだろうと思う。ジョーンだけの罪ではない。ロドニーも同罪だ。

そんな夫婦を怠慢とも愚かとも、茉莉に言う資格はない。

茉莉は足を速めた。

ネットで探したら、秋庭の中心部にちゃんとビジネスホテルがあり、空室が見つかった。今夜は一人で適当に夕食を取り、ゆっくり眠ろう。

きれいな十三夜の月は、どこまでも茉莉のあとをついてきた。


翌朝。加寿子さんがやってきて、岬さんと茉莉を前に、あの手紙を読んだ。

加寿子へ。

私のものはすべてあなたに残します。

売るのも捨てるのも、好きにしてちょうだい。でも、あなたの思い出の品をこの家のあちこちに残してあるからね。全部自分で探してちょうだい。業者さんに頼むのは恥ずかしいと思うわよ。

そうそう、家の中が片づいたら、あなたが一時的にでもリトル・ブック・ルームのオーナーになって、営業を再開してください。どうせ一度はオーナーにならないと、売却だってできないでしょう。

経営のことは、岬さんと税理士さんにまかせれば何も心配はいらないです。


そのあとに、岬さんのフルネームと住所を記したメモと、税理士の名刺、そして「きなこ」のもう一軒の飼い主の家らしい場所が記された、手書きの地図が添えられていた。

すべては秋葉図書館の司書さんの推理どおりだったわけだ。

「本当に姉さん、嫌味だわ」

加寿子さんは目を赤くしながらつぶやいた。

「私に、業者まかせなんかにしないで自分でこの家の整理をしろって言うのね。……するしかないじゃない。姉さん、何でも取っておく人だったもの。きっと、私の日記とか学校の文集とか、人に見てもらいたくないものを、いろんなところにしまってるんでしょ。いいでしょう、探すわよ。誰かに見られるなんて、絶対いやだから」

　そして、口をとがらせて岬さんを振り返った。

「私、そんなに秋庭に長逗留《ながとうりゅう》はできないの。何度もこの家に来ることになりそう。きっと整理し終わるまで何か月もかかるわ。だから、その間、お店は開けずに今みたいに見回りだけしてくれるかしら。どうせ相続とお店のことは、この税理士さんにもう相談しているんだから、お給料のことも含めて全部、改めて考えていきます」

「ありがとうございます！」

　岬さんが輝くような笑顔で頭を下げた。

　それを見ながら、茉莉は世津子さんの思惑を推《お》し量《はか》った。

　加寿子さんは、遺品の整理が終わるまで、時間の引き延ばしを世津子さんがたくらんだと考えているらしい。でも、それだけだろうか。

　自分の思い出の品を、子どもの頃の記憶が詰まった家で探す。その作業の途中で、加寿子さんにこの家への愛着がよみがえることを期待したのではないか。

　この家を残したくなるのではないかと。売らずに、この家の別の活かし方を模索してくれるのではないかと。

　世津子さんはそんな可能性を妹に託したのではないか。その答えが出るまでにはもう少しかかるだろう。

　でも、とりあえずいい解決に持ち込めたようで、よかった。

　茉莉はそのことに満足しながらも、あと一つだけ、たしかめたいことがあった。

「あの、でしゃばるようですけど、世津子さんの手紙にあった、『きなこ』のもう一軒の飼い主さんのところに伺いたいんですが。いいでしょうか？」

目指す家は、秋葉図書館から五分ほど歩いたところに――偶然だが、秋葉家とは反対方向に――あった。

チャイムに応えてくれたのは、世津子さんよりもさらに年上のふくよかな老婦人だったが、岬さんと茉莉の用向きを聞くと、すぐに了解という顔になった。

「まあまあ、そうだったんですか。ほかのおうちにも『いなり』はご厄介になっていたの。まあまあ、ちっとも知らなかった。そうよね、考えてみればどこかで首輪をつけてもらっていた猫なのに、私ったら暢気《のんき》で……」

「『いなり』と呼んでいらしたんですか？」

「きなこ」と「いなり」。毛並みから連想するものも、人それぞれということか。

老婦人はころころと笑った。

「ええ、そう。おいしそうな名前でしょ」

「それで、見せていただけますか？」

「もちろん、いいですよ。今ならみんなそろってると思うから」

「みんな？」

岬さんが聞き返すと、老婦人は何度もうなずいた。

「ええ。さっき帰って来たみたいだから。ようやく乳離れが始まったから、『いなり』、最近はまた外歩きもするようになりましたけどね」

「乳離れ？」

またおうむ返しに言ったあと、岬さんの顔に、気がついたという笑顔が広がっていった。

それを見ながら、茉莉は自分の推理が少しだけ当たっていたことに満足した。茉莉の撮った写真に、岬さんが「ずいぶん痩せたみたい」と反応したこと。昨日、秋葉図書館の能勢さんが「別の解釈」と言っていたとおりだった。

案内されたのは日当たりのよい縁側で、隅に段ボール箱があった。その中に、茉莉が昨日見たきつね色の毛並みの猫が、白いおなかを見せて横になっていた。そのおなかに頭をうずめてもぞもぞと動く、小さな毛玉が三つ。

母親そっくりのきつね色が一匹、黒い縞《しま》が二匹。

「子猫が生まれていたんですか！」

「ええ、一か月ほど前に」

話を聞いてみると、世津子さんが亡くなる二日前だった。だから「きなこ」／「いなり」はこの家から動けなくなったのだ。

世津子さんが引き合わせてくれた、新しい命の贈り物だ。

「きなこ」／「いなり」と老婦人に別れを告げ、岬さんとも別れて駅に向かって歩いている時、電話が鳴った。

――母さん？　ゆうべはどこにいたの？　家に電話しても出なかったじゃない。

佐由留だ。どきりとした茉莉は、早口に問い返す。

「ごめんね、ちょっと家を空けていたの。それより、どうしたの？　何かあったの？」

佐由留の声はなだめるような調子になる。

――たいしたことじゃないよ。ただ、夜中に外に出たら流れ星がすごかったんで、ひょっとしたら東京でも見られるかもって電話してみただけだから。ぼく、携帯を持たずに観測に出てて友だちのを借りてたから、何度もかけるの遠慮したんだ。母さんの携帯の番号もあやふやだったし。

「ああ、よかった」

茉莉は心から言う。

「今、どこ?」

——途中のサービスエリア。予定どおりに東京に着けそうだって。

「そう。待ってるわ。そうだ、佐由留……」

——何?

「ううん、何でもない。じゃ」

佐由留はまだ、ケン以外の生き物を飼う気にはならないだろう。猫を飼わないか、佐由留に打診するのはまだ早い。でも、いつか茉莉が独り暮らしになった時には……。

生き物の世話をすることでも考えてみようか。

# 事《こと》始《はじめ》

事始《ことはじめ》：正月の支度を始める日。地方によって十二月八日、十三日などさまざまな日を充てる。

＊＊＊＊＊

スカーレットは、目をあけるたびに、「メラニーは？」とたずねた。すると、メラニーの声が、いつも、それにこたえた。それから、スカーレットは毎回のように低い声で、「レット――レットは？」と彼を求めた。

（中略）

（レットは）ひげも剃《そ》らず、急にやせたようで、やたらにたばこばかりふかしつづけた。メラニーの顔を見ても、なに一つたずねなかった。メラニーは、いつも扉口《とぐち》にちょっと立ちどまって、「あまりはかばかしくありません」とか、「いいえ、あなたをよんでいるのではありません。うわごとをいっているんです」とか、「望みをうしなってはいけませんわ、バトラー船長。熱いコーヒーと、なにか食べるものを、こしらえてあげましょう。あなたまで病気になりますわ」などと声をかけた。

＊＊＊＊＊

こんなに入りにくい場所はあまりない。

仕事上、気乗りのしないクライアント候補に営業をかけるために乗り込むことはある。へまをしでかした部下を連れて、かんかんに怒っている得意先へ謝罪に出向くことも重要な役目だ。

だが、ここへ入ることには別種の気の重さがある。

外見は平凡すぎる建物だ。白い外壁の二階建て。まだ新しそうだ。顧客を引きつけるための努力を何一つしていない。前を通る人間には、いったいここがどういう場所なのか、それすらわからないではないか。

いや、よくよく見れば味もそっけもない看板が、申し訳のように、建物の正面横に貼り付けてあった。

秋庭市立秋葉図書館

しかし、これを目に留める通行人はどれほどいるだろう。地方自治体のやることはいつもこうだ。それで成り立つ商売だからと胡坐《あぐら》をかいているのだろうが、結構なご身分だ。

そこまで考えて、健一は我に返る。

別にこの施設の批判をするためにやってきたわけではない。

正面の自動ドアは他メーカーのものだった。きちんとメンテナンスしているのかスムーズに開いたが、反応が遅い。あまり性能のよい機種ではない。秋庭市の予算も潤沢《じゅんたく》ではないだろうから、贅沢《ぜいたく》はできなかったのか。カウンターにあるデスクトップ型のパソコンは我が社の製品だった。たぶんリースだろうが、計三台。ありがとうございます。

カウンターには、覇気《はき》のなさそうな白髪交じりの男がいた。健一と同年代だろうか。こんなに閑散《かんさん》とした図書館のカウンターにすわっているのが仕事か。自分とはずいぶん違うものだ。

健一がつかつかと近づくと、その男は素早く顔を上げた。居眠りしていたわけではないらしい。意外にも、眼鏡の奥の瞳は明晰《めいせき》そうだ。ネームプレートには「能勢」とある。

「お仕事中、申し訳ありません」

健一は身についた所作できっちりと上半身を折る。角度は十五度。

「私、秋葉健一と申します。息子の佐由留が、こちらで大変お世話になったと伺いました。その節は、誠にありがとうございました」


名刺を手にして名乗るべきだったのだろうか。だが図書館のカウンターでその必要はないと判断したのだ。市役所の窓口で名刺を出す市民はいない。

まだ離婚届を区役所に提出した記憶も生々しい健一は、そう思う。

茉莉との間に離婚が成立したのは八月だった。彼女と息子の佐由留はそのまま、マンションに住み続ける。ローンを健一が払い続ける代わりに養育費はなし。ただし佐由留の学費は折半。茉莉もばりばり働いている人間だから、それですんなり合意は成立した。

最終的には秋庭の実家に戻るつもりだった健一は、とりあえずの必要品を持って、まずウィークリーマンションに引っ越した。男一人、パソコンとモバイル機器と数着のスーツと靴があれば生きていけるのが、今の日本だ。とりわけ、コンビニエンスストアと二十四時間営業のスーパーが充実しているなら、上々。その条件を満たしている職場近くは、快適そのものだった。

新しい仮住まいには家電製品もひととおりそろっていたが、使う必要もないくらいだ。少々試みたことはない。だがそれも、ライバル社の製品を実地に試用・研究できる機会と考え直すことにした。茉莉はそのへんは行き届いた女で、結婚している時は台所家電も洗濯機も掃除機も、すべて健一の社の製品でそろえていた。

——別にかまわないわよ。お店で悩む必要がないし社員割引があるし、ありがたいくらいのものだわ。どうせ、どこの製品だって変わらないもの。

変わらないとは何だよ、健一としてはそう言い返したかった。競合他社よりもどれだけ電力消費量を少なく抑えるか、炊飯器の機能のバリエーションを広げるか、オーブンレンジの庫内を広くするか。マイナーな改良を商品開発部は日々求められているし、営業部はそのアピールにエネルギーを傾注する。そういった企業努力を、メインの顧客である主婦層は何も理解していない。

——ごめんね、私、主婦って呼ばれるの嫌いなの。

……いや、茉莉のことはどうでもいいのだ。

このまま図書館のカウンターで話し続けていてもいいのか、健一は迷ったが、相手は気を遣うそぶりもない。

「それはどうも、ご丁寧に。ですが、我々は職務として対応しただけのことですので」

そこで能勢司書は通りかかった女性職員を呼びとめた。

「最初に彼女が話をしたんですよ。……今居、こちら佐由留君のお父さんだそうだ」

「まあ」

くるんとした目の、まだ大学生と言っても通るような女性だった。

「じゃあ、秋葉さんのおうちに戻っていらしたんですか」

「いえ、でも、近いうちに。……よくご存じで」

健一は苦笑した。その笑いを彼女は非難と取ったのだろうか、あわて気味に頭を下げる。

「あ、立ち入ったことをすみません、そんなつもりじゃなかったんですけど」

「いいえ、結構ですよ、本当のことですから。一人で秋庭に戻ってきます」

佐由留にはいらぬ負担をかけてしまった。今年になってから両親の仲がぎくしゃくしていたことを、佐由留はずっと気にしていた。むしろ円満に――たぶん円満に――離婚が成立して、彼はほっとしたのかもしれない。

佐由留とは月に二回程度会っている。健一にも茉莉にも有責事由があったわけではなく、茉莉も感情的な女ではないから、父親と息子の面会交流にとやかく言うようなことはない。そんな時に、佐由留はこの図書館のことを幾度となく話していた。

秋庭で知り合いになった老婦人と、台風に遭《あ》った時、この図書館に避難したこと。その老婦人は何やら過去にわけありなようだが、その部分は佐由留も説明に困っていた。

――ちゃんと聞いたつもりなんだけど、でも、ぼくなんかの生まれるずっと前の話だから、間違わずにしゃべれる自信がないんだ。詳しいことはじいちゃんに聞いてよ。

その代わりのように、佐由留はこの図書館の司書が魔法のように自分の探している本を見つけ、それにまつわる謎を解いてくれたことを熱心に話してくれたのだ。

図書館司書が本を探すのはプロとして当然だから、そのことだけだったら健一は聞き流しただろう。だが、台風の危険から佐由留を救ってくれたとなれば話は別である。司書の職務外のこと、ましてこの建物は広域避難場所にもなっていないはずだ。親権を手放したといっても佐由留は健一の息子なのだ。

だから、一度挨拶《あいさつ》に来るべきだと考えた。自分の家族のごたごたを知っている人間たちなのだと思えば気が重くても、やはり父親として当然の義務だろう。

ただし、一度礼を言えばそれで済む。長話をするつもりはない。

軽く会釈《えしゃく》をして帰ろうとした時、今居司書が明るく言った。

「よろしければ、いつでもおいでください」

ちょっと要領を得ない顔になっただろう健一に、彼女は笑いかける。

「ここは図書館ですから」


せっかくのお言葉だが、健一は図書館で時間をつぶすほど暇ではない。

そもそも図書館というのは、物流の観点からすれば大変に無駄の多い場所だ。

生産拠点から小売店舗へ、そして消費者へ。そこにかかるロスが少ないほど無駄なコストの発生は抑えられる。店頭の陳列棚は各メーカーがしのぎを削る戦場だ。販売成績が落ちれば、すぐに棚の面積を減らされる、いやライバル社に乗っ取られる。消費者にいかにアピールし、いかに早くいかに多く買ってもらうか。

そういった企業論理で日々生きている健一に言わせれば、ちらりと見た秋葉図書館は、めまいがするほどの別世界だった。

棚に、どれをアピールするでもなく漫然と並べられた大量の本は、ただ、手に取ってくれる客が来るのを待っていた。あのスペースにかかる光熱費や人件費を考えると、健一は文字どおりくらくらする。物流とは流れてこそ意味があるのだ。ただ置いてあるだけの本など、停滞の極みではないか。

その秋葉図書館は、実家の二階から嫌でも目に入る。それほど近くに立っているのだ。

数日後にウィークリーマンションを引き払った健一が戻ってきた自室は、かなり以前に建て増しした二階の八畳だ。押入れを開ければ、二十年前、健一が大学生の頃使っていた寝具や寝間着がそのまま入っている。お袋は物持ちがよすぎるのだ。

そうした場所に暮らしているからだろう、秋庭に帰ってきてからというもの、柄にもない物思いが増えた。妙に感傷的になりやすい晩秋という季節が、それに追い討ちをかける。懐かしい匂いの布団にくるまって、懐かしいお袋の味噌汁の匂いで目覚めるような毎日では当然かもしれないが、朝も夜も、ともすれば迷子になったような心細さに襲われてしまう。

なぜ、ここにいるんだろう。

少しずつ少しずつ、茉莉とすれちがうようになった。子どもが生まれても仕事を続けたい。そう言う茉莉を健一は好きで、応援していたはずだった。佐由留を保育園に通わせながらの協力育児。熱を出したら交代で休む。綱渡りの時期もあったが、乗り越えてきた。ただ、やはり無理があったのではないか。

――一番効率がいいのは、あなたと私の休みをずらすことよね。

区役所の広報課に勤める茉莉は、対外的な仕事も多く、休日出勤が当たり前だった。それもフレックスタイム制で働くには有利だったのだろう。ついでに区のワーキングマザー応援制度も最大限に活用し、健一が休める日（主に土日）は佐由留を健一にまかせて自分はフルで働く。そして自分の休みは週日に回し、そこで佐由留との時間を確保する……。

合理的だと健一も賛成した。

だからずいぶんあとまで気づかなかった。健一と茉莉、二人がゆっくりと顔を合わせる時間がどんどん減っていったことを。互いの好きなこと、考えていることを話し合うような、日常の何でもない時間がなくなった。共有するものが消えた。夫婦の会話も消えた。

——佐由留もやっと中学生だもの。これ以上、夫婦でいる意味がないと思うの。

そう切り出されたのは今年の二月だが、健一にも驚いたり抗議したりする熱が失せていた。

どこでやり直せばよかったのか。

学生時代の自分が今にも現れそうな、この古い家の古い部屋で、健一はつい考えてしまう。

その朝も疲れる夢を見た。

健一から視線をそらす茉莉を振り向かせようと、懸命に話題を探そうとするのに、茉莉は何が好きだったのか、何を話せばいいのか、何ひとつ見つからない……。

充分睡眠時間を確保したというのに、どうにもすっきりしない寝覚めだ。窓から見える空が晴れ渡っているのが、また腹立たしい。

十一月も終わるというのに暖かい日曜日。

今日の予定、……なし。

「おい、健一、山へ行くぞ」

遅い朝食を一人でとっていると、親父が張り切って声をかけてきた。

「芋《いも》を採ってこなきゃならん」

親父が「山」と言えばそれは家の裏手にある日向山《ひなたやま》、そしてこの季節に「芋」と言えば日向山に自生している自然薯《じねんじょ》のことである。

田舎暮らしでの、年末年始の大事な食材だ。秋の終わりに旬を迎える。冬になると地上の茎《くき》が枯れてどこにあるかわからなくなってしまうので、葉が落ち切る前に掘り出すのだ。

足腰はしっかりしていても薄い頭髪は真っ白の父親と、中年にさしかかった息子。この二人で登る山というのは、悲哀を誘う。小春日和《こはるびより》の日曜日に、なんて過ごし方をしているのか。

憂鬱《ゆううつ》を振り払おうと、健一は専用の鍬《くわ》で穴を掘るのに精を出す。親父の、自然薯の蔓《つる》を見極める目は健在だ。二時間ほどで太い自然薯を三本収穫できた。市場価格では一本いくらくらいになるのだろう。天然ものは実は高いのかもしれない。

「いや、いい収穫だったな。一休みしよう」

合わせて百十歳を超える親子が日向の斜面に並んで腰を下ろして、七十を超えたお袋の作った握り飯をほおばる。

一年前には、こんな事態を考えもしなかった。

「これで『おことうさん』の夜はうまいとろろ飯が食えるな」

「『おことうさん？』」

秋庭の方言だったっけ。

「『おことうさん』なんて言う人間も少なくなったがな。このへんじゃ、十二月八日のことをそう言ったんだ。その日から正月支度を始める。いよいよ師走《しわす》本番で忙しくなっていく、その初めの日のことだな。健一は覚えていないか、ちょっと離れた川沿いの旧道の辺りに八日市も立っただろう。『おことうさんの市』だけは夜まで続いて、そのへんの在《ざい》から正月の飾り物を売る人間なんかも詰めかけて、そりゃあ賑《にぎ》やかだったんだが」

「ああ、なんとなく覚えている」

祭りにつきものの食べ物屋の屋台のほか、正月飾りやお節《せち》料理用の根菜、葉物、塩引きの鮭《しゃけ》、そんな正月用品が雑多に並べられていた風景がよみがえった。子どもだった健一には大規模な市に見えたが、今にして思えばみすぼらしいものかもしれない。

「今でもあるの？」

「いいや、消えたよ。正月をしきたりどおりに祝う人間も減ったし、年末年始かまわず商売を続けている今どきの大型スーパーやデパートに、かなうわけはない」

「……だろうね」

相槌《あいづち》を打った健一は、親父が足元の枯草を刈り払って自然薯を掘ったあとの穴に放り込み、ポケットからマッチを取り出したのを見て、ぎょっとした。

「親父、何をするのさ？」

「いや、せっかくだから鍬が掻《か》いちまった芋のかけらを焼こうと思ってな」

「おい、やめろよ」

ここ何日も雨が降っていない。こんなところで火を起こすつもりなのか。

「万一のことがあったらどうするんだよ」

「昔はこうやって、山仕事の食い物はその場で火を起こして作ったもんだ」

「だって、野天だぞ」

「野天のほうがいいんだよ。昔はこういった山には道具置き場の小屋がいくつもあったが、そういう場所こそ火を使うのはご法度《はっと》だ。狭いから、火の粉がかかったら運のつきだもんな。そこへいくと、こういう穴の中なら裸の土しかない。ちっぽけな火を焚《た》く分には大丈夫なんだって。今日は風もないしな」

穴の中では、すでにちろちろと枯草が燃え始めている。親父はペットボトルの水で自然薯のかけらを洗うと、握り飯を包んでいたアルミホイルでくるみ、その火に放り込んだ。

――こういう年寄りがいるから、いまだに山火事が起きるんだよな。

健一はまだ落ち着かない気持ちで、自分のペットボトルを即席の炉穴に近づけた。日向山には川も水場もない。この山のもっと上がったところの秋葉神社に、昔は井戸があったと思うが、長年誰も使っていないはずだ。水が出るかも怪《あや》しい。ここは秋葉家の私有地とはいえ、今の時代、野火は法律で規制されているのではないか。

健一の心配をよそに、わずかながらの枯草の焚き火はまもなく消えた。親父は自然薯掘り用の突き鑿《のみ》で、黒こげになったアルミホイルを取り出した。

「もういい頃だ」

あきれながらも、渡された自然薯を口に運ぶ。焚き火であぶり塩を振った焼きたては、香《こう》ばしく、そしてねっとりと甘かった。

「……うまい」

「いいもんだろう？　これは外でしか食べられない味なんだ」

目を細める親父に苦笑しながら、健一ももうひとかけら手に取った。指先を火傷《やけど》しそうになりながら、黒く焦げた皮をむく。

その時に、ふとある記憶がよみがえった。

――坊っちゃん、何もないけど、これ、おあがりなさい。

誰かがさしだしてくれた焼き自然薯。がさがさに荒れた細い指。健一はものすごく腹をすかしていて、その焼いた自然薯はたまらなくうまかった。

――今はこれしか食べるものがないけど、朝になったらきっとおうちに帰れますから。

「どうした？」

急に動かなくなった健一に、親父が問いかける。

「なあ親父、ぼくは山の中でこの焼いた自然薯を食べながら夜を明かしたことがなかったか?」

首をひねる親父をよそに、健一の記憶はどんどん鮮明になってくる。

「ぼくは、どこか真っ暗な小屋で眠っていた。それでこうやって自然薯を焼いてくれた人がいたんだ、それを食べてまた眠った……」

――ね、これ食べて、もうちょっと眠りなさい、そのうち朝になったらきっと……。

「『朝になったらきっとおうちに帰れますから』。そう言い聞かされてまた眠った。うん、足を怪《け》我《が》して動けなかったんだ。冷たい水でぬらした手《て》拭《ぬぐ》いで足を冷やしてもらった……、ええと誰だったかな、親戚の女の人に。それまでもかわいがってもらっていた人だよ」

名前がどうしても出てこない。

きょとんとしていた顔の親父が、やがて何かをぱっと思い出したように叫んだ。

「お前、小学校に入ってすぐの頃、山の中で足をくじいて一晩迷子になったことがあったぞ!そうだ、それで道子《みちこ》さんに見つけて助けてもらったんだ!」

その夜、お袋が話してくれた。

「道子さん、お父さんの従兄《いとこ》のお嫁さんだよ。健一は何て呼べばいいのかしらね」

「よく思い出したねえ。健一はたしか、小学校の一年生だったよ。『おことうさん』の日、お父さんやほかの男《おとこし》衆《ゆう》が山仕事に入るのについていって、遊んでいるうち迷子になって。みんなで夜どおし探したけど見つからなくて、そうしたら朝になって道子さんがうちに知らせに来てくれたのよ。ゆうべこちらの坊っちゃんが怪我しているところを見つけたんだけど、もう暗くなるし一人では坊っちゃんを連れて下りられなかったんで、一緒に山の中の小屋で一晩明かしましたって」

「そうなんだ」

　一度記憶の回路がつながった今は、あの山をありありと思い出せる。暗くて恐ろしい音に満ちていた。灯り一つない闇、季節は冬。幼い健一には、強烈な体験だったのだろう。

「すごいな、突然光景がよみがえったんだよ。夜中にひとりで目が覚めた時、どんなに心細かったか、とか」

「そうかいそうかい」

「その道子さんは、今も元気？」

　優しい人だった。それまでにも健一は世話をしてもらった記憶がある。健一が幼い頃には妹が立て続けに生まれていたから、お袋はその世話と家の中の仕事で手一杯だったのだろう。記憶の中のお袋は一日中ばたばたと忙しがっていた。昔の子どもは手がかからなくなったら放り出されるものだ。そうして、何かあったら近くにいる大人に世話を焼いてもらうものだった。

「まだ生きておいでだと思うけど。秋庭を離れて長くなるし、もう年賀状もやり取りしてないけどねえ」

「秋庭を離れたのか。親父は、その人のことはなんだか話したくなさそうだったけど」

　お袋はちょっと言い淀《よど》んでから、こう説明してくれた。

「お嫁に来た家で、あんまりうまく行かなかったみたいだね。道子さん、嫁いですぐに旦那さんが亡くなって、お姑《しゆうとめ》さんと二人で暮らしていたんだけど。その人と気が合わなかったのか、なんだか嫌な噂《うわさ》を立てられてさ」

「嫌な噂？」

「嫁ぎ先はこの秋庭のはずれの方で、小間物屋みたいなお店をやっていたんだけどねえ。当然道子さんはお店番したり、秋庭で立つ市には商売物を売りに来たりしていたんだけど、お店のお金の勘定が合わないとか、そんなことをお姑さんがほうぼうで言い触らして」

健一は憤然とした。

「それ、本当？　店の売り上げを着服したって疑われたの？」

自分の言葉がとがるのがわかった。だって道子さんはそんな人じゃない。

お袋はなだめるように首を振った。

「わかりゃしないよ、よその家のことだもの。でも、私はそんなことはないと思うんだけどねえ。あんたを助けてもらったから言うわけじゃないけど、道子さん、いい人だったもの。そもそも昔のこのへんでしょう、お金をくすねたって、それからどうするの？　お姑さん、疑ったくらいだから道子さんの持ち物だって調べただろうさ」

健一はさらに憤慨する。

「いや、それはプライバシーの侵害でしょ」

「昔の姑は強かったんだよ。お金が足りないと思ったら家中調べるよ、そりゃ。でも出てこなかったわけでしょ、出てきていたら疑いだけじゃすまなかったのに騒ぎになってないんだもの。あ、あとは銀行や郵便局に道子さんがお金を預けるとか誰かに書留で送るとかしたら、それも誰かが見てるよ。それで怪しんだらお姑さんにご注進しただろうね」

さらにひどい。道子さんの人権はどうなるのか。だが、当時は一般客相手の金融機関オンラインサービスなど先駆けもなかった頃の秋庭だ。お袋の言うほうが正しい。

「ただ、そうだね、お父さんはあんまり道子さんのことは言わないね。まあ、もうよその人だからね」

「よその人？」

「そのお姑さんが亡くなったあと、一人になった道子さんは再婚したんだよ」

それからお袋は話題を変えた。

「ところで、佐由留は本当に冬休み、こっちに来られるのかい？」


「じゃ、お正月はあなたの実家に行くということでいいかしら」

茉莉はてきぱきと言った。「クリスマスは私と過ごすということで」

何人もの部下を率いる広報課長補佐は、今日も有能で元気そうだ。初めて見るニットワンピースもよく似合っている。

今日は期末テストが終わった佐由留に早めのクリスマスプレゼントを買おうと、元の家の近くで、二人と落ち合った。家電量販店で電子辞書と新発売のゲーム機を買ってやったあと、いつものイタリアンレストランに入ったところだ。

「佐由留、それでいい？」

「うん」

二週間ぶりに会った佐由留も元気そうだ。

「たしかに、クリスマスは東京にいた方が面白そうだよな。秋庭に来るよりも。正月なら、秋庭も結構風情があるけど」

嫌味にならないように言ったつもりだが、茉莉はふっと笑った。

「また、いつものお正月でしょ。親戚が大勢詰めかけて」

「でも、いろんな人がいて面白いよ」

両親をとりなすつもりか、佐由留がそう口を挟んだ。「ぼくにはよくわからないつながりの人ばっかりだけど」

「そうだ、そういうつながりだって大事にした方がいいんだぞ」

そこで健一は道子さんのことを持ち出した。

「ぼくが助けてもらえたのだって、きっと、そういう親戚の人みんなで子どもを育てる気持ちがあったからなんだ」

佐由留が身を入れて聞いてくれるのが嬉しくて、健一は自分の記憶に加えてお袋から聞いたことまで細かく話す。すると。

「それ、本当に助けてくれたのかしら」

茉莉がさっきよりも複雑な笑い方をした。

「どういうことだ？」

「あら、その道子さんには、私だって同情するわよ。夫が亡くなったのに再婚もできないなんて、きっと姑の介護を押しつけられたのよ。そのままずっと、秋庭の古い家に姑と同居でしょ？　プライバシーも何もあったもんじゃないわよね。自分のお金だってほしいわよ」

「じゃ、道子さんが泥棒だったと言うのか？」

思わず声がとがったことを、あわてて反省する。佐由留がはらはらしているじゃないか。

茉莉は、そんな佐由留に安心させるように笑いかけてから答えた。

「勘違いしないで、私本当にその道子さんに同情してるのよ。でもね、その人あなたを助ける気があったんなら、どうして、あなたを置いて夜のうちにほかの人に知らせに山を下りなかったの？　わざわざ寒い山の中で一晩過ごすことなかったじゃない。あなた足を怪我していたんなら、早くお医者さんに診《み》せるべきでしょ？」

「だから何だって言うんだ？」

「小屋で一晩過ごしたのよね？　じゃあ、そのへんの山の中に何か隠していたとか。その晩のうちにほかの人を来させるわけにはいかない、だから朝になるまで時間を稼ぐ必要があったとか。そういうことだったんじゃないの？」

　健一ははっとした。

「そう言えば、夜中に目が覚めた時、近くに誰もいないような気がした……」

「ほら」

「待て、いいや、違う」

　健一はむきになってさらに記憶をたどる。

「道子さんが外に出たはずがない……」

「どうしてそれがわかるの？」

「雨の音がしたもの」

　健一は勝ち誇って言った。

　そうだ、ざあざあという雨の音を暗闇でたしかに聞いた。呼んでも応えてもらえないことが心細かったのも本当だが、最後にはちゃんと道子さんになだめてもらって、また眠りについた。それも間違いはない。

「そして朝になっても、ぼくも道子さんも頭のてっぺんから足の先まで乾いていたよ。もちろん、寝床にしていたわらも」

速乾性の衣類があるような時代ではない。夜中にかけてもらった、道子さんの外套《がいとう》の乾いた暖かさも思い出せる。昔の、木綿やウールで作った服が濡れていたら、その辛《つら》さは絶対に記憶に残ったはずだ。

「あらそう。……ごめんなさいね、変なことを言い出して」

茉莉は素直に頭を下げた。そしてすぐに興味を失くしたようで、手帳を取り出した。

「さっきの話だけど、佐由留が秋庭に行くの、三十日くらいでいいかしら。どう、佐由留？」

「うん……。決めるの、もうちょっと待ってもらえる？　ひょっとしたら友だちが一緒に行ってくれるかもしれないんだ」

「あら。誰が？」

茉莉が体を乗り出した。健一も思い出したことがある。

「そう言えば前に親父が、佐由留の友だちのために犬小屋を作るとか作ったとか言っていたような……。そのことか？」

佐由留ははにかんだ。

「うん、まだその子にははっきり言ってないんだけど……」

「もちろん友だちも大歓迎だぞ、佐由留」

そんなわけで、話題はすっかりそれてしまった。

だが、二人と別れて帰りの電車に揺られていると、またさまざまな記憶が断片的に脳裏に浮かんできた。

本当の闇は、目を開けても閉じても変わらない、光のない世界だ。寒かった。そして怖かった。耳につくざあざあという音が、余計に恐怖を掻きたてる。

足を怪我してから道子さんに見つけてもらうまでどれくらい時間がかかったのだろう。健一の記憶は曖昧《あいまい》だし、もう確かめることもできない。暗くて寒くて耳慣れない音におびえていたのは、山の中でのことか、小屋の中でのことなのか。

寒くて目が覚めた。十二月だったのだから当たり前だ。真の闇の中に一人きりというのは本当に怖い。でも、長い時間がたったと思う頃、道子さんがこう言ってくれたのだ。

――あのざあざあいうのは、雨ですよ。だから朝まで待ちましょう。今は外に出られませんからね。

「あれ?」

思わず声を出してしまった健一は、周囲の乗客の視線を集めたことに狼狽《ろうばい》して、下を向いた。

ざあざあいうのは、雨。

では、健一がその音を聞いたのはすでに小屋の中に入ってからだ。そうでなければずぶぬれになっていたはずだから。

小屋の中で健一は一人きりになっていたはずがない。それなのに、健一が呼んでも道子さんが応えてくれなかった時間があることになる。小屋と言っても狭いはずなのに。健一を放っておいて、道子さんは小屋の隅で何かをしていたのか?

――朝になるまで時間を稼ぐ必要があったとか。

健一は吊り革を握り締める。

ぼくは、やっぱり道子さんにごまかされていたのか?

一人で秋庭の自室に戻ってから、健一はインターネットで調べ始めた。

道子さんが泥棒ではないという確信さえ得られればいいのだ。ならばまず、あの日道子さんが現金を持っていられる状況だったかどうかを確認することだ。

つまり市の立つ日だったかどうかがわかればいい。お袋の感覚では、こき使われる立場のお嫁さんがまとまったお金を持てる日は限られていたという。たぶんそれは正しい。日常で、たまたま山にいた道子さんが健一を見つけてくれただけのことなら、売上金横領などありえない。お袋は「おことうさんの日」に健一が迷子になったと言った。その日、本当に秋庭の市はあったのか。

だが、三十年以上も前の、秋庭の詳しい年間行事がどうしてもわからない。

あきらめて畳に寝転んだ時、思いついた。

こういう、一文《いちもん》にもならない情報を調べられる場所がある。

「秋庭の八日市の記録ですか」

「正確には、八日市の立った日がわかればいいんですが」

「しばらくお待ちください」

カウンターにいた今居司書はきびきびと答えて姿を消すと、まもなく戻ってきた。

「秋庭市が発行している資料があります。こちらが『秋庭の民俗と地理』。秋庭の風習や民俗地理について触れています。ただ……」

「ありがとうございます」

その本を受け取ってぱらぱらとめくるが、昔の市の具体的な日づけについては書いていないようだ。八日市の行われた街道などが描かれた、秋庭全体の地図はあるのだが。

「あの、市の日については、こちらの『秋庭の年中行事』のほうが確実かもしれませんが……」

「ああ、そうですか」

だったらそっちだけ教えてほしい。日づけが確認できれば済むのだ、求めているものはピンポイントで出してくれればいいのに。

健一は『秋庭の民俗と地理』にくっついている地図——日向山やその周辺の山、山間《やまあい》を流れる川とその川の脇に伸びる街道——をせわしげにたたみ、『秋庭の年中行事』に目を通し、やがて見つけた。

**八日市　八のつく日に立っていた市。十二月八日の歳の市は特に盛大**だった。

親父やお袋が言っていた「おことうさんの日」だ。その日だからこそ健一は山へ行き、その日だからこそ商売の売り上げを持った道子さんに見つけてもらった。

まだ疑いは晴れないのか。

「あ、おかえりなさい」

今居司書の声に顔を上げると、カウンターを通って一人の女性が事務室へ入ろうとしていた。この人も司書か。と、その女性は一度行きかけてから、またカウンターへ戻ってきた。目を丸くして、健一に話しかける。

「……秋葉先輩？」

茉莉よりも年下だ。でも三十は超しているだろう。ショートヘアにちょっときついが凛々《りり》しい顔立ち。その面差《おもざ》しと背筋を伸ばした姿勢に、どこか見覚えがある。

健一は記憶を探る。仕事上の知り合いではない。もっと以前、学生の頃か。だが、どう見ても、この女性と健一ではそれなりの年の差がありそうだ……。

「この文子《ふみこ》、いえ今居に聞いてから、ひょっとしたらと思ってたんですが。私、日野《ひの》です」

「日野？」

その言葉が手がかりになった。

「もしかして、君、――高校の弓道部にいた？」

彼女は大きくうなずいた。

「そうです。秋葉先輩にご指導いただいた日野です！」


「ここの図書館に勤めて秋葉さん――あ、秋葉先輩のお父上のことです――とはお知り合いになりましたが、考えもしませんでした。秋葉先輩が、あの秋葉家の跡取りだったなんて。何しろ、このへんに秋葉姓の方はたくさんいますから」

「そうだよね」

健一も苦笑してうなずく。

ここは秋葉図書館の事務室だ。日野君に腕を取らんばかりにして連れ込まれたのだ。

「日野さんが弓道経験者だなんて、初耳です」

お茶を持ってきてくれた今居司書がそう言うのに、日野君はすまして答えた。

「だって、自慢するような腕前じゃないもの。ひたすら、イメージにあこがれていただけ。弓道のあのポーズや稽古着《けいこぎ》、素敵でしょ」

「そうだったのか」

たしかに、この日野君は、試合で戦力になるような部員ではなかった気がする。ＯＢとして、夏の合宿や大きな試合の応援に行っていただけの記憶だが。

「どんな高校生でした？」

今居司書が興味津々《しんしん》といった顔で尋ねる。

「いや、今と全然変わらないよ。きれいで超然としていて。あ、ひとつ思い出した。日野君が弓場に立つと、男女を問わずギャラリーが集まった」

「おそれいります」

日野君はすまして頭を下げた後で、真顔に戻る。

「それで秋葉先輩のレファレンス依頼ですが、秋庭の八日市についてのご質問でしたね？」

「そう。『八日市』の名のとおり、八のつく日に立っていたんだね……」

健一は落胆してつぶやく。道子さんは「おことうさんの市」の夜、現金を持っていたはずだ。疑いを晴らすことはできない。

と、日野君が改まった調子でこう言った。

「秋葉先輩、無駄かもしれませんが、全部お話し下さいませんか？」

健一がそのとおりにすると、日野君はもう一人の司書を引っ張ってきた。あのぬーぼーとしたたたずまいの男性、能勢を。

「秋葉先輩、この件は私よりも今居よりも彼の得意分野の気がします。彼なら解決できるかも」

「しかし、これについてどんな解決ができるって言うんだい」

連れてきた能勢司書に向かって日野君が要領よく問題のポイントを説明する横で、健一は当惑していた。

「ぼくの親戚の道子さんは、現金を持って山の中で一晩過ごした。ぼくはそれで助かったけど、ほかにもたくらんでいたことがあったから、朝まで山を下りることができなかった。言いがかりかもしれないけど、そう言われたら反論できないじゃないか。夜の間に、道子さんがぼくに応えなかった時間があるんだから。そもそも、今さら確認できることなんてないじゃないか」

するると、能勢司書が穏やかにこう答えた。

「確認はできなくても、説得力のある別の仮説が見つけられたら、秋葉さんは気が休まりませんか？　それなら何とかなるかもしれませんよ」

なんだか頼もしい。この能勢という男、見るたびに印象が変わる。

「どうやって？」

「今の話を聞いて、思いついたことがあります」

「どんな？」

今度は日野君が興味津々といった顔で身を乗り出してきた。今居司書はカウンターに戻っているので、今この事務所には三人だけだ。上司はいないのか。

「順を追ってお話しします。まず、『おことうさんの市』の日、雨は降っていなかったんじゃないでしょうか」

「え？　そんな記録が残っているんですか？」

能勢司書は落ち着き払って首を振る。

「残念ですが、秋庭の正確な気象記録は残っていません。でも、各種の新聞のオンラインデータベースを閲覧すると、その日東京に雨は降っていなかったんです。新聞社が載せているのは原則として本紙の最終版のみなので、記載されている東京の記録でしか確認できないのですが」

「秋庭の気象記録ではないんですね？　じゃあわからないでしょう？　首都圏といっても相当広いし、エリアによって気象条件は変わる。秋庭近辺に局地的な雨が降っていなかったとは言い切れない」

「はい。ですが、秋葉さんの言葉に別の手がかりがあります」

「何です？　ぼくは何も思いつきませんが」

「焼いた自然薯がうまかった」

能勢司書は静かに言った。「そして、山の小屋で火を起こすのはご法度だった」

健一は、一瞬呆然とした。それから言った。

「……いや、焼いた自然薯を食べたというのは、ぼくの記憶違いかもしれない……」

「お言葉ですが、空腹とそれをなだめてくれた味覚の記憶というのは、人間の欲望からダイレクトに発生していますから、信憑性《しんぴょうせい》が高いと思いますよ。少なくとも、仮説に組み入れるに足るほどには。その晩道子さんは自然薯を焼いてくれた。外で。それは、雨が降っていたらできないことでしょう。今みたいに、雨天で使用可能なアウトドアグッズが開発されていた時代ではないですからね」

健一はそれでも食いさがる。

「じゃあ、ぼくが聞いた雨の音はどうなんです？　記憶に間違いがないなら、あの音だってたしかな記憶だ」

「当然、雨ではない水の音ということになりますね」

「雨ではない？」

「一番可能性が高いのは川の瀬音《せおと》です。静まり返った山の中、視覚も閉ざされた環境では、大変耳につきやすいと思いますよ」

健一はほっとして笑い出した。

「それこそ、ありえない。日向山に、そんな瀬音を立てるような川なんてないですから」

すると目の前の『秋庭の年中行事』の上に、もう一冊の本が出され、さっきの古くさい地図が広げられた。

「これ……」

「さっき今居がご案内した、もう一冊の方、『秋庭の民俗と地理』という本です。この地図にはどこで市が立っていたか、簡単に図示してあります。見てください。これが秋葉さんのお宅と日向山。その北側に川があってそのまた向こうは別の山ですね。そしてその山からの流れが、川――八日市の立った川岸――の支流となっている」

健一はまた言葉を失った。

「幼い子であっても、時間をかければ思いがけないほど遠くまで行けるものですよ。道に迷い、方角を失う間に、健一さんは日向山を出て隣の山まで迷い込んでいたのではないか。そう考えれば、健一さんがご家族に見つけてもらえなかったこと、むしろ八日市に向かっていた道子さんに見つけられたことの説明がつくんです」

能勢司書の指は、隣山から八日市までの道筋を示す。たしかに、日向山からよりも直線距離は短い。

「じゃあ、じゃあ、翌朝ぼくは……」

「早朝眠っている間に、日向山の小屋に移されていた。また幼い子と繰り返すことになりますが、彼らは本当に疲れると、どんなところでも正体を失くして熟睡します」

ふと、行楽帰り、電車の中で眠ってしまった佐由留の重い体が思い返された。肩が凝《こ》らないか首がどうかならないかと心配になるような姿勢でも、一度眠ると絶対に起きなかった。

だが、健一にはまだ反論の材料がある。

「待ってください、道子さんではぼくを運べなかった。これはぼくではなく、お袋が言ったことですよ？　道子さんがぼくを担いで山を下りて、日向山の小屋に運ぶのは無理です！」

そう言った後、健一は自分で気づいた。

「道子さんのほかにも誰か、いた……？　お金をこっそり渡す相手が……？」

市の日。現金を持って。夜中にいなくなって。もう一人に現金を。

一気に目を開かれた思いの健一だが、能勢司書はさらに言葉を重ねる。

「まだ、そう結論を出すのは早いと思います」

「だって、ほかに何が考えられるんです？」

「道子さんが売り上げをくすねていたと疑われたのは、どうも健一さんの件が起きる前からのようですね。お姑さんはむしろ、いつも売り上げが少ないと疑っていたようだった」

「ああ、たしかに……。でも、やっぱり道子さんがそんな人だとは考えられませんよ！」

「ただ、隠しごとはあったのかもしれませんね」

「どんな？」

興奮する健一の前に薫《かお》り高いコーヒーが置かれた。

「おれが想像したのは、こういうことです。その道子さんという方は、八のつく日に立つ市に、店の売り物を担いで山を通る。たぶん、日向山の隣の山の、この川の流れに沿った道を。ではもしも、市に着く前に、その売り物を誰かが受け取っていたら。横流しではなかったかもしれません。その誰かに、売っていたつもりかもしれません。ひょっとしたら、多少安い値でね。そのことをお姑さんに疑われたのかもしれない。売り上げが少ない、と」

「じゃあ、そのことを言えばいいじゃないですか？　値引きしたっていいでしょう。それだって立派な商取引だ」

「人には言いにくい相手だったとしたら？」

「え？」

「たとえば人気《ひとけ》のない山の中でこっそりと商売をする。荷物を軽くする。その後の歩行が楽になって時間も稼げるでしょう。その時間が、道子さんは欲しかった」

「何もない山の中で、時間を作って何をするというんです？」

「あの、先輩……」

黙っていられないというように、日野君が口を出した。その顔がなんだか赤い。健一ははっとした。

山の中に、道子さんとあと一人。つい値引きをしてしまいたくなる相手。若くして夫に死なれた後も婚家にしばりつけられていた道子さんは、その人といる時間だけが慰めだったのかもしれない。

「会いたかった人と過ごす時間です。その秘密がばれる方がよほど怖かった。売り上げをくすねる性悪嫁とののしられるよりも」

健一も、顔がほてってきた。

「その山の中に迷い込んだぼくが、怪我をしてしまった……？」

能勢司書は何度もうなずいた。

「道子さんは、秋葉さんの家に知らせることもできた。でも、そこで素晴らしい誘惑に気づいたんです。いつも人目を忍んで短い時間過ごすだけの人と、一晩ずっと一緒にいられる機会です」

「道子さんは、すごく優しかった……」

見たわけでもない光景が、目に浮かぶ。暗い山の中、穴の中の火の、暖かい色。そのかたわらで寄り添う二つの影。

時おり、そのうちの一つが少し離れた小屋の中に消えては、またいそいそと火のそばに戻ってくる。

——大丈夫、坊っちゃんはよく眠っているわ……。

あれは健一を一晩山へ留め置くことへの後ろめたさからだったのか。日野君がいたわるように声をかけてくれた。

「秋葉先輩、すべてはただの仮説です」

健一は感謝のつもりでほほ笑んだ。

「お袋によると、道子さんは再婚したそうです。彼女について親父があまり話さなくなったのも、何か気づいていたからかもしれないですね……」

家に帰ってからも、健一は過去をさまよっているような思いだった。お袋が心配そうに見ているのはわかったが、適当に言い訳をして部屋に引っ込む。

携帯電話が鳴ったのはそんな時だった。

——もしもし？　佐由留の学校の、冬期スキー教室のことで相談したくて。自由参加だけど、佐由留が行きたいって言うの。お友だちに誘われて。それでね、費用なんだけど……

健一はさえぎった。息子にかかる費用のことで異議を申し立てるつもりはない。

「もちろん半額負担するよ。だが、茉莉。ちょっと会ってくれるか？」


茉莉が指定したのは都心のオープンカフェだった。時間どおりに着いたつもりだが、彼女はもう大きなカップと本を前にすわっていた。

「待たせて悪かった、こちらがお願いしたのに」

「いいえ、ゆっくり読書できてよかったわ」

開いた文庫本のページの一番上の書名が、さかさまに読めた。

『風と共に去りぬ』。

茉莉の愛読書だ。何度もこうして読んでいるところを見ている。茉莉は、通勤用のバッグには必ず一冊文庫本を入れている。本を替えるたびに、愛用の布製のカバーをかけ替えて。中でもこの『風と共に去りぬ』はヘビーローテーションされている。よっぽど好きなのだろう。茉莉は、本についているしおりのひもをそのページに挟んでぱたりと閉じると、クリアファイルを取り出した。

「それじゃ、まずこちらの事務連絡から。電話で話した件。佐由留の中学、二月に希望者を募って二泊三日のスキー教室があってね。佐由留がクラスメートから誘われたの。厳密に言ったら、これは合意事項以外のおねだりになると思うんだけど」

「おねだりじゃないだろう？　佐由留はぼくの息子だ。希望制であろうとも、学校行事の費用負担は当然だよ」

茉莉が見せた学校側のプリントはざっと見ただけで押しやる。こういうことで茉莉はごまかしをするような女ではない。

「今週中に、佐由留の学校用の口座に振り込んでおくから」

茉莉がほっとしたように笑った。

「ありがとう。じゃあ、あなたの用件をどうぞ。何か話があったんでしょ?」

そうだ、佐由留には悪いが、今日の健一にはこちらが本題だ。

「聞いてくれるか」

そして健一は、秋葉図書館で聞いた仮説を、何から何まで、詳しく話したのだった。

「どう思う?」

茉莉はかすかに苦笑したようだ。

「本当にすごいわね、あの司書さんたち。でもたしかに今の仮説、当たっている気がする」

「そうか」

なんだか、心が落ち着いた。

すると、茉莉はちょっと頭を下げた。

「あなたの思い出の人を泥棒扱いして、すみませんでした」

健一はふっと我に返る。元妻に、なんで昔の恩人のことなどでむきになっていたのか。

「いや、いいんだ、そんなことを言ってもらいたかったわけじゃないから……」

「あんまり意地悪なことを考えちゃいけないわよね。私たちが子どもの頃でしょ。秋庭みたいな古い土地でお嫁さんやってるのって、大変だったと思う。私にはとてもできない」

その言い方に、かすかなとげを感じた。

「秋庭みたいな古い土地でお嫁さん、か。君はそんなに大変だった?」

茉莉は別に舅《しゅうと》や姑と同居していたわけではない。苦労をかけたつもりもない。だが茉莉の言い分は違うようだ。

「秋庭のお正月を思い出しちゃった。朝から晩まで、お客がやってきてそのたびにお節料理を出しなおし、お酒の用意をし……。あなたはいいわよ、あのお茶の間でお義父さんとお客さんとお酒を飲んでいるだけ。台所の人間はそりゃあ大変だったわよ。いくら働いても当たり前みたいに思われて」

そんな風に感じていたとは知らなかった。

「……でも君は、いつも頑張《がんば》ってくれていたじゃないか。すごく評判のいい嫁さんだったんだぞ」

「それはどうも。私、優等生だし猫をかぶるのうまいから」

いや、もう少し、正しい評価を伝えたい。

「そうさ、それこそ、その『風と共に去りぬ』に出てくるメラニーのように……」

その瞬間、茉莉が立ち上がった。鋭い言葉が浴びせられる。

「それ、褒《ほ》めてくれているつもり？」

茉莉の剣幕に、健一はあっけにとられた。

「あなたずっとそんなふうに思っていたんだ……。私、メラニーほどには腹黒く猫をかぶっていないつもりだったんだけど。ああ、なんかどうでもいいことまで思い出してきちゃったじゃない。よかったわ、自由になれて。……帰ります」

自分のコーヒー代をぴしゃりとテーブルにたたきつけて、茉莉は去っていく。健一はそれをぽかんとして見送った。

「なんだって言うんだよ……」

つぶやくことしかできない。

「メラニーは理想の女性じゃないのか？」

健一が以前に調べた『風と共に去りぬ』の説明やレビューには、もれなくそう書いてあったのに。

昔からあの小説は茉莉の愛読書だった。茉莉に惹《ひ》かれるようになってすぐそれに気づいた。だから健一は、茉莉の気を引くために、名画座を探してあの映画を観たり、本について調べたりもしたのだ。

メラニーのどこがいけないというのだ。


別れた妻とはいえ、佐由留のことを考えれば、今後も友好関係は続けたい。

帰り道、書店に寄ってみたが『風と共に去りぬ』は見つからない。あったのは廉価版の映画のDVDだけだ。仕方なくそれを買った健一は、帰宅すると自室のパソコンでそれを観始めた。

そうそう、こういう映画だった。

ヒロインはスカーレット・オハラ。ずっと慕っていた紳士のアシュレに告白したのに、彼はそれを撥《は》ねつけて、メラニーというたおやかな女性と結婚してしまう。スカーレットはそのあてつけのようにほかの男性と結婚するも、おりしも勃発《ぼっぱつ》した南北戦争で新婚の夫を失い、金のために再婚した相手にも死なれ、最後にレット・バトラーという精力的な男と再婚する。だが、心の中ではずっとアシュレを思い続けているために、レットとはうまくいかない。二人の子を相次いで失い、メラニーの死をきっかけに結婚は破綻《はたん》する……。

茉莉のためにと辛抱して、名画座の固い椅子でこの映画を観た時のことが思い出された。

この映画についての健一の感想は、一言で言える。

メロドラマだ。

そして、健一はメロドラマが好きではない。

だが、今回のビデオ鑑賞の目的はそこではない。なぜ、茉莉はメラニーにたとえられて怒ったのか?

健一の印象として、メラニーは敵意を持たれるような描かれ方をしていない。ただのお人よしだ。

わがままで自分の欲望に忠実なスカーレットは、生きていくために、古いしきたりやレディのたしなみとされるものをかなぐり捨て、不正ぎりぎりのやり方でのし上がっていく。彼女が結婚したレットにしても、同じく人に言えないやり方で財を成した人間だ。その二人がなんとか古き良き南部アメリカ社会に受け入れられたのは、メラニーのおかげ——自分では不正を犯すことも他人に残酷《ざんこく》な仕打ちをすることもできないメラニーが、最初から最後までスカーレットをかばい続けてくれたから——なのだ。

メラニーという女性、たしかにスカーレットから見れば腹立たしいだろう。猫かぶり、そうかもしれない。だが、腹黒という言い方はやはり極端すぎる。

小さな画面を何時間も見つめていたせいで、体が痛い。肩をほぐして寝転がってから、健一は助けを求めることにした。

「佐由留? 今電話で話していてもいいか?」

——いいよ。

「母さんは？」

――お風呂。ついでに大掃除するって言って、なんだかすごい勢いで浴室の壁を洗ってる。

茉莉はストレス解消に大掃除をする癖があるのだ。

――あ、スキー教室のこと、ありがとう。

「礼を言われることじゃないよ。それよりな……。母さんが掃除魔になっちゃったわけ、聞いてくれるか？」

事情を話すと、佐由留はこう言った。

――ああ、母さんの机に並んでいる本のことね。ねえ、それ、読んでみないといけないんじゃない？

「え？　同じ内容の映画をわざわざ観たんだぞ？　このほうが手っ取り早いだろう？」

佐由留の声が大人びた。

――ぼくね、図書館の人から教わったよ。本が違えば、読む人の受け取り方が違うこともあるって。ひょっとしたら、映画と本でも違うかもしれないんじゃない？

「じゃあ、母さんと同じ本を読まなければいけないのか？」

――うん。頑張って。

そこで電話は切れた。


「茉莉さん――こう呼ばせていただきますが――の持っていた本は、たぶん新潮文庫の全五冊のものです。『風と共に去りぬ』の文庫版でしおりひもつきとなれば、ほかにありませんから」

日野君は、その五冊をカウンターに置いた。

「え？　五冊？　一冊じゃないのかい？」

「『風と共に去りぬ』は大長編ですよ。作者のミッチェルが、自分の知る南部アメリカの歴史や風俗を、思う存分に詰め込んでいる小説です」

「しかし、茉莉はいつも一冊だけ持ち歩いていたんだが……」

ぱらぱらとめくった健一は、その理由を理解した。『風と共に去りぬ』の全五冊とも、本文右ページの上に書名が入っている。だが、分冊であることを示すナンバーは振られていない。茉莉は常にその中の一冊だけを選んで、カバーをかけて持ち歩いていたのだろう。だから、今まで気づかなかったのだ。

「それにしても長いな……」

健一は、正直、うんざりした。

「ところで、秋葉先輩、これを読んだことはないんですね？」

「うん」

健一は白状した。茉莉と共通の話題がほしかったから、映画を一回観て話を合わせたのだと。ついでに、彼女がメラニーを腹黒と言っていることも。

すると、日野君は小さく噴き出した。

「私、茉莉さんと話が合うかも」

「そうなのか？　教えてくれ！」

健一は身を乗り出した。「君たち、メラニーのどこが気に入らないんだ？」

だが、日野君が断固とした顔で首を振る。

「秋葉先輩、読書は自分で体験しなければ、意味がないです」

貸し出し手続きを終えると、日野君は一番下の一冊をぱらぱらとめくって返却期限を印字した帳票を挟み、丁寧に本をそろえてさし出した。

「どうぞ、お楽しみください」


はっきり言って、それほど楽しめなかった。日野君も言っていたとおり、作者は男女の恋愛模様を書くだけではなく、南部アメリカの歴史——いかに南北戦争が悲惨だったか、敗者となった南部アメリカの苦難がいかに過酷だったか、むしろそちらが興味の焦点のようだった。読み通すには根気がいる。作者には常識でも、現代の日本人にはぴんとこないことも多い。

だが、健一はメラニーに焦点を絞って読めばいいのだ。すると徐々に、映画では描き切れていないメラニー像が浮かび上がってきた。

やっと五冊目に取りかかれたのは三日後だった。街はすっかりクリスマスのお祭りムードだ。一人で外回りに出た昼食時。最後の文庫本を手に取ると、自然にページが開いた。返却期限票が挟まっている。

そのページに目を落とした健一は、しばらく固まっていた。

そこには茉莉が嫌うメラニーが——嫌って当然のメラニーが——いた。


「わかりました?」

「たぶん」

健一は苦笑して、返却期限票を示した。

「日野君は、このページにわざと挟んでくれていたんだね？　ぼくのために」

「おせっかいですかね。でも、この本はとにかく長いですからね。のめりこんで読むならまだしも、先輩のように義務で読んでいるだけだったら、物語終盤まで来る頃には疲れて読み流してしまうかもしれないと思いまして」

「日野君も、同じようにここで引っかかったのかい?」

彼女は大きくうなずいた。

「私がこの本を読んだのは、友人とアメリカを貧乏旅行していた時なんですよ。その友だちがとにかくこの小説のファンで、私も長旅の間ほかに読むものがなくて、彼女から借りたんです。物語の舞台を旅しながらだと興味深かったですしね。で、繰り返し読んでいるうちにメラニーが鼻についてきたわけです。スカーレットのように悪事——ま、当時のお上品な社会の基準でいう悪事ですけど——には一切手をつけないくせに、その悪事の果実はすまして受け取っているメラニーが」

「ま、現代の我々が悪と判断するものはほとんどないけどね。粗悪品を売りつけるくらい、混乱期には珍しくなかっただろう。唯一、自分の家に侵入してきた脱走兵を射殺する場面があったが、あれだって正当防衛の範疇《はんちゅう》と言える」

「あそこもすごいですよね」

日野君が身を乗り出してきた。「脱走兵を射殺したのはスカーレット。メラニーは気絶しそうな顔をして、殺された脱走兵が何か金目のものを持っていないかどうか、死体を調べることをスカーレットに提案する。自分は死体にさわったら気絶しそうだからと、スカーレットに探らせる。しかもスカーレットが財布を見つけ、喜んで紙幣を数えようとするのを制して、まず死体を、これまたスカーレットに始末させる」

「……女は怖い」

敗《ま》けた南部には、利権目当ての北部の人間がなだれ込む。そうしたかつての敵相手に商売を始めるスカーレットは、南部の裏切り者とさげすまれる。唯一スカーレットの弁護をするメラニーは、善人すぎるという評価を受けつつ、スカーレットの稼いだ「汚い金」で自分ばかりか子どもも夫も養われる。その夫こそ、スカーレットが恋い焦がれながらも報われないアシュレだというところが、最大の皮肉だ。

「メラニーは本当に、自分の夫にスカーレットが生涯片思いだったことに気づかなかったと思うかい？」

「まさか」日野君は即答した。「メラニーは馬鹿じゃありません。知っていてスカーレットを利用した。私はそう読みました。そしてついに、物語終盤のあの場面で一気にそれが明かされる。最初に読んだ時はそういう筋立てだと思ったんです。あのくだりを読んで、深夜の安ホテルのベッドで起き上がったもんですよ」

そここそが、日野君が示唆してくれた場面だ。

スカーレットと夫のレットはボタンをかけ違うように心がずれていく。互いの思いが誤解される。そして取り返しのつかない悲劇。スカーレットは妊娠するが「あなたのこどもなんか、あたしは、ほしくないわ」と言い捨て、レットは「おろしてしまえばいい」と応酬する。かっとなったスカーレットはレットにとびかかり、身をかわされて階段から転落し、流産してしまう……。

苦痛の中でスカーレットはレットを呼ぶ。

罪の意識にさいなまれたレットはスカーレットと顔を合わせる勇気が出ず、スカーレットの看病をしているメラニーにすがる。そのレットに、メラニーはこう告げるのだ。

――いいえ、あなたをよんでいるのではありません。


「ひどいよな」

「ええ、本当。スカーレットとレットが和解する最大で最後のチャンスを、メラニーはつぶした。これこそメラニーの本性を暴く伏線だと思いましたよ。それが肩透かしを食おうとは……」

「『風と共に去りぬ』はそういう小説じゃないんだよ」

メラニーのついた嘘が暴かれれば、スカーレットとレットのその後は変わったかもしれない。しかし、日野君の言う「伏線」は回収されないまま、最後までメラニーは優しく気高い南部の貴婦人として死んでいく。スカーレットとレットに自分の善良さを信じさせたまま。

「作者のミッチェルは、おそらく登場人物よりも南部アメリカの歴史そのものを描きたかったんでしょう。でなけりゃ、女性ならメラニーみたいな処世術は身につけていて当たり前だったたから、そのまま結末に持って行ったとか。メラニーの行動は、当時のアメリカでは説明の必要もない、当たり前のことだったのかもしれません」

「そのほうが余計に怖いな。まあ、十九世紀の、太平洋の向こう側のことを書いた小説だ。とにかく、ありがとう。元妻が何に怒ったのかはわかったよ。映画を観ただけじゃ気づくはずがなかった」

「映画では、あの場面どうなっていたんでしたっけ?」

「レットに嘘をつくのはメラニーではなく、端役のおばあちゃんだった」

「なるほど……。映画製作者は、原作のままじゃまずいと判断して作りかえたんですかね」

「そうかもしれない。だからメラニーの気高いイメージは守られた。はっきり言って、原作を読み通す人間よりも、映画を観ただけで満足する人間の方が多いもの」

健一のように。

「さあ、謎は解けましたね？　茉莉さんにお話ししたらどうですか？」

「いや、……どうしようかな」

しばらく考えることにしよう。

小説を繰り返し、味わって楽しんでいる茉莉。旧弊な南部アメリカほどではなくても、女性が報われないことに、自分のある部分を重ね合わせていたのかもしれない。

健一はそれに一切気づかなかった。今だって、物事は効率よく運びたい。ストーリーを知るだけなら、ダイジェストでも映像でも結構。時間とエネルギーは別のことに使いたい。

だから、自分と茉莉は合わなかったのか。

そう思うのは苦いことだが、どこかで納得している自分もいる。

——ぼくがぼくであって茉莉が茉莉であって、その必然の結果が今ならば。

「ありがとう」

健一はもう一度日野君に礼を言って、『風と共に去りぬ』全五冊をカウンターに返却した。

※引用は『風と共に去りぬ』（マーガレット・ミッチェル　大久保康雄・竹内道之助訳　新潮文庫）より。

聖<sub>せい</sub>
樹<sub>じゅ</sub>

# 聖樹《せいじゅ》：クリスマスツリー。クリスマスの子季語。

平野進《ひらのすすむ》が、クラスメートの光彦《みつひこ》を行きつけの場所――秋葉図書館――で見たのは、クリスマスも間近の、放課後のことだった。

光彦は、目立つ存在じゃない。小学校四年生の進は、もう一年半以上同じクラスで過ごしていることになるけど、親しく話した経験がない。今は教室で席が近いし、班行動で一緒になった時なんかは必要があればしゃべるけど、それだけだ。

そんな光彦に気づいたのは、図書館の、入り口自動ドアを入ったところのホールのベンチに、一人きりで腰を下ろしていたからだ。図書館に入ったら、必ず目に入る場所に。体の右側を進の方に見せて、ちょっと上半身をねじったみたいなかっこうで、外を見ているようだった。

光彦は、ぽつんと一人ですわっていた。家には一度帰ったのか、ランドセルはないようだ。膝の上には、開いた絵本。

進がいつもチェックする児童書のコーナーは、そのベンチとは反対の方角だ。でも、近づかなくても、何の本を読んでいるかはわかった。

『つるにょうぼう』。

進もその本は知っている。この間、担任の緒方《おがた》先生が日本や世界の昔話を集めて、教室の後ろに展示したのだ。緒方先生はみんなに読書を薦《すす》めていて、毎月何かのテーマを決めて、学級文庫を作っている。その、十二月のテーマが「昔話」だったわけだ。緒方先生は、『つるにょうぼう』の読み聞かせもしてくれた。

でも、『つるにょうぼう』は正直、あまり面白いとは思わない。表紙が、地味な色の着物の女の人だけだったし、それにもちろん、『つるにょうぼう』のストーリーに心をひかれなかったせいもある。

ついでに、緒方先生が薦める本の打率は、進としては五割だ。そして『つるにょうぼう』は外したほうだったのだ。同じ昔話なら、『さんまいのおふだ』とか『じごくのそうべえ』とか、もっとどきどきはらはらして、最後はすかっと終わるほうが好きだ。

光彦は、進には気づかないようだった。

もしも進が気になるような本を読んでいるんだったら、声をかけてみる気になったと思う。進は、誰とでも友だちになれるほうだ。特に、本の好みが合うんだったら最高だ。でも、『つるにょうぼう』じゃ、話すことがない。わざわざ「おれ、その話、面白くなかったけど」なんて言うのは、マナーとしてどうかと思うし。

そういうわけで、進は声をかけずにいつもの書架へ向かった。そしてカウンターで本を借りて家へ帰った。帰る時には光彦のことをすっかり忘れていた。

ところがその二日後。「当たり」だった本――『ダレン・シャン』っていうぞくぞくする冒険ストーリーだ――を図書館に返却に行った時、一昨日と同じ場所で、まったく同じように光彦はすわっていたのだ。今度こそ声をかけようかと思ったけど、光彦は本に――また『つるにょうぼう』らしい――集中しているようだ。時々、自動ドアとは正反対の、カウンターのほうを向くけど、あとはずっと、本に視線を落としたまま。やっぱり邪魔をするのも悪いかと思い、近づかずに書架へ向かう。残念、『ダレン・シャン』の二巻目は貸出中だった。かわりに、表紙に惹かれて手に取った『名犬ラッシー』を借りて帰る。

帰り道、なんとなく変な気がして、光彦のことを考えながら歩いた。様子がおかしかった気がするのに、それが何なのかわからない。そのことが、薬のカプセルを頑張って飲み込んだ後、のどに変な感じが残るように、引っかかっている。

その「何か」に思い当たったのは、家に帰って『名犬ラッシー』を読んでいた時だった。本に夢中になって、お母さんが夕ご飯よと呼んだのに気づかなくて、怒られたのだ。

光彦、『つるにょうぼう』を読んでいなかった。進が図書館に入った時には男の人と女の人が向かい合っている挿絵のページが開いていたのだが、帰り際に見た時も、同じページが開いていた。ページに指をかけてもいなかった。

光彦は、秋葉図書館で何をしていたんだ？　本を読んでいるんじゃないのに。ほかにも、思い出したことがある。進が、本が好きだからかもしれないけど。

本を読んでいる奴は、あんな風に、カウンターの中の人が立ち上がるたびに顔を上げたりしない。本に夢中になっているなら。

——変な奴。

進が知らないだけで、光彦もずっと図書館の常連だったのだろうか。でも、小学生が平日図書館に来られる時間帯なんて限られているのに、ついこの間までは一度も見かけた覚えがない。

進は、ミステリも好きだ。だからつい、色々と考えてしまう。

図書館で、本を広げて、でも本を読んでいないなんて。それじゃいったい、何のために図書館にいるんだ？

たとえば、図書館に来る誰かを待ち伏せしているとか。光彦の気になる子が図書館で勉強するから、声をかけるチャンスを作りたいとか。あいつは熱心に塾通いをしているらしいし、勉強は得意そうだからポイントを稼げるだろう。

いや、違うな。それだったら、図書館の勉強できるコーナーで教科書でも広げているほうが、ずっとそれらしく見える。図書館に入ってすぐに顔を合わせても、相手が「じゃあね」って通り過ぎたらおしまいじゃないか。

でなければ、図書館でただ暇つぶしをしているとか？　鍵を忘れて家に入れないから、誰か家の人が帰る時間まで暖かい場所にいたかったとか。

それなら、もっと面白い本のあるところに行けばいい。それに、この間も今日も、ランドセルを持っていなかった。家に一度帰ったわけだ。朝急いで登校する時に鍵を忘れることはあっても、家からまた遊びに出て何度も締め出しを食うなんて、あるだろうか。大体、こんなに立て続けに鍵を忘れるほど間抜けでもなさそうだ。学校帰りに寄り道してはいけませんっていう先生の言いつけを、真面目に守るような奴なんだし。

それじゃ、家の中の雰囲気が暗いから、いたくないとか？　そういうことはある、かもしれないけど。

でも、それでもまた最初の疑問に立ち返ってしまう。図書館で暇つぶしするのに、どうして本を読まないいんだ？

いくら考えても、ホールで、読みもしない本一冊だけ持ってすわっている理由が思いつかない。

そう、『つるにょうぼう』、きっと光彦もたいして好きじゃないんだ。

好きでもない本を持っているとしたら、図書館にいることをあやしまれないための口実だとしか思えない。

光彦は、本を読みに来ているんじゃない。図書館の中に、気になることがある――でなければ、これから気になることが起きるのを待っている――わけでもない。だって、図書館の中のことに注意を払っているなら、進にだって気づくはずだもの。

図書館にいるのに図書館の中のことは気にしないって、どういうことだ？

じゃあ、図書館の外の様子を窺《うかが》っているとしたら、どうだろう。秋葉図書館はちょっと町外れの場所に建っているから、図書館の近くに来る何かを待っていようとしたら図書館の中にいるのが一番、あやしまれない。だいたい、こんなに寒い季節じゃ、外での「張り込み」はきついだろう。

――図書館の外？

進は、また別のことに思い当たった。

最近、秋葉図書館の外に立て看板が設けられた。警察署が立てたのだ。

『十二月〇日午後八時二十分頃、この場所で歩行者が自転車にはねられ、重傷を負う事故が発生しました。情報をお持ちの方は、警察署にご連絡ください。』

事故が起きたのは冷たい雨が突然激しく降り出した夜のことだったそうだ。午後八時二十分。そんなに遅い時刻じゃない。自転車がスリップして、歩道を歩いていたおばあさんをはね、そのまま逃げていったという。おばあさんは腰の骨を折って病院に運ばれたそうだ。

――あいつ、あの事故に関係があるんじゃないか？

一足飛びに進が光彦をその事故に結びつけてしまったのには、理由がある。はねられたおばあさんは、自転車に乗っていたのは十代の男の子らしいと言っていること。お母さんが、近所の人からそう聞いてきたのを進も知っている。

それから、もう一つ。ちょうど事故の翌日、光彦は顔に怪我をして登校してきたのだ。

「どうしたの、その顔」

教室に入った途端に、クラスでもよく発言する横井《よこい》という女子がびっくりした声を上げたから、クラス全員が光彦の顔に注目してしまった。おでこの右側のところに大きな絆創膏《ばんそうこう》を貼っていたものだから、とにかく目立ったのだ。

「……ううん、何でもない」

「自転車に乗ってて、事故を起こしたりしたの？」

「……違うよ」

あいつはそんなことをもごもご言っただけで着席してしまったから、そのままになったけど。

進がおばあさんの事故のことを聞いたのは、その日、家に帰ってからだった。

あの事故の犯人だったら、事件がそのあとどうなっているか、気になって仕方がないだろう。看板まで立てられてしまったんだから。じっとしていられずに、何かばれてはいないかと、図書館に来てしまう。犯人は犯行現場に戻るって言うじゃないか。

だが、これだけの憶測では、誰かに話すわけにもいかない。

ところが、こんなことを考えていたのは進だけではなかった。

二日後の朝。

教室に入ってみると、なんだかいつもと違うざわめきがうずまいている。緒方先生が入ってくるまで騒がしいのはいつものことだが、今日のは、何て言うのか、気持ちがよくないざわめき方だった。

クラスメートは半分くらい来ているだろうか。誰かが取っ組み合っているわけでもないし、悪口を言い合っているわけでもない。みんな、いつものように気の合う者同士で固まっているだけだ。なのに、ついさっきまでいやな言葉が飛び交っていた後のような、居心地の悪い空気だ。

仲のいい大川俊也《おおかわとしや》たちの顔を探してみたが、まだ登校していない。

進は、何も気づいていないという顔をしながら、後ろのロッカーにランドセルを置きに行く。みんな、動かない。進どころじゃないという感じで、遠巻きにして何かを見ないふりしてこっそり横目で見ている。

その横目の先を追っていくと、ぽっかりと空いた隙間が見つかった。

そこに光彦がいた。自分の席に。一枚の紙が光彦の机の上に置かれていて、その前に、うなだれてすわっていた。

やっぱり変な感じだなと思いながら、進は歩き出した。変な感じなのはみんなが進の動きに注目しているような気がするせいだ。だが、光彦の席は進と同じ列で、進の二つ後ろなのだ。席に着くには横を通らなくてはいけない。通り過ぎる時、紙に書いてある文字が目に入った。

**ぼくはうそといっしょにいきていく**

これだけが、大きな字でプリントされていた。

見た瞬間から、進も胸がどきどきしてきた。これが進に向けられた言葉じゃないと、わかっていても。

それでも進は足を止めなかった。何も見なかった、そういうポーズで通りすぎると、進に向けられた視線がなくなったのがわかった。

思わず、緊張が解ける。

## ぼくはうそといっしょにいきていく

誰がやったことだろう。

進のクラスメートは全員、この言葉を知っている。谷川俊太郎《たにかわしゅんたろう》という人の詩だ。タイトルは「うそ」。緒方先生が国語の授業でみんなに配ったその詩の、一行だ。たぶんあのプリントから切り取って、拡大コピーでもしたのだろう。

でも、この一行だけ取り出すと、全然意味が違ってしまう。

光彦が、おばあさんをはねたと白状しないことを責めているみたいじゃないか。この間、進が疑ったようなことを、クラスのみんなも考えていたのか。

――あいつ、あの紙、どうするんだろう。

知らず知らずのうちに進は息を詰めて後ろの席の気配を窺っていた。

教室の空気が変わったのは、緒方先生が入ってきた時だ。

「おはようございます」

緒方先生は、いつもどおりに明るい声で言う。みんなが口々におはようございますと返して、一気に緊張が解けた。そのタイミングを待っていたかのように、ごそごそという音がした。光彦が、紙を丸めて隠したのだろう。

でも、これだけでは済まなかった。クラスメートが光彦に向ける視線はどんどん冷たくなっていった。こういう雰囲気の悪いのは、進は苦手なんだけど。いや、誰だって苦手だと思うんだけど。クラスの一部の、光彦を責め立ててもかまわないって思っている奴以外は。

そういう奴らが声高《こわだか》に、でも緒方先生には聞こえないところで噂するものだから、今まで知らなかったことが進の耳に入ってきた。

光彦の家は駅から図書館を通り過ぎた先にあって、いつも自転車で駅前の塾に通っているのだそうだ。そしてちょうど、あの事故のあった頃に塾は終わって、光彦はいつも一人で、自転車に乗って帰る……。

全然親しくない、ただのクラスメートだ。本当に、光彦の仕業《しわざ》なのかもしれない。だったら悩んでいても当然だ。

その一方で、どうにも気分がよくない。どうして気分がよくないのか、その根っこが自分でもわからないから、余計に気分がよくない。

そんなすっきりしない気分を抱えたまま、その日も進は図書館にやってきた。『ダレン・シャン』の続きを読みたい気持ちには逆らえない。

図書館の前まで来ると、いやでもあの立て看板が目に入る。

——図書館の人が目撃していたっていうの、本当なのかな。

横井たちのグループが、そんなことをささやいていたのだ。被害に遭ったのは横井の近所のおばあさんで、横井はかわいがってもらっているから誰よりも情報を持っているらしい。

その看板から目をそらしてホールの中を見やった進は、思わず立ち止まった。

光彦がまっすぐに進を見ている。同じベンチにすわっているけど、今日は何も本を持っていない。

こうなったら、仕方がない。進は光彦に近づく。やあ、と口の中でつぶやいて、片手を挙げて。

すると、光彦は腰を浮かせて、進から逃げようとした。

「おい、待てよ！」

そんなに大きな声を出したつもりはなかったのに、光彦はびくっとして、進に背を向ける姿勢で立ち止まる。

「なんで、逃げるんだよ？」

光彦はがくんと首を落として何か言った。聞き取れない。

「何だよ？」

「……ぼくじゃない」

小さな小さな声だった。だから、聞き返してしまった。

「え？」

「ぼくじゃない！」

今度の声は、ぎくっとするほど大きくて鋭かった。光彦は、自分でも自分の声にびっくりしたようにうつむいたままで固まっている。

それからようやく、進に目を向けた。

「平野君だって、そう思ってるんだろ？　ぼくが、あの事故を起こしたって。自転車で人をはねたって。でも、違う、ぼくじゃないんだ！」

光彦の両目からぽろぽろと涙がこぼれるのを、進はぼうっと見ていた。

「……じゃあ、なんで、あの立て看板を気にしてるんだよ」

何か言わなければいけない気がして、そんなふうに言ってみる。

「みんなが、ずっとぼくに聞こえるように話すんだもの。図書館に看板が立っている、早く犯人は名乗り出ればいいのにって。ぼくが顔に怪我をして学校に行ったことと、その前の日にそのおばあさんが事故に遭ったことと、それだけで結びつけられちゃったんだ。おばあさんの近所に横井さんが住んでいて、かわいがってもらっていたらしくて、事故のことすごく怒っていて」

やっぱり横井が中心か。クラスの女子のリーダー格だからな。進も、実は苦手にしている。掃除の時間にさぼってどなられるのは進だけじゃないが、この間体育の時間のサッカーで、横井と仲のいい女子にうっかりボールを当てたら、すごい勢いで抗議された。

「横井、悪いことした奴がいると強烈だからな……。それで、看板のことが気になって図書館に来たのか……」

自分がやったことじゃなくたって、疑われていたら、進だってそうしたかもしれない。進が気づくよりもっと前から疑われていたらしいし。横井に目をつけられたら進だって辛いと思うし。

だが、光彦は首を横に振った。

「看板まで作られたって聞いてここに来てみたのは、ぼくの顔を見ても目撃したっていう図書館の人がぴんと来るはずはないから、それを証言してもらえないかと思ったんだ。だって、本当にぼくじゃないんだもの」

「そうか、図書館の人が、犯人を目撃していたんだってな」

「うん、そうらしい。でも、いざ来てみても、どう言えばいいのかわからなくて。図書館の人に声をかける勇気もなくて……。平野君が図書館に来たのがわかっても、どうすればいいのかわからなくて知らんぷりして……」

そうか、前に進が光彦を見かけたこともわかっていたのか。

しくしくと泣き出した光彦の前で、進はまだ突っ立っていた。たいした根拠もないのに疑っていた自分に腹が立つ。こういう時は何を言えばいいんだっけ。しばらく考えた末にやっと思い当たった。

「ごめん。おれも、証拠もないのに疑っていた。光彦に、すごく悪いこと、してた」

光彦は小さくかぶりを振ってくれた。いいよ、と言ってくれたようだった。

「だけどさ、図書館の人に証言してもらいたいんだったら、ぐずぐずしてること、ないじゃないか」

「でも……」

「証言してもらいに行こう」

進はきっぱりと言った。「大丈夫、ここの図書館の人、探偵だから」

「探偵？」

「そうだよ。……いや、待って」

進はカウンターの方を見て言った。

「え？」

「行かなくていいや。向こうから来てくれるところだよ」

ここの図書館の人は、基本、ほかの利用者の迷惑にならない限り、放っておいてくれる。してほしいことがある利用者は自分から話しかけるだろうというのがスタンスだ。

でも、しばらく様子を見ていても泣き止みそうにない子どもがいるのは、さすがに見過ごしにできなかったのだろう。

　進にはおなじみの今居さんが、こっちへ歩いてくる。

　一年以上前だが、進は仲のいい俊也たちと計画して、この図書館に家出しようとしたことがあった。結果は、たった数時間でばれて、家に帰されたけど。その時お世話になったうちの一人が、この今居さんだ。今から思えばずいぶん迷惑をかけたはずなのに、それからも進に親切にしてくれる。

　優しい人なのだ。だから今も、心配そうに声をかけてくれる。

「大丈夫？　話、聞こうか？」


「いなかったことを証明したいのか。図書館で力になれるかどうか……」

　能勢さんは、あごをなでながらそう言った。

　二人で事務室に通されて、口火は進が切って、でも、途中からは光彦がつんのめるような勢いでしゃべりだした。誰かに聞いてもらいたくてたまらなかったのだろうな。そう思うと、進まで苦しくなるようだった。

　話が始まるとすぐ、今居さんは能勢さんを引っ張ってきていた。

「私一人だけで聞いて済む問題じゃなさそうだから」と言って。

　進としても、大歓迎だ。この能勢さんこそ、進たちの「家出計画」をすっかり見破った人なのだから。

　今居さんの先輩司書で、白髪交じりのヘアスタイルの癖に、話すと近所のお兄さんみたいに感じられる人だ。眼鏡の奥の目が鋭いのと口数が少ないので、最初はとっつきにくい人に思える。

でも、進は能勢さんには慣れているから、へこたれずに突っ込んだ。

「だって、図書館の人が目撃してたんでしょ」

「それが違うんだ。君たちの情報には、少し正しくないところがある。図書館の人間はあの事故を目撃していない。閉館後に起こったからな、職員は誰もいなかった」

光彦は、はっきりとがっかりした顔だ。

「そうなんですか……。じゃあ、無理ですね……」

でも、能勢さんとつきあいが長い進にはわかる。能勢さんは能勢さんなりに光彦に同情して、なんとかしてやれないかと頭をひねってくれているのだ。能勢さんがあごをなでているのは、高速で考えている時だ。

だから、しょんぼりして立ち去ろうとする光彦のコートの袖を引っ張って、進は能勢さんの次の言葉を待つ。

「君のことは、何日か前から気づいていたよ。しかし、図書館に来るお客さんにはむやみに声をかけないのが、図書館員のマナーだからな」

そうか、やっぱり図書館の人たちは気がついていたのか。

「君の悩みは重大だよ。だが、犯行現場にいなかったという証明は本当にむずかしい」

そこで能勢さんが口をつぐんでまた考え始める。進は、催促しようと言ってみた。

「でも、アリバイっていうの、ミステリに山ほど出てくるじゃない」

「そう、あの言葉を不在証明と訳したのは天才的だと思う。ある現場にいなかったことを証明することは難しいが、別の場所にいたことが証明できれば、それで『ある現場にいなかった』ことの証明になるわけだ。いたことの証明なら現実として不可能じゃないからな」

そして能勢さんは光彦の顔を見る。

「そういうわけで、光彦君、君はあの日のあの時刻、どこにいたんだ？　塾を出た時刻や家に帰った時刻。それを、塾の先生や親にはっきり言ってもらえばいいんじゃないかな」

光彦が、なぜかひるんだ顔をした。それをじっと見つめながら、能勢さんは続ける。

「君たちのクラスでいじめの種が生まれているなら、今すぐ大人が介入して対処すべきだ。ひき逃げ事件の解決を待っていないほうがいい」

だが、光彦は黙ったままだ。

どうしたんだよ。じれったくなって進が口を出そうとした時、能勢さんがさらにこう言った。

「君、まだ隠していることは何だ？」

——まだ隠していること？

進が聞き返そうとする横で、光彦はまた泣き出してしまった。

「ぼく、あの日、塾をさぼったんです……。学校からまっすぐ家に帰って、そのあとどこにも出なかった。でも、ぼくの家には夜遅くまで誰もいなくて、だから塾の先生にもお母さんにも、証言はしてもらえない……」

今居さんが、横からティッシュをさしだしてくれる。進はその今居さんと顔を見合わせながら、光彦が泣き止むのを待った。

能勢さんは相変わらずあごをなでている。

光彦のお母さんは、光彦どころじゃないのだそうだ。

光彦の妹——北小学校三年生——はバイオリンを習っていて、大きなコンクールで入賞したこともある。問題の事故が起きたのは、電車で一時間もかかる専門の先生のところに週に一回レッスンに行く、ちょうどその日に当たっていたのだ。当然お母さんがレッスンにつき添うから、お母さんと妹が家に帰ってきたのは夜の九時過ぎ。お父さんも今は年末で忙しくて、帰ってくるのはもっと遅い。

つまり、塾をさぼった光彦は、学校から帰って夜になるまでずっと一人きりだった。だから家の人に、事故の時刻のアリバイを証言してもらうことはできない。それに、お母さんに塾をさぼったことを白状するって、それもだいぶハードルが高いだろう。おまけに光彦ときたら、その日塾を休むことをお母さんの筆跡を真似て書いた手紙にして、前もって塾に提出していたそうだ。

「そりゃあ、できることなら内緒にしておきたいよな」

進は思わずそう言ってしまった。

白状したら、絶対、しかられる。

だから光彦は、横井たちに疑われても、何も言い返さないでいたのか。

たしかに、深刻な問題だ。

だが、進は、それよりも余計なことが気になってしまった。

「バイオリンコンクールで入賞した妹って、ひょっとして、あのラプンツェルちゃんか?」

「なあに、ラプンツェルちゃんって」

今居さんが興味深そうな顔で尋ねるのに、進は説明した。

「ぼくらの学校の有名人です。すごくバイオリンがうまくて、朝礼の時に全校児童の前で披露《ひろう》したこともあるんだ。まだ三年生なのに。それで、映画のラプンツェルそっくりの髪型してるの。

長い髪をおさげに編んで。だからみんな、ラプンツェルちゃんって呼んでいるんだ。あれ、光彦の妹だったのか」

兄貴のほうはすごく地味だから、兄妹《きょうだい》とは知らなかった。

光彦は、複雑な顔で笑ってみせる。

「うん、ぼくは妹とは全然違ってるから。お母さんもお父さんも妹のことはすごく大事にしてる」

今居さんが何か言いたそうに口を開いたが、結局、閉じた。

「でもぼくはお兄ちゃんだから。それはいいんです。ケンカしたらぼくが怒られるけど、別に妹だってそれで得意になるような子じゃなくて、ぼくが悪いわけじゃないってちゃんと言うし」

「そうやっていつも我慢してるのか？」

思わず進は言ってしまった。「おれにも兄ちゃんいるけど、全然おれに気なんか遣わないよ」

ちょっとその場の雰囲気がほぐれた。光彦は当たり前のように言う。

「我慢じゃないよ。でも、お母さん、すごく忙しいから」

「それでも、必要な時は向き合ってもらっていいんだよ。ううん、向き合ってもらわなくちゃいけないんだよ」

たまりかねたように今居さんが言う。

そして、能勢さんが言った。

「気が進まないのはわかった。だが、これはどうしても、君の家の人に話をしないといけない。立ち入ったことだが、君の家は何人家族だ？」

「四人です。ぼくと妹と、お母さんとお父さんと……」

「そして問題の時刻にはお父さんもまだ仕事から帰宅しておらず、お母さんと妹さんも家にいなかった、と」

そして能勢さんは改めて、光彦のほうに体を乗り出して言う。

「考えてみればだ、そもそもアリバイだのなんだのと、そんなことを君が悩む必要はないんだ。君は何も悪いことをしていないんだから、不在証明などする必要もなければ義務もない。だが一方、君が学校でクラスメートから受けている仕打ちは、早急に大人が正す必要がある。そのためには、君の親御《おやご》さんには学校に働きかける必要と義務がある」

光彦は、まだ体を縮めたままだ。

「お母さんに、言わないといけないんですか……？　お母さん、妹のことで頭が一杯だと思う。それにこの頃、お母さん、ぼくに変なんだ。もしかしたら何か耳にしてるからかもしれないし……」

「だったらなおさら、早くちゃんと話さなきゃいけないじゃないか」

進はじりじりしてそう言った。能勢さんはまだ光彦をじっと見つめている。そしてしばらく考えてから、こう言った。

「お節介ではあるが、君のお母さんに会わせてもらいたい。大丈夫だ、君が問題の日に下校後家から一歩も出ていないと言うなら、君のアリバイは——必要も義務もないものだが——きちんと証明できる」

進はびっくりした。

「え？　できるの？　じゃあ、簡単じゃないか」

アリバイを申し立てできるかどうかが大問題だと思ったのに。

能勢さんは真面目な顔のままだ。

「問題は、そこじゃない。君があらぬ疑いを不当にかけられていること、そのものなんだ」

能勢さんの言葉に、進ははっとした。

「そうだよな。探偵みたいに、誰かを疑ったり推理ごっこをしたり、そんな、誰かを傷つけることはやっちゃいけないいんだもんな」

思わずつぶやく。能勢さんが、いつになく真剣な顔なのもちょっと意外だけど、ほっとする。

能勢さんときたら、このまま光彦の家に押しかけていきそうな勢いだ。

「これは子どもだけで解決できることじゃない。急いだほうがいい。せっかくのクリスマスシーズンを晴れやかな気持ちで迎えられないのは間違っている。君だけじゃない、クラスメートにとっても」

しばらくうつむいたあと、光彦は顔を上げて言った。

「ぼく、まず家に帰ってお母さんとお父さんに全部話します」

「そうか」

能勢さんが、やっと笑顔になった。

「それじゃ、明日にでも、家の人と図書館に来てくれるかい？　出しゃばるようだが、おれにも口添えできることがあると思うから」

「はい」

光彦はしっかりとうなずいた。

「口添えするって、何を？」

進が聞くと、能勢さんは申し訳なさそうに笑った。

「すまないが、光彦君の家の方と話してからだな、その説明は」

そうして、翌日。気になって仕方なかった進は、時間を見計らって図書館にやってきた。せっかちなせいで、光彦たちが来るまでホールでうろうろしていることになったけど。

手持無沙汰《ぶさた》に、この前光彦が手に取っていた『つるにょうぼう』をぱらぱらとめくる。

この話は、何となくなら、子どもでもみんな知っているだろう。

矢をうけた鶴を助けた男のところへ、お嫁さんにしてくださいときれいな女の人がやってくる。二人は仲よく暮らすが、貧乏な男のために、にょうぼうがきれいな反物《たんもの》を織り始めるのだ。「わたしの織《お》っているうちは、けしてのぞき見《み》なさいませんように」と男に言って。

でも、気になって仕方がない男はとうとうにょうぼうの様子を覗いてしまう。そうしたら、反物を織っているのは人間ではない、鶴だった。自分の体から羽根を引き抜いて、反物に織り込んで。

見られたことを知ったにょうぼうは、「人間《にんげん》の世界《せかい》にとどまってはいられません」と言い残して鶴の姿に戻り、飛び立ってしまう……。

ふと見上げると、今居さんがさりげなく展示コーナーの本を整えている。クリスマスも近いから、ここもクリスマスツリーやサンタクロースの表紙の絵本が多い。赤や緑の華やかな色がコーナーにあふれている。

「なんだか外が気になって、じっとしていられなくて」

進と目が合うと、今居さんはちょっと照れくさそうにそう言って舌を出した。

「おれも」

進も同じ気持ちだったから、それをごまかすために本に目を落として、こう言った。

「ねえ、どうして、正体を知られたら一緒にいられなくなるのかな」

「『つるにょうぼう』のこと？　そうねえ……」

今居さんはしばらく考えてから答えた。

「そのお話だけじゃなくてね、正体を見破られたら別れなくちゃいけないっていうのは、昔話のお決まりみたいなものね。『つるにょうぼう』以外にもそういう話がたくさんあるの。日本だけじゃなく世界中に。でも、そうね、どうして人間じゃないのがわかったら一緒にいられなくなるのか……」

今居さんは、またしばらく考える。それからこう言った。

「ポイントは、正体を見破られたことよりも、約束を破られたことかもしれない。その男の人も、絶対に覗かないって約束したのに、それを破ったでしょ。約束を守らないと悲しい目に遭うっていう、教訓を含んだお話なのかもしれないね」

「あ、そうか」

それから今居さんは、こう言い足した。

「思い出したわ。昔話を研究している学者さんのエピソードなんだけどね。同じように昔話を研究しているヨーロッパの学者さんたちに、『つるにょうぼう』の話を語って聞かせたことがあるんだって。でもね、おしまいまで語っても、みんな不満そうな顔で、『そのあとはどうなったんだ』って続きを知りたがるんだって」

「え、どういうこと？」

「『これでおしまいだ』って言ったらね、聞き手の学者さんたちが口々にこう言ったんですって。

『どうして男は、飛び去ったにょうぼうを追いかけていかないのか』って」

「へええ」

進は感心した。『つるにょうぼう』の話が好きなわけではないが、ここで「おしまい」になることをおかしいと思ったことはなかった。

「そうか、追いかけていったっていいんだよな」

「ヨーロッパの昔話は、『追いかける』パターンが多いの。『見るなの約束』を破ると一度は別れ別れになってしまうけど、破った側があきらめきれずに探し続けて、大変な試練をくぐりぬけて、最後には再会してハッピーエンド」

そして、進を見て笑う。

「別に、あきらめがいいのが悪いってわけじゃないけど。でも、あきらめ悪くたっていいよね。それに、お話じゃない現実の世界なら、なおさら。お話と違ってリアルな暮らしに『おしまい』はないんだから。……あら、無駄話しちゃったね」

そう言って今居さんはエントランスの自動ドアのほうに向き直る。

光彦がお母さんらしい人と、それから妹も一緒に入ってくるところだった。


能勢さんはお母さんと光彦を事務室へ導いた。ラプンツェルちゃんのほうは、オーディオコーナーでヘッドホンを使って音楽を聴いている。

天才はクラシックでも聴くのかと思ったら、CDのジャケットが美少女戦士もののアニメソングだったのには拍子《ひょうし》抜けしたが。

今居さんが目立たないようにその近くにいる。進のほうも何となく離れたくなくて、さっき見つけた『ながいかみのラプンツェル』という絵本を開いた。

そしてびっくりした。その本に書かれているのは、進が知っているものとは全然違うストーリーだった。

主人公のラプンツェルが、髪の長いかわいい女の子だというのは一緒だ。それから、出入り口のない高い塔のてっぺんに閉じ込められていて塔の外に出られないということ、養い親の魔女が塔に入りたい時はラプンツェルが垂らした髪の毛を使って上がるということも。

でも、進が知っているストーリーと共通するのは、それだけだと言っていい。

そもそも、この本の中のラプンツェルの髪はただ長いだけで、魔法の力なんか何もない。これじゃ、ただのロープと同じ使い方じゃないか。

それにラプンツェルが塔に閉じ込められたいきさつだって、魔女にさらわれたというのとはちょっと違う。ラプンツェルが生まれる前、お母さんは魔女の庭に生えている野菜を食べたくて、お父さんにせがんで盗んできてもらったのだ。それを見つけた魔女が怒って、野菜をお母さんに食べさせる代わりに生まれてくる赤ん坊は自分によこせと言われて、お父さんが承知してしまったせいだった。

その野菜の名前が、ラプンツェル。

魔女は、自分の育てた野菜と引き換えに手に入れた赤ん坊に、野菜の名前をつけたというわけだ。進が読んだ絵本の挿絵を見ると、ラプンツェルというのはスーパーで売っているサラダ菜みたいに見えた。

進のお母さんが、焼き肉と一緒に巻いて夕ご飯に出す野菜。おしゃれで進の好きなメニューだけど、それでもただの野菜だ。

「ラプンツェルって、こんな話だったんだ。映画と全然違うじゃない」

進が言うと、今居さんが面白そうな顔で答えた。

「そうでしょう？　私も、映画を観た時は驚いたわ。でも、原作のほうはたしかに地味なストーリーだからねえ。長時間のドラマティックな作品にならないかもね。実を言うと、原作のラプンツェルは、髪がものすごく長いということのほかには、たいして印象的なキャラでもないしね」

「それにしてもさあ、野菜を盗ったくらいで赤ん坊を寄こせなんて、ずいぶん無茶苦茶じゃない？　野菜なんて、ほかのやりかたで好きなだけ手に入れられるじゃないか」

今居さんが、大きくうなずいた。

「私も最初にこのお話を読んだ時はそう思ったわ。でもね、大学生になった頃に気づいた。この原作が生まれたのは、今の日本と全然違う世界だったたってことに」

「どう違うの？」

ふと、ラプンツェルちゃんも進たちの話をじっと聞いているのに気がついた。退屈していないかなと思ったが、ラプンツェルちゃんは目をきらきらさせている。

そのラプンツェルちゃんと進を交互に見ながら、今居さんは続けた。

「まずね、これはグリムという兄弟がドイツのいろんな地方に行って集めた昔話の一つなんだけど、『グリム童話』が出版されたのは今から二百年ほど前のことなの。昔話ということは、その時点ですでに親から子へ、子から孫へと語り継がれていたわけだから、もともとのお話が生まれたのは三百年以上も前かもしれない。日本だったら、江戸時代の真ん中くらいよ」

「そんなに古いの？」

ラプンツェルちゃんが驚きの声を上げる。

「そう。だから、野菜が食べたいと言っても、すぐに手に入るようなお店なんかなかったはず。食べたいものは自分で種をまいて育てるか、森へ行って取って来るしかなかった。このお話が生まれたドイツには『黒い森』っていう、端から端まで歩いたら何日もかかる針葉樹林帯があるの。今ショッピングモールなんかにあるような大きなモミの木が、どこまでも続いている森が」

「へえ。だからヘンゼルとグレーテルも森に捨てられると帰ってこられないんだ」

ラプンツェルちゃんは面白そうに言う。こういう話題が好きらしい。

「そう。そしてもう一つ、大事なポイント。このお話は野菜が不足する季節の出来事だったんだと思うの。ドイツという国は、日本よりもずっと北にあるのよ」

今居さんは、近くの書架から世界地図を持ってきた。

「本当だ」

進はびっくりした。北海道の一番北をたどっていっても、ドイツはさらにその北にある。稚内《わっかない》が北緯四十五度より少し北なのに対して、ドイツの首都のベルリンは北緯五十度よりずっと北だ。

「だから、ドイツの冬は秋庭よりずっと長くて厳しい。雪が降ったら春まで融《と》けない。畑に植えた野菜は秋に収穫して冬のうちに食べつくしてしまい、あとは春になって新しい野菜の種をまいて収穫できるようになるまで、ろくに野菜も食べられない」

進は野菜が嫌いだが、ずっと食べられないとなると、辛いかもしれない。

「昔なら品種改良されて寒さに強い野菜もなかったでしょうしね。一方で、魔女っていうのは薬草や植物の栽培が上手だと思われてもいたようよ」

進は、いつも冷蔵庫を覗いてはホウレンソウやレタスがしおれたと騒いでいるお母さんを思い出した。魔法を使う魔女だけが上等の野菜を持っているなら、周りの人間はほしくなるかもしれない。

今居さんは窓の外を見やりながら、続ける。

「今は十二月だけど、秋庭の郊外の畑には、ネギやダイコンなんかが植えられているでしょう？だから平野君たちにはぴんと来ないかもしれないけど、冬のドイツには、緑の野菜なんかなかったはずなのよ」

「そうか、だからラプンツェルのお母さんも食べられなかったんだ」

「そう。たった一か所、魔法を使って野菜を育てている魔女の庭から盗んでこない限り」

それから今居さんはいたずらっぽくつけ加えた。

「これは図書館に勤めるようになって、色々勉強していくうちに知ったんだけどね。ヨーロッパのある地域には、昔から、赤ちゃんが生まれる前の女性の願いは必ずかなえてあげなくちゃいけないという言い伝えがあったそうよ。そうしないと、無事に赤ちゃんが生まれないからって」

「へえ……」

今居さんはちょっと首をすくめる。

「私だって経験者じゃないから知ったかぶりはできないけど、これを知った時は面白かった。『ラプンツェル』の話を語り伝えてきたドイツの人たちにとっては、ラプンツェルのお母さんがどんなに新鮮な野菜が食べたかったのか、生まれてくる子どものためにお父さんがどんなに必死になったか、そういうのが自分のことのように切実に感じられたんじゃないかな。ラプンツェルのお母さんの気持ちもお父さんの気持ちも、ああわかるわかるって。だからこそ語り伝えてきたんでしょうね」

「お父さんもお母さんも、大変だったんだね」

ラプンツェルちゃんが真面目くさって言う。

進のほうは、さっきの『つるにょうぼう』を思い出してこう言った。

「ねえ、今居さん、これも、あきらめが悪い人間の話だね。ラプンツェルは王子を追いかけていくんだもん」

「そうね、そのとおり。もっとも、ラプンツェルは別に『見るなの約束』を破ったわけじゃないけど……、あ、待って」

今居さんが考え込む。そして顔を上げた。

「ちょっと違うけど、ラプンツェルも、塔を訪れた王子のことを秘密にしておけなくて魔女にばらしちゃったのが、王子と離れ離れになった原因だね」

「あ、そうだね。ここにもまた、秘密を守れない登場人物がいたってことか」

「何？　何の話？」

ラプンツェルちゃんが身を乗り出す。そんな彼女に、今居さんはざっくりと『つるにょうぼう』と「見るなの約束」の説明をする。

しばらく考えたあと、ラプンツェルちゃんはこう言った。

「あたしは、お兄ちゃんとした約束、守ってるよ。お兄ちゃんが見るなって言ってるものは見ないもん」

「見るなって言われてるものって？」

「なんだかわからないよ、見てないんだもん。お兄ちゃんが自分の部屋の本棚に隠してるもの。でも見るなって言うんだから見ないよ」

「そうか、そりゃそうだ。約束だもんな」

見るなと言われているものを見ない人間ばかりだったら、平和かも。

でもそれじゃ、お話にならないか。

「お兄ちゃんったらね、あの時お母さんに怒られたんだよ。あたしはお兄ちゃんの持ってる本を借りたかっただけなのに、部屋に入ろうとしたらあわてて『入っちゃだめ見ちゃだめだ』ってとおせんぼしたの。そしたらお母さんがケンカしちゃだめって怒ったの。お兄ちゃん大きな声は出してたけど、でもケンカじゃないのにね。だからあたし、お母さんにそう言って、お兄ちゃん怒るの、やめてもらったの」

「お兄ちゃんのこと好きなんだね」

そう言って笑う今居さんの横で、進はまた聞いてみる。

「ねえ、自分のこと、ラプンツェルって呼ばれるの、どう？　嬉しい？」

「どうも思わないよ。あたし映画のラプンツェルが好きで、ママに髪の毛こうしてもらってるだけだもん」

「そうか」

本当にあっけらかんとした子なんだな。光彦のほうは、自分より妹がかわいがられてるって劣等感あるみたいだったけど。

「あらあら、また長話しちゃったわね」

今居さんが顔を上げて言う。

光彦が、お母さんと一緒に事務室から出てくるところだった。

光彦はラプンツェルちゃんと手をつないで、ぺこりと頭を下げて帰っていった。その二人の後ろから、お母さんが、さらに深く、丁寧にお辞儀をして後を追う。

見送っている進の肩を能勢さんがぽんとたたいた。

「もう大丈夫だ。よかったら、事務室に来ないか？」


「あの子は、お母さんに信じてもらえないんじゃないかと怯《おび》えていたんだよ」

「……つまり、本当は犯人じゃないかってお母さんが疑うんじゃないかって？」

「そうだ。例の事故が起こって以来、お母さんに何か疑われているような気がしていたそうだ」

たしかに光彦はそんなことを言っていたけど。

「まさか、本気で疑うはずないよね？」

能勢さんは笑って、また進の肩をたたいた。

「君は、まっすぐに考えるんだな。だが彼は、そのせいでお母さんにも身構えてしまい、ますます打ち明けられなくなった」

「そんなこと、悩んでたのか……」

「お母さんが信じてくれないなんて、そんなわけないいじゃないか！」

能勢さんは強い口調でそう言う。そして、苦笑して続けた。

「……なんて無責任なことを、何も知らない部外者が言い切るわけにはいかない。だから、おれは彼の親にまず会ってみたかった」

そして、進に笑いかける。

「大丈夫、真剣に彼のことを心配している方だった」

そうか、昨日、そこが心配だったから、能勢さんは自分で関わりたかったのか。

「お母さんはきっと信じてくれるから全部打ち明けて解決してもらいなさい」、ただそう言って光彦を家に帰らせるんじゃなくて。

「子どもが悩んでいるとなると、どうしても放っておけなくてな。お母さんは、あの子が何か悩んでいることに、ちゃんと気づいていたよ。どう声をかけたものか、お母さんの方も悩まれていた。一方で、学校でクラスメートにひどい疑いをかけられていることには全然気づいていなかったとすごく驚いて、自分がうかつだったと反省されていた」

「担任の先生だって、気づいているかどうかあやしいくらいだもん」

進は口をとがらせた。

「その件については、学校とよく話し合われるそうだよ」

「とにかく、お母さんは光彦の味方なんだね」

それから、進は思い出した。

「能勢さん、光彦が犯人じゃないことを証明できるって言ってたよね?」

「ああ。どうしても事態がこじれた場合にはお母さんに証人になってもらう必要があり、その点もお母さんに確認したかったんだ。そうならないにこしたことはないんだが。大丈夫だ、それも問題なかった」

「それ、どんな証明?」

「だから、彼には証明する必要も義務もないんだよ」

「いいじゃない、教えてよ」

すると、能勢さんはいたずらっぽい顔になった。

「ちょっと前にある人から問い合わせがあったケースが、ヒントになったんだが。問題の夜の天候がポイントだ」

次の日。二学期の終業式だった。

進が教室に入ってみると、空気がおかしい。

光彦が、真っ赤になってうつむいている。

近づくと、机の上の紙が目に飛び込んできた。

**うそをついてもうそがばれても**
**ぼくはあやまらない**

——まだこんなことをしているのか。

怒りがこみあげてきた進は、その紙をくしゃくしゃにすると、隅でこそこそ話している集団をにらみつけた。女子が多い。中心に、横井がいる。

「誰だよ、こんなことをやったのは！ 謝れよ！」

進の言葉の調子が激しかったからか、女子たちは一瞬ひるんだ。だがそのあと、横井が一歩前に出てきた。

こっちも進に負けずににらみかえす。

「なんで、謝らなきゃいけないのよ！ だって光彦君が悪いことしたんじゃない」

「違う！」

進は叫んだ。「光彦じゃない！」

横井が、ゆうゆうと腕を前に組む。

「どうしてそんなこと、平野君に言えるのよ？　違うって言うなら、証明してみせなさいよ」

——証明か。

進は足を踏ん張る。

——やってやろうじゃないか。

進は息を整えてから、口を開いた。

「あの事故があった日は、夜になってから急に雨が降り出したよな？　翌朝には、やんでいたけど」

横井を先頭に、女子たちが小さくうなずく。それが何か？　という表情だ。

「あの翌朝、おれは光彦の家に行った」

光彦が目を丸くするのを横目で見ながら、言葉を続ける。

「玄関で、光彦は靴を選んでいた。覚えてるか？　あの頃、学校で持久走大会に向けて練習が始まっていただろう？　走りやすい靴はどれかって、お母さんと一緒に、ありったけの靴を靴箱から出していたところだった。ありったけと言っても、スニーカー三足だけだけど。その前の日に走った時、あまり調子がよくなかったからって」

——光彦、何もしゃべるなよ。

進は心の中でそう念じながら言葉を続ける。頑張って、光彦の顔は見ないようにした。横井たちに、変に勘繰《かんぐ》られるといけないから。

「見ているうちに面白くなって、おれもちょっと手を出した。ちょうど、おれが買いたいと思っていたモデルがあったから。ちょっと履いてみてもいいかな、そう言って試し履きさせてもらったりして」

横井がじりじりしているのがわかる。何を関係ない話をしてるのよ、そう言いたげだ。

だが、進はかまわずに続けた。

「結局お母さんにもチェックしてもらって、光彦は一足のスニーカーを選んだ。でもな、それまでにおれは全部のスニーカーにさわってみたんだ」

いつのまにか、クラスメート全員が注目している。進は大きく息を吸い込んで、それからはっきりと、クラス中に聞こえるように言った。

「スニーカーは、全部、からっからに乾いていた」

その言葉の意味が、クラスメートに沁《し》み込むのを見守る。どういう意味か、ぴんと来ていない奴らもいるけど、進がまっすぐにらみつけている横井にはわかったようだ。はっとした顔で、一歩後ろに下がる。進は、なおも強い調子で続けた。

「あの事故のあった時には、ひどい雨が降っていた。おばあさんをはねて、自転車はひっくり返ったらしい。その自転車に乗った奴は、水たまりに放り出されたはずだ。じゃあ、その犯人は、水たまりに足を突っ込んだことになる。いや、土砂降りだったんだから、普通にしているだけでも履いている靴はびしょぬれになったはずだ」

横井が口を開きかけるのにかまわず、進はたたみかけた。

「前日はスニーカーじゃなくて、レインブーツでも履いていたんだなんて言うなよ？　あの日の雨は日が暮れてから急に降り出しただろう」

そこで、進に近づいてきていた大川俊也が、口を挟んだ。

「あの晩、雨が降るなんて予報も出てなかったもんな。おれが見ていた夜のニュースでは、気象予報士が、予報が外れてすみませんってあやまってたぞ」

――サンキュー、俊也。

援護射撃に力を得て、進は続けた。

「昼間学校で、ちゃんと持久走練習だってできただろう？　塾に行く時間にだって降っていなかった。だから、家に帰ってレインブーツとかに履き替えたわけじゃないんだからな。そうして、冬の夜だぞ？　一晩で靴が乾くはずがない」

不意に、一年前、図書館の倉庫みたいなところに「家出」した時のことを思い出した。うっかり靴にこぼした水筒のお湯がすぐに冷えてじめじめして、すごくみじめな気持ちになったことを。そのあと能勢さんたちに見つかって、駆けつけたお母さんにものすごい勢いで抱きしめられながらしかられたことを。翌朝、まだ濡れているスニーカーが玄関の外に干されているのを見て、とんでもなくこそばゆい気持ちになったことを。

「な？　これでわかっただろう？　誰が犯人かなんて知らないが、絶対に光彦じゃないんだ！」

言いたいことを全部言い終わった今になって、体が震えてきた。進は、横井を促《うなが》す。

「光彦に謝れよ」

だが、横井が口を開く前に、はっきりした声が聞こえてきた。

「もういいよ、平野君。ありがとう」

光彦だ。そしてぐるっと周りを見回して、きっぱりと言う。

「ぼくは、あの事故の犯人じゃない」

横井の顔が、ゆがんだ。一瞬下を向いたが、すぐに顔を上げて、光彦を見て、そして言った。

「……ごめん。疑ったこと」

小さな声だったが、進にも光彦にも、それで充分だった。

ドアを開ける音とともに、明るい声がした。

「みんな、おはよう」

緒方先生は、さっさとみんなを席に着かせて、いつもの朝礼を始める。そして最後に、プリントを一枚ずつみんなに配った。

「もう一度この詩を読んで、今度は感想文を書いてきなさい。枚数は自由。冬休みの宿題の、追加です」

えー、という声の中で、進は配られたプリント——谷川俊太郎の詩——を見つめる。

「うそ」。

進も今、嘘をついてしまった。あの事件の翌朝、光彦の家に寄ったなんて、真っ赤な嘘だ。光彦がスニーカーを何足持っているかも知らない。みんなに真実を信じてもらうためには、自分が証人になるのが一番いいと思ってとっさに口にしてしまったことだけど、進は嘘の証言をしたことになる。

進がさっき言ったことは、昨日、能勢さんから聞いたことをヒントにしたものだ。

——お母さんが、はっきりとおっしゃったよ。たしかに翌朝、登校する前に確認した光彦の靴は全部乾いていました、と。

それから、光彦を見て情けなさそうな顔でつけ加えたそうだ。

——でもね、そんなの、たしかめるまでもないのよ。あなたがそんなこと、するはずがない。ううん、自転車で誰かにぶつかっちゃうことは、ひょっとしたらありえなくはないけど、そこで倒れている人をそのままにして逃げ出したり、ましてやずっと隠しとおすなんて、そんなことするような子じゃないのは、お母さん、誰よりもよくわかってるのよ。

だから、進も嘘をついた。

後悔はしていない。光彦のお母さんや学校にまかせておいてもちゃんと解決してくれたのかもしれない。でも、今すぐこの場で、クラス全員の前で、はっきりと光彦が無実だって言いたかったのだ。

谷川俊太郎は、人の気持ちがよくわかる人なんだな。

## うそでしかいえないほんとのことがある

校門を出ようとした進は、前から歩いてくる人に気づいた。

光彦のお母さんだ。

お母さんのほうでも進の顔を覚えていたようで、つかつかと近づいてくる。

「……平野君、よね？　光彦のお友だちの」

「あ、はい」

途端に、お母さんは深々と頭を下げた。

「今回は、どうもありがとう。光彦のこと、親身になって心配してくれたんですってね。光彦が、みんな話してくれたわ」

「いや、別に、そんな……」

「私、全然見当違いのことで悩んでた」

「え?」

「あの子、私が妹にかまけすぎているから不満なんじゃないかって。それもあって、塾も嫌いになっているんじゃないかって」

「そうなんですか」

「だって、問題のあの日だって、妹とレッスンから帰ってくる途中、私、気が気じゃなかったのよ。急に土砂降りになったけど、光彦、雨に濡れなかったかしら、傘は持たせたつもりでいたけどあの日の朝そこまでチェックしなかったし、自転車に乗っていたら傘をさせなかったかもしれないし、万一、濡れたままで着替えもしないでいて、風邪でも引いたらどうしようって。そしたら……」

「あ！　そうか！」

　進はそこで初めて、気がついた。

「光彦の靴も持ち物も、濡れてなかったんですね……」

「そういうこと」

　お母さんは大きく息をついた。

「でもね、最初はそれどころじゃなかったの。だって光彦ったら、おでこに大きなこぶを作っているんだもの。いったいどうしたのって聞いてもはっきり答えてくれないし、とにかく冷やさなくちゃ、万一頭の中で出血でもしていたら今晩のうちに救急病院に行かなくちゃって、そんなことで頭が一杯で。結局重大な怪我じゃなさそうって判断して光彦が寝た後でやっと、あの子の服も持ち物も靴も、自転車も傘も、濡れてないことに気づいたの」

　そうだ、そもそも怪我をしていたから光彦は横井たちに疑われたんだった。その怪我のことも聞いてみたいが、お母さんはしゃべりだしたら止まらなくなったようで、進は口を挟めない。

「塾に行った様子はないしあんな怪我はしてるし、いったいどこにいたのか何をしてたのか、どうやって聞き出そうかすごく悩んでいたの。でも次の朝、さりげない顔をして塾はどうだった？って聞いても、あの子はいつもと変わりないよってはぐらかすばかり。勉強は得意な子で塾がいやになったってわけではないと思ったから、それ以上問いただせなかった。とにかく光彦が私に嘘をついているって、そのことがショックでショックで、もうどうしたらいいかわからなくなって……」

——この頃、お母さん、ぼくに変なんだ。もしかしたら何か耳にしてるからかもしれないし……。

光彦はそんなことを気にしていたけど、お母さんはまったく別のことで気をもんでいたんだ。

「でも、光彦は全部打ち明けてくれたの。塾をさぼった理由も、怪我のことも」

そう言えば、そのことも光彦に聞いていなかった。

「何でさぼったの？」

思わず言葉がぞんざいになってしまったが、お母さんは気にしなかった。

笑いながら、教えてくれる。

「妹への、クリスマスプレゼントを作っていたからですって。妹のいない時でないと作れないから、あの日しかなかったって。私たちが帰る前にそのプレゼントを本棚の上に隠そうとしたら、乗っていた椅子のキャスターが動いて落っこちて机の角におでこをぶつけたって」

「なあんだ」

ラプンツェルちゃんにも見せない秘密は、それか。妹のいる時に作っていたら妹に覗かれるし、それで妹に見るなって大声を出したらケンカしてるのかってお母さんにしかられてしまったし……。

——みんな、互いのことを心配していただけだった。

進が笑うと、お母さんも複雑な顔で笑う。

「本当に、取り越し苦労ばかりして、だめな母親ね」

「そんなことないよ」

進は、思わず言ってしまった。

「すごく光彦のこと、考えているじゃない」

お母さんは、笑った。

「ありがとう」

進は、この間読んだ『名犬ラッシー』の中の言葉を思い出した。

「子どもはみんな、何か困ったことがあったらお母さんに言うんだよ。光彦だって、最後にはそうしたじゃない」

そう、あの本の中の言葉は進にもよくわかったのだ。

世界《せかい》じゅうの何万、何十万の少年たちが自分の問題《もんだい》を解決《かいけつ》するのとおなじ方法《ほうほう》で、解決することにした。

走ってうちへ帰り、かあさんにいおう。

光彦は、ちょっと時間をかけちゃったけど。

お母さんは進にちょっと頭を下げて、そして前を見る。

「さあ、緒方先生にアポイント取ったのよ。今回のこと、しっかり話し合わなくちゃ」

「アポイント?」

「ゆうべ、早速にお電話してね」

そうか、それで緒方先生は、今朝、特別の宿題を配ったのか。

「そうそう、例の事故を起こした人間についても、教育委員会のほうには情報が回ってきているそうよ。未成年のことだから、もちろん、詳しくは教えてもらえなかったけど。……さあ、もう行かないと。これからも、光彦と仲よくしてやってください」

お母さんは勇ましく歩いて行った。

進も、それを見送って歩き出す。

自分のお母さんへのクリスマスプレゼントをどうしようか、考えながら。

お母さんへのクリスマスプレゼントなんてしたことないから照れくさいけど、急に、何かあげたくなったのだ。

※引用は『はだか　谷川俊太郎詩集』(谷川俊太郎　筑摩書房)の「うそ」
『名犬ラッシー』(エリック=ナイト　飯島淳秀訳　講談社 青い鳥文庫)より。

春<sup>はる</sup>
嵐<sup>あらし</sup>

春（はる）

嵐（あらし）

春嵐《はるあらし》：春の強風・突風である春疾風《はるはやて》の子季語。

秋庭市の北部は山地になっている。

ようやく春めいてきたある日曜日、日野は茶道の稽古仲間と連れ立って、その山道を進んでいた。稽古仲間の先輩である和田《わだ》さんが車を出してくれ、同乗者は日野を含めて五人。ヘアピンカーブと言うほどきつくはないが、次々と曲がりくねる道を、和田さんは慣れた手つきで上がっていく。車窓からの山にはまだ芽吹きもない。

「秋庭の道には慣れてるつもりでも、こういう道はやっぱり緊張するね。前畑《まえはた》さんが先を走ってくださって助かるわ」

和田さんがつぶやく。

片側一車線の県道はガードレールこそあるものの、カーブが続いて見通しが悪い。その山道を、二台の車は慎重に進む。

やがて視界が開け、左側に秋庭市街を望む場所で車は止まった。一同は、花束や線香を手に外に出る。

この場所で、一年前、バス事故が起きて稽古仲間の老紳士が亡くなったのだ。藤代知雄《ふじしろともお》さん。七十八歳だった。長年親しんだ煎茶道から世界を広げたいと始めた日野は、まだ一年余りと短いが、同行した皆さんは地域の師匠のところで長年藤代さんと稽古を続けてきた人たちだ。

修理されてまだ新しく見えるガードレールには、白いユリの花束が手向《たむ》けられていた。

「――さんかしら」

「そうだな」

ここまで先導してくれたご遺族の娘さん――といっても五十代だろう――、前畑雪子《ゆきこ》さんとご主人の会話の声は小さくて、風をよけながら線香に火をつけていた日野にはよく聞き取れなかった。代表して和田さんが白菊《しらぎく》を供え、順番に線香を供えて合掌する。冷たい風が線香の煙を揺らす。

「皆さん、父の知雄のためにありがとうございました」

前畑さんご夫婦が、そろって深々と頭を下げ、それから雪子さんが少しだけ明るい声になった。

「さあ、よろしければ我が家へお寄りください。父の話をもう少しさせてください。兄は重要な取引があって、ご挨拶できないのですが、妹も待っていますから」

案内されたのは、秋庭市の中心部からやや外れた一軒家だった。故人の知雄さんは、リタイア後、ここで雪子さんの家族と暮らしていたそうだ。

車の音に気づいたのだろう、玄関が開いて雪子さんとよく似た顔立ちの女性が現れた。こちらは四十代の後半くらいか。お姉さんよりも改まったスーツ姿だ。お邪魔しますと口々に挨拶する日野たちに、硬い表情で頭を下げている。

「妹の小春《こはる》です」

お姉さん夫婦と小春さん、三人に勧められてリビングに通される。壁際の、手ずれのした楽譜の載ったピアノの横に白木の仏壇《ぶつだん》があり、奥様らしいにこやかな笑顔の女性と知雄さんの遺影が並んでいる。その前に改めて線香を手向け、それが済んだタイミングで小春さんがコーヒーとアップルパイを運んできてくれた。

それを雪子さんがめいめいの前にさしだしながら言う。

「お茶をなさっている方たちにお出しするのって、緊張しますね。私がお茶を習っていたのは独身時代のことだからもうすっかり忘れてしまって、皆さんにお抹茶《まっちゃ》を点《た》てるのは気が引けて」

小春さんがうなずいて、小さな声でつぶやく。

「……私は、全然縁がなかった。茶道なんて、皆さんには失礼だけど約束事ばかり多くて面倒だと思っていたから。それに私は仕事が面白くて……」

和田さんがその言葉を穏やかに受ける。

「そうですよね、私たちはその約束事を面白いと考えるわけですけど、違う考えの方がいるのは当たり前です」

雪子さんが、取りなすように割って入った。

「でも、このパイ焼くのは小春も手伝ってくれたのよね？　それに小春は私よりセンスがいいから盛りつけもしてくれたし」

更紗《さらさ》らしいベージュのテーブルマットと、ぽったりとした茶色のカップ、そして青磁色のケーキ皿が美しい色合いで、つややかなパイを引き立てている。

「そうなんですか？　おいしそうです。お気を遣わせてすみません。コーヒーも、いい香り。遠慮なくいただきます」

年長格の和田さんが真っ先にコーヒーに手を伸ばし、それからしみじみと言葉を続けた。

「本当に、突然の亡くなり方でしたものね」

雪子さんが大きくうなずく。

「そうなんです。父はあの日、『急に空きができてやっぱり梅を見にいけるようになるとは、ラッキーだな』と喜んで出かけていったのに、まさか、あんな……」

しめやかな空気が流れる。

あの観光バスは、秋庭の商工会が企画した一泊旅行の参加者で満席だった。朝に秋庭駅前を出発し、北部にある梅林をめぐって山間の風情ある料理旅館に一泊の旅程だったそうだ。事故は午後六時過ぎ、その旅館に向かって山道を下る途中で起きた。梅林を出たところで渋滞に巻き込まれたために予定を一時間ほどオーバーしていてドライバーが急いでいたこと。日中も陽がささない山道が、前日の冷たい雨で濡れていたこと。そんな悪条件が重なり、カーブを曲がり切れずにスリップした車体がガードレールを突き破って横転、五メートルほど下まで落下したのだ。重軽傷者合わせて二十一名、そして死亡者一名。

「知らせを受けた時は、私たちも妹も信じられなくて……」

「まさかお義父さんが、ってしばらく動けなかったよな」

そう言ってうなずき合うお姉さん夫婦の横で、小春さんの表情が硬い。下を向き、膝の上で両手を握りしめている。雪子さんが慰めるように自分の手を添え、続けた。

「もちろん悲しいし、まだ受け入れ切れていないですけど、でも一方では誇らしい気もします。病院で私たちを呼び止めてくれた乗客の方が教えてくれたんですよ。父は通路を挟んだ横にすわっていた小さいお子さんをかばったと。結果的に、父はちょうど手すりの部分に背中からたたきつけられる形になったようで脊髄《せきずい》を損傷して……」

「それで、そのお子さんは?」

「軽傷で済んだそうです」

そんなやり取りを聞いていた日野は、うなずいた。あの事故の死者は、知雄さん一人だったもの。重傷の知雄さんは真っ先に搬送され、二日間闘ったが、結局意識が戻らないまま他界されたのだ。

「父は、皆さんと一緒にお茶のお稽古をするのを楽しみにしていました」

気分を変えるように雪子さんが言い出した。和田さんが、その言葉を受ける。

「いいえ、私たちこそ知雄さんから本当にたくさんのことを教わりました」

「ええ、お点前《てまえ》の姿がとても端然としていて、でも温かくて」

日野も、そう言葉を添える。

ようやくその場の空気が少しだけほぐれ、口々に知雄さんの思い出を語り出す。日本の古典に詳しく書もたしなんでいた知雄さんに、いつも掛け軸や色紙を読んでもらい、解説してもらったこと。お点前の手順を時々忘れては、闊達《かったつ》な笑顔で師匠に指導してもらっていたこと。

最後に、雪子さんは小さな包みを取り出した。

「整理していたら、父の書き物机の引き出しから、亡くなった母の古い帯をほどいて小さく断ったものが何枚も出てきたんです。私も妹ももう着られないような若向きの帯ですから、活かしたいと思ったんでしょう。父の字で『残りは皆さんへも古帛紗《こぶくさ》用に』って書いてありました」

「まあ」

古帛紗とは、絹地を五寸ほどの四角に縫い合わせたものだ。懐中帛紗《ふくさ》、出し帛紗と呼ぶ茶人もいる。日野たちの流派では、濃茶《こいちゃ》を頂く時や茶道具を拝見する時に使う必需品だ。

雪子さんは、小春さんをちらりと見やりながら続ける。

「お茶席で使うものですよね。だから本の作り方どおりに私が見よう見まねで縫ってみたんですけど……。皆さんに一枚ずつ受け取っていただこうと思って」

「ありがとうございます。それでは、知雄さんの思い出に、みんなでいただきます」

和田さんが、また代表して言う。

その帛紗は鴇《とき》色の可憐《かれん》なものだった。取り上げると、しっとりと手になじむ。

「次の茶会の時に、使わせていただきます。ね？」

うなずき合い、日野もありがたく押しいただいたが、ふとその模様に目を留めた。紅梅が散らしてある優美な地。もとは亡き奥様のお気に入りだったのだろうか。

だが、どうして心にかかるのだろう……。

「ご馳走《ちそう》になりまして、ありがとうございました」

和田さんの声に、我に返る。


その五日後。日野はいつもより少し早めに秋葉図書館に出勤した。今週はずっと快晴が続いているが、今日は風が強い。春一番はもう終わったというのに冷たい風だ。追われるようにして通用口をくぐる。

今日は忙しいのだ。

昨日は月に一度の秋葉図書館定期休館、シフト制を取る職員が一堂に会して会議や研修ができる日だったから。

「おはようございます、日野さん。やっぱり大変ですよ」

館内に入るなり、自動ドアの近くで本をカートにせっせと積んでいる今居文子が、テンションの高い声を上げる。

「やっぱりか。待っててね、私もすぐに手伝うから」

そう答えた日野は、ロッカーに私物を入れるのもそこそこに、文子のそばに駆けつけた。

二人の前にうずたかく積まれているのは、館内の「返却ポスト」に返された本の山だ。つまり、すべて返却された本。たぶん、数百冊はあるだろう。

図書館が閉まっている時に来てしまったお客さんのために、借りた本を館内に返却できる「返却ポスト」が設置されている。毎日、図書館が閉まってから翌朝までに返却される量はたかがしれているが、休館日翌朝には、前日一日分の大変な数の本がポストの中にたまってしまう。これを回収し、処理を済ませて配架しなくてはならない。

黙々と本をブックカートに積み上げ、カウンターまで運び、返却処理をしていく。

この日は特に量が多く、開館時刻にずれこんだ。残りの本をカウンターに運ぶ作業は文子とバイトさんにまかせて、日野はカウンターに向かう。

来館するお客さんに対応するかたわら、ポストから運ばれる本の返却処理もこなしていく。早く終わらせなければ。

そうやって急いでいたせいだろう、文子に渡された要返却本の山の中に、一冊、図書館のバーコードのない本が紛れているのに、直前まで気がつかなかった。

「あら、これ……」

小さく声を上げて脇へ寄せる。

「どなたかの個人本ですね」

文子もそう応じる。

カウンター越しに返却の本を直接受け取る時には、こうした個人本にはすぐに気づき、持ち主にお返しできる。

だが、図書館の本と一緒に返却ポストに入れられてしまっては、図書館側では持ち主の探しようがない。

日野はその本を、カウンターの後ろに設けている「忘れ物本コーナー」のところに置いた。とにかく今は時間が惜しいから、返却の作業を続けなければいけない。

やがてカウンターの周辺も無事に片づき、一息ついたところで、日野は例の誤返却本をもう一度調べてみた。

本は、『桃尻語訳《ももじりごやく》 枕 草子《まくらのそうし》』、下巻。かの有名な古典『枕草子』を橋本治《はしもとおさむ》が現代の女の子の語り口そのままに逐語訳《ちくご》した、刊行当時とても話題になった本だ。大切に読まれたのだろう、状態はよい。

ページを繰っていくと、一枚のレシートが挟まれていた。

ほかに、この本の持ち主のヒントはない。

だが、レシート一枚では、たいした手がかりにはなりそうにない。駅近くのスーパーのもので、三月十三日午後十時に「セイカ　980円」と印字されている。

ちなみに今日は、三月十六日だ。

本自体、話題になった時期は過ぎている。すでに書店では手に入りにくいはずだ。その本を今まで大事に持ち続けていたのは、どんな人物だろう。

『枕草子』が好きで、閉店間際のスーパーに駆け込んで食材を買い求める人なのだ。野菜不足を補いたかった勤め人？　たぶん、女性？

決めつけてもいけないが、枕草子の愛読者には女性のほうが多い気がする。日野も、清少納言《せいしようなごん》の歯に衣着《きぬ》せぬ論調が好きなだけに、誰ともわからぬ持ち主に、勝手に親近感が湧いてしまう。

――いけない、いけない。

人さまのプライベートを穿鑿《せんさく》するなんて、司書がやってはいけない行為だ。

日野は自分をしかりつつ、『桃尻語訳　枕草子』を「忘れ物本コーナー」に戻す。


持ち主は、三日後に現れた。日野の推測はまったく外れていた。

名乗り出たのは、近くの高校に通う男子生徒だったのだ。

「助かりました、やっぱり図書館の本と一緒に返しちゃってたのか」

彼はほっとした顔でそう言った。

「追加レポートがあったんです、古典の。この間あった模試に枕草子の香炉峯《こうろほう》の雪ってところが出題されていて、先生が模試の解《と》き直しと一緒に、この時の、定子《ていし》って言ったっけ、おきさきさまの心情を述べよって課題を出したんです。おかげで、みんなが学校の図書室の枕草子を借りまくって、おれは出遅れて。仕方なく秋葉図書館に探しに来たら、ここにもなくて。その時に思い出したんです、先輩がその本持ってたなって」

なるほど、そのレポートのせいか。日野は文子と顔を見合わせて、うなずく。たしかに最近、枕草子について聞かれることが連続していた。そのために、常には書架に収まっている岩波書店の新日本古典文学大系本、小学館の日本古典文学全集本といった基本図書のたぐいから、大庭《おおば》みな子《こ》訳の児童書や田辺聖子《たなべせいこ》の『むかし・あけぼの』、この橋本治の桃尻語訳本や酒井順子《さかいじゅんこ》のリミックスまで、『枕草子』があらいざらい借りられていった。

図書館では、まま起きる現象だ。原則として一タイトル一冊しか所蔵しないので、学校などで特定のテーマの課題が出されて数十名のニーズが殺到すると、それに関連した資料がごっそりなくなる。良くも悪くも、図書館は瞬間風速的な集中が苦手で、そのかわり幅広いニーズには対応しやすい場所なのだ。

彼は学生証を提示し、決まりどおりに「誤返却本受渡書」に住所と連絡先、氏名を記入した。須藤《すどう》拓《たく》。

それから、緊張を解いた顔でまた話し始める。

「どこからも借りられなくて困っていたから、この本で助かったんです。ちゃんと返しておかなきゃ」

「先輩に謝らずに済んでよかったわね」

「というか、先輩は知らないことですけど。先輩の家の人が、持って行っていいよって言ってくれたもんで」

先輩と呼んでいる人は、すでに家を離れているのか。大学生か、社会人か。

「家族ぐるみで仲がいいのね」

「はい。おれんち、駅前の商店街で飲食店やってるんです。先輩は同じ商店街仲間で、『中野《なかの》内《ない》装《そう》』ってインテリアとリフォームの店の跡取りです。先輩って言っても、おれより十コ以上も年上の社会人ですけど」

「それでも二十代でしょう。男性？」

「はい」

「失礼ながら渋い趣味の持ち主なのね。先輩、日本の古典が好きなの？」

須藤君はちょっと考える顔になった。

「いやあ、そんな感じしなかったんだけどな。ただ、『枕草子』を持ってるのは知ってたんですよ、前に見たことがあったから。その時に、女性への接し方を知るならこの本が役に立つって、知り合いに教えてもらったとか言ってて」

「『枕草子』をお薦めするお知り合いとは、そちらも尊敬したくなるような人だわ」

須藤君は笑った。

「先輩、気が弱いんですよ。唯一気楽に話せる女性が同じ商店街の中にある本屋のお嬢さんなんです。その人に薦められて買ったとか言ってました」

「本屋と言うと、師岡《もろおか》書店さん？」

「そうそう、よく知ってますね。さすが」

師岡書店なら、雑誌を定期納品してもらっている縁で、秋葉図書館ともつながりがある。なかなか趣《おもむき》のある——築五十年ほどは経っているかもしれない——三階建てのビルで、現社長は二代目だが、創業者でもある先代の夫人が今でも健在で采配を振るっているとの噂だ。

その師岡書店のお嬢さんと言うなら、三代目に当たる、一人娘の智恵子《ちえこ》さんのことだろう。仕事上のつきあいというだけでなく、日野は個人的にも知り合いだ。少し年下の智恵子さんとは、一年ほど前までお茶の稽古仲間だったのだ。だが、日野が入門してまもなく、智恵子さんはお稽古をやめられた。最後の頃はなんとなく疲れたように見えたから、忙しくなったのかもしれない。師岡書店の後継者として働くかたわら地域のイベントに積極的に関わったり、かと思えば胡弓《こきゅう》という珍しい楽器の演奏に打ち込んだりしていたそうだから。それにしても、どこか古風なお嬢様然とした智恵子さんが『枕草子』の愛読者というのは、いかにも似つかわしい。

日野は、ふと思いついて聞いてみる。

「先輩のお店にも、女性の従業員がいるんじゃない？　美意識高くて、ちょっとつきあいづらい、みたいな感じの人。失礼ながらそんなに若くない人」

　須藤君は目を丸くした。

「よくわかりますね。そのとおりです。こっちもつきあいのある商店街仲間の身内の人が、長年中野内装の事務を取り仕切ってるんですよ。自分の店は資格がないと戦力になりにくいし興味が持てないとかで。もうおばさんっていってもいいような歳ごろの人ですけど」

　日野は一人で納得する。だから『枕草子』か。

「清少納言自身がそういうタイプの女性だから。美意識高くプライドも高く、好き嫌いがはっきりしている。感性豊か。あのタイプは、現代女性にも当てはまる人がいそうだと思う。先輩のお商売みたいな、内装関連で経験豊かな女性にも」

　彼には言わないが、現代で「お局《つぼね》さま」と呼ばれる存在なのか。そして清少納言こそ、元祖「お局さま」だ。

「それに清少納言が仕えていた定子は気遣いにあふれたトップだからねえ。『枕草子』には、そんな女性と接する上でのヒントがたくさんあると思う」

「そうそう。かえって現代の作家じゃないからこそ古びない、時代を超えたナントカがあるとか……先輩、ケータイに集中しすぎてコーヒーこぼしそうになりながら、そんなことを話してくれたんですよ」

　そこで、彼はふっと顔をしかめる。

「あの時までは普通の機嫌だったんだけどなあ……」

「え？」

彼は、目を宙にさまよわせている。その目を日野に向け、何か言いかけたところで気が変わったようで、話題を変えた。

「定子は気遣いにあふれたトップだって言ってたの、どういうことですか？」

日野は周りを見た。カウンター周辺は人もいない。小さい声でなら、もう少し話していてもよさそうだ。

「これは、私の個人的感想と思って聞いてね。香炉峯の雪の段はつまり、定子が清少納言に謎かけをして清少納言が見事に解いてみせたってエピソードよね」

枕草子の中でも、冒頭の「春は曙《あけぼの》」に次いで有名な段だろう。雪が降った翌朝、清少納言始め女房たちがおそばにいた時に、定子が突然問いかける。

「少納言、香炉峯の雪はどうかしら？」

前後の会話とはまったく脈絡のない言葉だ。だが清少納言はとまどうことなく侍女《じじょ》に格子《こうし》を上げさせ、自分は御簾《みす》をかかげて外の雪の景色を定子にご覧に入れた。「香炉峯の雪は簾《すだれ》を撥《かか》げて看《み》る」という漢詩をネタにした定子の謎かけに、清少納言は見事に応えたのだ……。

どんな解説書でも、このように説明しているはずだ。

「だけど、どうして定子はそんな謎かけをしたのだと思う？」

「どうしてって、そういうのが好きだったんでしょ。回りくどいって言うか、ストレートに物を言わないのがおしゃれだと思っていたって言うか」

「その、ストレートに物を言わないことがおしゃれという価値観は、ストレートに物を言って誰かの気分を害するのを嫌う社会だったからだと思うの」

「へ？」

「雪がきれいに積もっている。定子はそれを見たい。でも格子が下りていて見られない。ストレートに『雪が見たいから格子を上げて』って言ったら、格子を上げ下げする役目の人間のことを、気《き》が利かないと責めることになる。だから清少納言相手に謎かけをしたの。香炉峯の雪と言ってもぽかんとしている女房もいたでしょう。でも、清少納言にはちゃんと通じた。結果、スポットライトは清少納言に当たって雅《みやび》な言葉遊びのやり取りとなり、みんなで気分よく雪をながめられた」

須藤君はきょとんとして聞いていた。それから言った。

「……めんどくさ。そんなに気を遣う必要があったわけですか」

「対等の関係同士なら、特にね。ただ定子は位の高いおきさきさまだから、別にそこまで必要ではなかったはずよ。定子がそういう性格だったんでしょうね。だからこそ清少納言はあんなに崇拝したんだと思う」

「はあ」

彼は感心したように聞いてくれていたが、日野は自分の長広舌《ちょうこうぜつ》が恥ずかしくなった。幸い、ほかにお客さんがいないとは言え。『枕草子』が大好きだとは言え……。

以前も、どこかでこんな風に『枕草子』のことを語り合った記憶がぼんやりとあるが、図書館で『枕草子』愛を語ってしまったのは初めてだ。

「……とにかく、お返しできてよかったわ」

「あの、……」

「何?」

「いいえ、何でもないです」

彼はぺこりと頭を下げて足早に立ち去っていった。

日野はその姿を見送ったが、まもなく次のお客さんに呼びかけられ、そのまま忘れた。


ところが、翌日のことだ。

須藤君がまたやってきて、こう切り出したのだ。

「あの、この図書館には探偵がいるって本当ですか」

「は？」

「おれの学校のクラスメートが話をしてるの、聞いたことがあるんです。なんか、そいつの弟、小学生なんだけど自慢してるって」

この図書館に「探偵」がいると触れ回りそうな小学生に心当たりがないわけではないが、秋葉図書館は別にそんな役目を持っているわけではない。「探偵」と目されている人間にも、そんな意識はないだろう。

さて、どうしよう。

だが、日野が勘違いをただすより早く、彼はしゃべり始めている。

「昨日話した先輩のことで、気がかりなことがあるんです」

「……ちょっと待って」

お客さん相手とは言え、カウンターで長話は気が引ける。日野は須藤君を事務室に連れて行った。ドアを入るなり、須藤君は続けた。

「最近、引っかかることができて。なんとなくネットのオークションサイト見てたら、レアものの人形が出品されてたんですよ」

「人形って、民芸品の？　それともフランス人形？」

「ううん、昭和の頃から日本で作られてる、女の子のおもちゃ用の人形です」

彼は、日野も子どもの頃は持っていた人形の名前を挙げた。

「ああ、古くて状態の良いものは、結構高値で取引されるらしいわね」

「そうなんですね。値段見て、おれ、びっくりしちゃった。三十万円とか、冗談みたいな値段で、しかもちゃんと落札されるんだから。うちの母親に言ったら、惜しいことした取っておけばよかったって悔《くや》しがってた」

彼はちょっと笑いかけたが、すぐに真顔に戻った。

「それでね、うちの親父がつきあいのあるリサイクルショップに一年前に空き巣が入って、出品されてたのとまったく同じ人形が盗まれたことがあったんです。おれもそれを知っていて、だから念のためにネットの出品のことショップの親父さんに知らせに行ったら、親父さんもこの出品には気がついていたって。何しろ日本で一二を争う大手のネットオークションだから。だけど親父さんは半信半疑でした。別に一点ものの人形ってわけじゃないし、出品者のコメントに『箱に若干《じゃっかん》の煤《すす》汚れあり』って入ってるのも被害に遭ったものとは違うし、だから関係ないんじゃないかって。そもそも一泊旅行に出ることだって、人づきあいが悪くて家族もいない自分は誰にも話してなかったんだから、あの晩盗まれたのも不幸な偶然だったろうって」

「でも、君は何か気がかりなの？」

「はい。今回おれ、改めて親父さんに、空き巣に入られた詳細を色々聞いてきたんだけど」

彼は、手に持っていた新聞の縮刷版を見せた。書架から持ってきたのだろう。一年前の三月号だ。彼が示した地方版のページには、たしかにその空き巣事件が小さく載っている。

問題のリサイクルショップは彼の店とは商店街の反対側、少し離れたエリアにあった。店主一人で切り回している住居共有型の店舗。犯人はその住居部分の鍵が緩《ゆる》んでいた窓から侵入、飾られていた人形を盗んで逃走したと見られる。無人の店、周囲には人目もないとあって、犯行を目撃した人もいない。だが、午後十一時頃、無人で真っ暗なはずの店の奥で光がちらついていたのを通りすがりの人が見ていたと言う……。

「ね？　その光が見られた時に空き巣に入られたんだろうって警察は推測してるってあるでしょ？　三月十三日の午後十一時。家を空けるからって現金は置いてなかったので、そっちの被害はなかった。あと、商品の中でこの人形だけに目をつけたということはマニアの犯行か、とも」

日野は一つの疑問に気づく。

「でも、この記事そのものは三月十八日に出ているわね」

彼は大きくうなずく。

「そうなんです。そこが、引っかかる点なんですよ。どうして発覚が遅れたかって、この親父さん怪我で入院しちゃって、独り暮らしなものだから退院するまで店に押し入られたことに気づけなかったんですよ。それでその怪我の原因っていうのが、こっちの事故なんです」

彼は縮刷版を数ページさかのぼって見せる。

「ああ、この事故……」

知雄さんが遭遇《そうぐう》した事故ではないか。秋庭の山道で起きたバス事故。事故が起きたのは、三月十三日午後六時過ぎ。

「ツアー客で一杯だった観光バスが転落した事故ですよね。それでね、おれ、たまたま知ってたんですけど、先輩もこのバスツアーに参加するはずだったんです。でもなぜか直前にキャンセルしてたんです」

彼は深刻そうに言うが、日野には話の道筋がつかめない。

「まだ、君の悩みがよくわからないんだけど」

「先輩、仕事柄ネットオークションには詳しかったんです。ほら、インテリアの小物なんかには掘り出し物もあるでしょ。それに親父さんとは知り合いだから、この人形が店にあることも知っていたはずです。だから当然高い値がつくってことも承知してたと思うんです。一方で、先輩、何か資格を取りに専門学校行きたいけど学費が足りないって言ってた。だから、親父さんが同じバスツアーでその夜留守にするのを知ったから、自分はドタキャンして盗みに入ろうって企んじゃったんじゃないかなあ?」

「ちょっと待って」

日野は、須藤君がどんどん早口になるのを押しとどめる。

「ただの推論としてならありうるでしょうけど、それだけじゃちょっと短絡的だし、根拠が薄くない?」

「だから、それだけじゃないんです。先輩、バスツアーをドタキャンまでして何をしてたのか、言わなかったんですよ」

「え?」

「事故が起こったのは夜でしょ。何しろ商店街のメンバーで満席になったツアーだから、あちこちからすぐに知らせがあって病院に駆けつける人とかで大混乱だったんです。先輩の家族も心配して問い合わせたんだけど、現場にも病院にも該当者がいないって回答されてパニックになってて。そうしたら、先輩、夜遅くなってから帰ってきたんだそうです、ひょっこりと。でも、頭に血が上《のぼ》ったお母さんが、どこにいたのって泣きながら問い詰めても、何も答えなかったって……。見舞がてら様子を見に行ったうちの親父が、帰ってきてそう話してました。それにね、次の朝、おれも先輩にその事故のことを話そうとしたら、すごい剣幕で口止めされたんですよ。『枕草子』を持ってるのを見て渋い本読んでますねなんて話しかけた時は、ケータイ片手に普通に答えてくれていたのに、そのあとで事故のことを持ちだした途端、態度ががらっと変わって。先輩、いつもすごく穏やかな人なのに。あんなの、あの時たった一度だけだった。『おれがキャンセルしたこと口にするな』って、すごい顔つきで、しかも、誰にも聞かれたくないのか低い声で……」

そこまで一気にまくしたてて息が切れたのだろう、須藤君は一度言葉を切った。だが、またすぐに続ける。

「気になるのはね、なんで先輩がドタキャンしたのを隠したがったかってことなんです。あのバスに乗ってるはずって家族が大騒ぎしたってことは、ツアーのキャンセルを家族にも知らせてない、つまり先輩が隠してたってことでしょ？　おまけに、後になっても何も説明しないなんて」

「……それで、君は先輩とどこで会ったの？」

「駅前のカフェですよ。その日はちょうど学年末のテスト終わりのスポーツ大会の時で、だからおれ、いつもより登校が遅かったんです。朝の八時半過ぎだったかな。先輩がテラス席にすわってるのが目に入ったんで、近づいて、持ってる本のこと聞いた後で、そうだ昨日は大変だったらしいですねって話しかけて。話しているうちに先輩、ケータイにらみながら、ああ、とかなんとか生返事になっていってよく聞こえなくなって。テラスだし風が強い日だし、なんだかバタバタ、テントが揺さぶられるような音がしてたせいで。それから、おれが『とにかく先輩は乗ってなくてラッキーだったたっすね』って言ったら、急に顔色を変えて」

「それで怒られたと」

「はい、『黙れ』って横へ引っ張っていかれて、『おれがキャンセルしたこと口にするな』ってどすの利いた声でささやかれて……」

彼は顔を曇《くも》らせているが、日野はいったん話を戻した。

「その人形、今も出品されているの？」

「それがね、三日くらいで出品が取り消されたんです。その前に、親父さんは警察とオークション運営のほうへ問合せできたらしいけど」

「じゃあ、今は確認できないのね？」

「はい。ねえ、これ、やっぱり先輩が関係してるんじゃないかな」

とりあえず、日野は頭に浮かんだことを提案してみる。

「君が親しい間柄なら、まずは先輩に聞いてみたらいいんじゃない？」

彼はうつむいた。

「それが、できなくて……。先輩、一年くらい前に実家を出て、今は遠くで暮らしてるらしいんですよ」

たしかに、色々な要素をつなぎ合わせると不穏な構図にも見える。その一方であっさりとパズルのように片づけてしまうのは不自然な気もする。だが、日野も考えがはっきりとまとまっているわけではない。

「……少し考えさせて」

彼が帰ってから、日野は反省した。

なぜ「考えさせて」なんて言ってしまったのか。手に余る、当人に問いただせないのに胸の内に収めておけないようなことなら親なり被害者なりに全部打ち明けなさい、そう言えばよかったはずだ。

　須藤君としては先輩のことを「売る」ような真似をしたくないかもしれないが、あくまでも彼個人の悩みであって、日野は関係ない。だいたい、日野に犯罪事件が解決できるとも思えない。

　この図書館に「探偵」はいないのだ。

　しかし、それでも。

　日野は興味を惹かれてしまった。

「文子、今の話聞こえてた？」

「はい」

　文子は日野に代わってカウンターに立ってくれていたが、事務室との間のドアは開けっぱなしだったのだ。

「どう思う？」

　文子はカウンターをにらみながら事務室に半身を入れて、首を傾《かし》げる。

「うーん、彼の推理、もっともらしく聞こえるけど、けっこう疑問もありますね」

「やっぱり、そう思うよね」

　日野はメモを取り出して書き始める。

「まず、前提を整理しよう。須藤君が疑っているその出品された人形が、盗品ではない場合。いくらレアだと言っても、数十年前には複数生産されていたんだから、出所が全然関係ないということは大いにある」

「それなら、彼の疑惑はそこですべて解消となりますね」

「一方、本当に盗品だったとする。その場合でも、文子がさっき言ったように疑問はある。まず、なぜ一年近くも経った今になって出てきたのか」

「犯人が、ほとぼりが冷めたと思ったから……?」

「でも、一年というのは、ほとぼりを冷ますのには逆に短くない? 中途半端だと思う」

「そうか。それに、この一年の間に何回か転売されていたという仮説も疑わしいですよね。店主の方は、常に盗品として現れないかチェックをしていたんでしょう? それでも気づかなかったのだから……」

「とすると最初の疑問に立ち返ってしまう。なぜ、一年近く放置されていたのか」

日野は文子を見つめる。

「そうだ、出品されたのは盗品。でも出品者が犯人ではないとか?」

「そんなこと、ありえますかねえ」

「まだわからないけどね。あと、コメント欄のことも気になる。『箱に若干の煤汚れあり』。この一年の間の保管状況がよくなかったのかしら」

日野はそこまでの考えをざっと書き留める。

「じゃあ、今度はほかの点から考えてみよう。店主がバスツアーに行った夜に盗難に遭った。これ、私は偶然ではない気がする。店主が留守になるのを知っていた誰かがいるんじゃないかな。家族はいない独り暮らしと言うけど、本当に誰も知らなかったのか。誰かが知っていたとしたら、それはとにかく店主の近くにいる人でしょうね。一方で、その人物には盗品を一年近く寝かした、または寝かさざるを得なかった事情があった」

警察でもないし探偵でもない日野に、盗難事件は解決できない。

しかしこの場合、須藤君に必要なのは納得できるストーリーだけだ。事件そのものは——本当に今回出品された代物が盗品であるなら——その線を警察が辿《たど》って犯人逮捕に結びつければよいが、時間がかかるかもしれないし確実ではない。であっても、その間、彼が悩まずに済むストーリーさえ見つけ出せればいい。

しかし、そのストーリーも浮かびそうで浮かばない。

少々癪《しゃく》に障《さわ》るが、あの男に持ちかけてみたい。

能勢逸郎《いつろう》。日野の同期で、知識は豊富、時々驚くほど的を射た指摘をして事態を整理していく男。

と思ったが、彼は愛娘《まなむすめ》の病気で、昨日今日と有休を取っている。

自力で何とかしよう。


仕事帰り、日野は問題のリサイクルショップへ行ってみることにした。文子もついてきてくれた。

ショップそのものは、秋庭によくある、平屋の住宅を改造したように見えた。大きな通りに面した側が店舗、裏が住居部分になっているらしい。

「師岡書店のすぐそばなんですね」

商店街マップを見ながら、文子が言う。

「店主さんは独り暮らし。旅行に行くことも誰にも話していなかった……」

「そうだ、実際に問題のバスに共犯者が乗っていたとしたらどうですか？」

文子が勢い込んで言い出した。

「ことが起きた順序としては逆になりますけど。つまり、バスツアーに参加してみたら、店主さんがいた。ということは、今夜お店は無人になる。盗み出せると思って、ツアー参加者が自由に動ける実行犯にバスの中から連絡し、盗みに入らせた。どうでしょう？」

「ありうるかな……」

日野はじっくり考えてから、首を振る。

「ただねえ、そのバスは事故に遭っちゃったのよ。当然バスの乗客の関係者にはバス会社から連絡が入るし、乗客全員、警察から事情を聴かれるでしょう。交通事故と刑事事件、性質は違うにしても、自分の近くに警察がちらついている夜に、あえて盗ませたりするかなあ？」

「事故が起きたのが午後六時過ぎ。お店に侵入されたのが深夜十一時。じゃあ、バス内の共犯者は、『やめろ』とストップがかけられない状況にあったとしたらどうでしょう？　実行犯に連絡もできないほど重傷を負ってしまったとか……」

「偶然に、さらに偶然が重なる状況だなあ。現実として、あるかしら。だって重傷者であればなおのこと、すぐに関係者には連絡が行くでしょうし、病院に駆けつけなければ、あとで盗難が発覚した時に怪しまれない？　結局、犯罪の共犯者になれるほど親しく、でもバス会社や警察からは関係者と見なされない人物を探すことになるけど、何か思いつく？」

「単なる友人とか……？　あ、でも、店主さんは入院したんですよね？　だったら、その晩すぐに盗みに入らなくてもチャンスはある。須藤君、商店街は事故のことで大騒ぎだったたって言ってましたよね。じゃあ、むしろ騒ぎが鎮まった翌晩のほうが目立たなかっただろうに……。ねえ、日野さん、これ以上推理するのは、素人《しろうと》の私たちじゃ無理ですよ」

「いや、あきらめるのはまだ早い。独り暮らしの人が家を空けるのを、親しくなくても誰かが察知できたとしたら？　そういう時って何か兆候が出る気がする。よく聞くじゃない、新聞の配達を止めてもらったから不在がばれたとか」

「たった一泊の旅行で新聞を止めますか？」

「駄目か。牛乳を配達してもらってた……なんて、今どきめったにないわよね。ましてや独り暮らしの成人男性だったら」

　話しているうちにリサイクルショップのある通りを最後まで歩いてしまった。左に二回曲がり、一本裏の道を駅方向へ引き返す。これでリサイクルショップの裏手に出るはずだ。新聞や須藤君からの情報によると、侵入者は裏手の住居部分の、鍵が緩んでいた窓から侵入したそうだ。ちょっと考えるとこの建物の内情をよく知っている人間の犯行かと思えるが、今見てみると、店舗部分はきれいな造りでも裏は昭和の普通の住宅のようだ。窓も昔ながらのサッシ。ちょっと揺すぶっているうちに開いてしまった、ということもありえそうだ。

　こちらの通りは人気《ひとけ》も少ない。深夜になっていたら、なおさら人目を気にしないで済むだろう。通りの反対側は住宅だが、北向きになっているために窓も小さい。

　二人でゆっくりと歩いているうちに、文子が日野の腕に手をかけた。

「日野さん、あれ……」

　住宅部分の通用口の横に水道の蛇口が見え、その下にブルーのカップが置かれている。

　最近よく見る、シリコン製の折り畳みカップのようだ。

「アウトドアグッズとして便利らしいけど、外の地面に無造作に置いてあるカップなんて、口をつけたくないわよね……。これ、誰が使うんだろう？」

「店主さん自身じゃないでしょう！　ねえ、ペット用じゃないですか？」

二人で顔を見合わせ、同時に話し出す。

「店主さんがペットを飼っていたとしたら、どうでしょう？」

「あの建物内に、放置しておけないような種類の生き物がいたとか？　……文子、あれ！」

日野は、通用口に目を凝らす。狂犬病予防接種済みのステッカーが見えた。

「犬を飼っていたのね！　だったら一日留守にするだけでも、散歩も餌やりも、誰かに頼んだはずだわ！」


リサイクルショップのホームページには、看板犬として柴犬の写真が何枚も載せてあった。

さっき須藤君の連絡先は聞いていた。大急ぎでメールし、店主が留守の間犬の世話を誰に頼んでいたのかを、聞き出してほしいと頼む。

「これで須藤君の疑念が晴れるといいですね」

「そうね。犬の世話をまかされた人やその周囲の人間なら、お店が一晩無人になることを知りえたことになる。そこから何かがつかめれば……」

「そうだ、それに日野さん、犬までいなくなるっていうのがわかれば、犯人にとってはますます侵入しやすくなりますよ！」

日野は笑った。ミステリ好きの文子らしい。

「吠える犬への対処法って、たしかにミステリの頻出要素だわ」

それから文子は何かを思いついたように、また自分の携帯電話を操作し始めた。

「何をしてるの？」

「この近くのペットホテルを試しに探してみてるんです。彼が店主さんから聞き出してくれるのを待ってればいいのかもしれないけど、なんだかじっとしていられなくて……」

携帯をにらんでいる文子をよそに、日野はあたりをながめ、ふと町内会の掲示板に目を留める。

「アゼリアビル（仮称）建設計画説明会」
三月二十五日　18：00～
秋庭南公民館　第二会議室

説明会の主催者として中堅どころのディベロッパー、そして秋庭の建設会社や不動産会社の名が並んでいる。

日野も自分の携帯電話を取り出した。

「アゼリアビル」建設計画は、二年ほど前のローカル新聞に最初の記事が載っていた。それほど大きな規模ではないが、地域住民から、日照権や近隣の交通への影響、建設中の対応などでいくつかの配慮が要求されているらしい。

ある秋庭市民のブログでは、さらなる用地買収につき地権者と交渉中と書かれていた。

――しかし、区画を広げるためとはいえ、秋庭に数少ない由緒あるビルが取り壊されるのは、反対である。

さらに調べようとした時だ。横で文子が叫んだ。

「日野さん！」

「どうしたの？」

「これ！　市内のペットサロンの一つなんですけど、そこのサイトに飛んだら、一か月前から休業してるんです！　ほら、先月、春一番か何か大風が吹いた時にちょっと大きな火事があったでしょう、その時に類焼して設備が使えなくなったからって！」

「火事？」

再び、二人は顔を見合わせた。


興奮が冷めないまま、二人で通りを戻り、須藤君が先輩と話したというカフェに入る。「喫茶店」と呼んだほうがいいような古めかしい、だが清潔で懐かしいたたずまいだった。

カフェの向かって左隣は、華《はな》やかな色彩があふれる花屋だった。「さかえフラワーショップ　10：00～20：00」と看板がある。閉店近くなったからか、店頭にはディスカウントされた小さな花束が並べられていた。久しぶりに花でも買って帰ろうか、そんなことを思いながらカフェに入り、文子はココア、日野はハーブティーを注文する。

店内も懐かしい内装で、いかにも地元密着型の店らしく、壁の一画には地域のイベントの張り紙があった。フリーマーケット、音楽サークルの定期演奏会……。

「私たちが集めた情報から、一つの仮説が立てられますよね」

ココアをすするのももどかしそうに、文子が口火を切る。

「独り暮らしで人づきあいも苦手だった店主さんが旅行に行くことを事前に知りえた人物。愛犬を預かるペットサロンなら該当します。しかも、そのサロンは一か月前、つまり問題の人形が出品される少し前にもらい火で半焼している。もしも火事の片づけに当たった人が事情を知らないまま煤をかぶった古いお人形を見つけ、再建資金の足しにとオークションに出してしまったとしたら……」

「とすると、出品者は盗んだ犯人ではありえないということになるわね」

「そうですね。でも、すぐ近くにいる人。家族かしら。そして出品後に犯人がその事実に気づき、あわてて出品を取り下げた……」

「うん。……今、ここまでの詳細を須藤君に追加でメールしたわ。あとは彼の判断を待つことにしましょう」

日野はちょっとすっきりした気分で、ハーブティーの香り高い湯気を楽しむ。

「まったく、『枕草子』からずいぶんと思いがけないところに連れていかれちゃったわね」

「本当に」

文子も、一仕事終わったという顔でくすりと笑う。それからこう続けた。

「日野さん、『枕草子』がお好きなんですね」

「わかる？」

「はい。彼への、あの解説を聞いてたら」

「そうねえ、一貫したストーリーがないし、一読したくらいでは『源氏物語』みたいに全体像が伝わりにくいけどね……。うん、比べるものじゃないと思うけど、やっぱり現代の、特に若い子には『源氏』よりも『枕草子』をもっと読んでほしいかな」

「どんなところがお好きなんですか？」

しばらく考えてから、日野は口を開く。

「……清少納言が描いている定子がとにかく魅力的なところ、かな」

「なるほど。日野さんが解説した香炉峯の雪の段は、それの代表格ですよね」

「ああいうエピソードはたくさんあるけど、ほかに私が好きなのは、清少納言が定子に紙を贈られた話とかかな。香炉峯ほど有名ではないけどね」

「ああ、ありましたねえ、……どんな話でしたっけ」

日野は思い起こす。

「定子が亡き父のライバルだった道長《みちなが》に圧迫されて苦しい立場に追いやられていった時期のことよ。きっと仕える女房たちも動揺していたと思うの。今と違って雇用者が守られることなんてなかった、そもそも失業後の保険も生計が立たなくなった人間へのセーフティネットも、そんな概念さえなかった時代だもの。女房たちだって生活が懸《か》かっているから、浮足立つ。つい、ライバルの道長や彰子《しょうし》にお愛想《あいそ》の一つも言いたくなる。あちらサイドに仕え先を変わろうかなんて画策する人間も出てきたでしょう」

「彼女らの職場環境、想像するだけでもハードだものなあ。ご主人に何か起きたら、あっというまに居場所がなくなる。うまい具合に頼れる実家に帰れる人はいいけど、そんなに恵まれてない女だったら路頭に迷うかもしれない。文字どおりの寄らば大樹《たいじゅ》の陰、ですよね」

「一方で、そういう同僚たちに腹を立てて、何が何でも定子に忠義立てをする、自分と同じ考えでない女は裏切り者扱いして排斥《はいせき》する、そんな女房もいたはず……。だから、定子の周囲は、だいぶぎすぎすしていたでしょうね」

「そうだ、たしか清少納言は、道長のことも好意的に見ていた側ですよね」

「そもそも『枕草子』って、身分の高い人間はすべて賛美するスタンスだけどね……。で、その清少納言の愛想の良さが仇《あだ》になって、定子シンパの女房たちから仲間外れにされて嫌気がさして実家に帰っちゃった時期。清少納言の実家に、突然、定子から上等の紙がどっさり届けられたって」

「ああ、思い出した！　清少納言がその前に雑談として、上等な紙をもらうと私はハッピーになれる、とかおしゃべりしてたんですよね」

「そうそう」

日野はうなずく。

「自分の他愛もない話を定子がちゃんと覚えていてくれた。自分が定子の後宮で苦境に立たされていることも察してくれていた。そして、『お前を信頼しているわ』なんて野暮《やぼ》は一言も言わずに、ただ紙を贈って自分の好意を伝えてくれた……」

「見事な人心掌握術《じんしんしょうあくじゅつ》ですよね。それは、清少納言でなくても定子に惚《ほ》れ込むなあ。たしか定子って、二十歳すぎたくらいの年齢なのに」

「だよねえ。その後、今度は差出人不明のまま、これも清少納言がもらうと嬉しいっておしゃべりしていた高級な畳《たたみ》が、実家に突然送り届けられた。こんなことをしてくれるのは定子しかいないと思って定子づきの同僚にこっそり問い合わせたら『定子さまが誰にも内緒でなさったことですから、どうぞ、ご内聞《ないぶん》に』って」

「ご内聞に？　どうしてまた」

「定子は、清少納言をバッシングしている側の女房たちも無下《むげ》にはできなかったからでしょうね。自分の親族は頼りにならない、幼い皇女皇子も抱えている、そんな定子としては、とにかく味方は一人でも減らしたくなかった……」

「定子って本当に苦労人ですね」

日野は、ちょっと笑う。

「そういう状況が深読みできるから、私は『枕草子』が好きなのかもね。定子って短命だったし、生涯を俯瞰《ふかん》すればかなり気の毒な女性なのに、清少納言のおかげでとにかく才色兼備で人柄最高で、ひたすら明るい女性に描かれている。あんなに涙のない日本古典ってほかにないでしょう」

「……たしかに、『枕草子』に涙は似合わないですね。清少納言ときたら、位の高い貴族にもずばずばものを言うし」

「そう。それに比べて、『源氏』は泣いてばかりだからなあ。言いたいことも言わないで呑み込んで、結局後悔するし。宇治十帖《うじじゅうじょう》なんてその最たるものでしょう。あらゆる女にちょっかい出す匂宮《におうのみや》って男が騒動の元なんだけど、あれだって、妻である中君《なかのきみ》が一言『私の妹に手を出すな』って釘を刺せばその後のごたごたは回避できただけの話よ。書き手が清少納言ならなあ、あんなうだうだした展開にはならなかったのに」

そこで日野は言葉を切って、ふと耳を澄ます。

「あれ、何の音?」

文子が目を上げて、日野の背後を指さした。

「バタバタと騒がしいと思ったら、お向かいのお店の幟《のぼり》がはためいていますよ。そう言えば、今日は春二番が吹きそうだってニュースで言ってました」

日野は急いで振り向く。文子の言うとおり、閉店準備をしている店員が、店の自動ドアの横に出ていた幟を取り入れるところだった。

# 藤代不動産

「日野さん？」

文子が不思議そうに問いかけるのもかまわず、日野は窓の前に走り寄った。

営業時間　9：00～19：00。

一方、このカフェの営業時間は8：00～20：00だった。

「日野さん、どうしました？」

追いついてきた文子が不審そうに問うのに、小さく答える。

「……わかったと思う」


須藤君は、一週間ほど経ってから図書館にやってきた。

「解決しましたよ。この図書館の探偵さんたちって凄腕《すごうで》ですねえ。おれの説明を聞いた親父さん、そのサロンに出向いて、みんな話してみたんだそうです。そのあとで犯人が、人形を持って警察に出頭してきました。ペットサロンの娘でした。お袋さんが家で、こぢんまりとトリミングやペット預かりをやっていたんだそうです。娘は大学中退して、それを手伝ったり短期のバイトをしたりしていた。人形集めが趣味で、リサイクルショップに例の人形が展示されてるのを見てからずっと欲しかったんですって。でも親父さんが三十四万円なんて強気の値をつけていたから、とても手が出ない。そんな時に、親父さんが一晩留守にするから犬を預かってくれって来たわけで……」

「店主さんは、前からサロンのお得意さんだったのね？」

「そうらしいです。しかも、お得意さんサービスで、サロン側がいつも犬をピックアップしに、リサイクルショップまで出向いていたんだそうですよ。それで自宅のほうに入って、ケージに入れる前に犬のナニを始末したからトイレに流させてくださいって口実作って、トイレ横、洗面所の窓のクレセント錠を開けておいた。というか古い窓だから錠も緩んでいて、見かけはかかっているように回せるんだけど実は『受け』に入ってない、そんな状態にしておいたんだそうです」

「出来心……と言うにはちょっと計画的すぎるわね」

「でも、鍵を開けてしまっただけでは罪にはならないでしょう？　まだ悪いことはしてない、したわけじゃないって自分に言い聞かせながら、深夜を待ってもう一度ショップに行ったんだそうですよ。もしも出かける前に親父さんが気づいて鍵をかけ直してしまっていたらそれまでだとあきらめよう、と。でも実際は窓が開いてしまった」

「なるほどねえ」

「欲しかった人形は、自分の部屋のクローゼットかなんかにしまい込んでいた。翌日になっても犬を引き取りに来ないってなって初めて、事故や親父さんの入院のことを知ったんだそうです。事故で商店街はざわついていたけど、さすがに深夜には、親父さんのショップあたりは落ち着いてましたから。そのまま時間が経ったところで長期のバイトで家を空けている間に、その家がもらい火。ほかにも同じような人形をコレクションしていたらしくて、そういうのは売ろうって母親と話していたんだそうです。問題の人形だけは別に隠しておいたから大丈夫だろうと思っていたって。でも母親が見つけちゃって……。初犯だしこれで懲りればいいが、って親父さん言ってました。まあとにかく、すっかり解決したわけです」

そして、感心したように日野を見つめる。

「ほんと、推理が当たってましたねえ」

「まあ、それはいいわ」

幸運が重なっただけのことだ。たいした探偵活動をしたわけではない。

「おれ、先輩に変な疑いかけちゃって、すまないことしたなあ」

そこで日野は口調を改めた。

「その先輩のことなんだけどね。それについてもちょっと思いついたことがあって」

「え？」

「先輩が突然旅行をキャンセルしてまで行っていたのは、これじゃないかと思うの」

日野は、カフェに貼ってあった、音楽サークルの定期演奏会のチラシを取り出す。あの日、一枚もらってきておいたのだ。

「定期演奏会ということは、去年も同じような時期にコンサートを開いていたんじゃないかと思って、秋庭市広報のイベント紹介ページを確認してみたの。どちらにしても、去年の事故のあった日に先輩が何をしていたかヒントが見つかるかもしれないと思ったしね。そうしたら、どんぴしゃりだったわ。去年の定期演奏会は三月十三日の夜に開催されていた」

「三月十三日？」

彼は目を丸くする。

「そう。しかもトピックとしてね、直前で出演ができなくなった演者の代わりに急遽《きゅうきょ》、友情出演が決まった胡弓演奏家がいたとローカル新聞の記事になっていたわ。演者の名前は、師岡智恵子さん」

日野はその新聞記事を見せる。

「師岡書店のお嬢さんよ」

須藤君は、驚いたように大きく息を吸い込んだ。

「君は言っていたでしょう。先輩は、この智恵子さんと親交があったって。その人が直前になって出演するって言うんだもの、見に行きたくなって当たり前でしょう」

「じゃあ、あの二人、おつきあいしてたってこと？」

「職場の人づきあいについて相談に乗ってもらえる間柄なんだもの、不思議はないでしょう」

「でも、どうしてそのことを家族にさえ言わなかったのかな……」

「少し調べてみたんだけどね。師岡書店の区画のあたりでビル建設案が持ち上がってるのは知ってる？　アゼリアビル。まだ用地を広げたくて、近隣に交渉を持ちかけてもいるらしいわね」

「聞いたことはあるけど、よく知らないなあ。うちは直接関係ないし」

「中野内装はどう？　建設計画に、内装業者として関わっていない？」

「あ」

今度こそ、彼は息を呑んだ。

「関わっていたかも……」

「そして、師岡書店は該当地の近くにあって、どうも用地買収を持ちかけられて拒否しているみたい。あの由緒あるビルの取り壊しには断固反対、なんて意見もネットには上がっていたから。どうやら、師岡書店の敷地を含めたらシンプルに四角い用地にできるけど、師岡書店を避けたらかなり変則的な形になって余計な費用がかかるらしいの。それに師岡書店側としても、買収に応じたくないだけでなく、自社ビルを取り囲むように大きなビルが建設されることにも反対意見が出ているようね」

「へええ」

日野は、ファイルに綴じられた新聞をめくった。地元では、この建設について何度か報道されているのだ。

「特に、師岡書店の創業者夫人、智恵子さんのおばあさまに当たる方が頑張っていて、用地買収をはねつけているそうよ。つまり建設推進側とは利害関係が対立しているということになる」

須藤君が目をぱちくりさせて聞き入っている。

「ね？　だから先輩は、バスツアーをキャンセルして師岡智恵子さんの演奏を聴きに行ったことを、家族には事前に言えなかったんじゃないかしら。そして、あとになったらなおさら言い出せなくなった」

「どういうことです？」

「考えてみて。バスは満席だった。つまり先輩がキャンセルした空席は、すぐに埋まったの。逆に言えば、先輩が行かなかったために、ほかに一人参加者が出た。もしもその人が、事故に遭ってしまったとすれば……」

日野は大きく息をつく。

一人の死亡者が出てしまった。

藤代知雄さん。

──急に空きができてやっぱり梅を見にいけるようになるとは、ラッキーだな。

その同じ名前の不動産屋が、カフェの向かいにあって、幟を春一番の強風にはためかせていた。

──兄は重要な取引があって、ご挨拶できないのですが……。

知雄さんは長女夫婦と暮らしていたが、長男は商店街の中で不動産業を成功させていたのだ。

店舗は午前九時に開店する。彼が先輩に話しかけた午前八時半過ぎ、藤代不動産は営業開始の準備にあわただしかったただろう。店の前を清掃したり。

幟を設置したり。

たとえ社長の父親が病院の集中治療室にいる事態だとしても、営業は続けなければならないから。

「だから先輩の言動には、先輩なりに切実な事情があったのよ」


肩の荷を下ろした須藤君は、足取りも軽く帰っていった。

だが、残された日野は考え込んでいた。

まだ、何かが引っかかる。

自分が行かなかった旅行に誰かが急遽参加して、そして事故に遭い、命を落とした。

どんな気持ちに駆られるだろう。その気持ちには、どうやって整理をつけるのだろう。

そして。悩んでいるのははたして「先輩」一人だけだろうか？

すきまの空《あ》いている「誤返却本」の棚を見て、一枚の紙切れが残っているのに気がつく。

『桃尻語訳　枕草子』の中に挟んであった、あのレシートだ。

──レシートくらいなら、須藤君に断らずに捨ててしまってもいいだろうか。

そんなことを考えながら見直して、日野ははっとした。

午後十時の、スーパーの購入記録。

だが、今まで見落としていた。そこにあったのは、一年前の三月十三日の印字だったのだ。

図書館での出来事は引きずらないことをモットーにしているはずの日野が、その日は帰路も考え続けるほど引きずっていた。

——どうしよう。

これが見ず知らずの人たちに起こった出来事だったら、考えるだけで行動を起こさないだろう。起こしようもないのだし。

だが、日野は知っているのだ。

智恵子さんを。

面倒見がよくて、稽古場では初心者の日野を歓迎してくれた。

——嬉しい、気軽に話せる同じ年頃のお仲間ができて。しかもそれが日野さんなんだもの。

——智恵子さんは私より若いのに。

——そのくらいの年の差、このお稽古場では誤差みたいなものじゃない。みんな人生の先輩ばっかりなんだし。

初回の稽古時にそんな話をした。誰にも聞かれないように智恵子さんは声をひそめて。

書店内の事務室で働いたり外商に回ったりで店頭に立つことは少ないが、日野が師岡書店に立ち寄ると店員さんが知らせてくれるのか、よく出てきておしゃべりに花を咲かせた。老舗《しにせ》のお嬢様ではあるけど気さくで……。

その智恵子さんは一年前に稽古をやめた。知雄さんが事故で亡くなった、その直後に。

独り暮らしの小さなマンションの一室に帰ると、鉄瓶を火にかけた。炉があるわけではないからガス火だが、考え事をする時の癖で茶を点てたくなったのだ。

湯がたぎる音を聞きながら、茶杓《ちゃしゃく》、棗《なつめ》、茶筅《ちゃせん》、茶碗《ちゃわん》、と順々に取り出す。

自分一人で楽しむ時は、師匠には白状できないほどの略式な点て方だ。小さなキッチンカウンターで立ったまま。それでも習慣で、帛紗は使う。無意識で帛紗をさばき、茶杓を拭い、茶碗を温めて茶筅を通す。湯をこぼし、抹茶を茶杓で一杯半。

――自分の知っていることを話すべきか。

湯を注ぎ、茶碗の中で茶筅を振る。きれいな若草色の茶が泡立ち、芳香が広がる。

――智恵子さんが知らないことを私は知ってしまった。

さて一服とリビングの小さなテーブルに運ぼうとして、あの古帛紗に茶碗を載せた。

一礼し、茶碗を押しいただいてからしみじみと味わう。

その時ふと、帛紗の模様に目が留まった。

この柄。頂いた時も懐かしいと思ったが、そのまま忘れていた。だが、この柄の帛紗を、日野はたしかに以前どこかで見ている。

そして、やっと思い出した。おととしの暮、初心者の日野が初めて参加した茶会。緊張していた日野の隣、次客の位置で何かとサポートしてくれた智恵子さんの手に、これと同じ帛紗があった。鴇色の地に紅梅模様の。


「能勢君」

翌日、日野はカウンターで横に立つ男に話しかけた。三日ぶりに出勤している彼。一人娘の喘《ぜん》息《そく》がようやく治まったのだそうだ。春先は体調を崩しやすいらしい。

「ねえ、人の死を乗り越えなさいって、第三者が言う資格はあると思う?」

「なんだ、突然に」

「いいから。今でも引きずっている、大事な人の死でも乗り越えて生きていくべきなんて、他人が偉そうに言えるかな」

「そりゃあ、言えるわけがないな」

能勢は、あっさりと言う。

「……そりゃ、そうよね」

何のために、こんなことを聞いたのだろう。日野だって、人に聞かれたら同じ答えになるだろうに。

「言えるとしたら、乗り越えられないものは引きずったままで、苦しくても、それでも生きていってほしいです、くらいかな」

日野は顔を上げて能勢を見る。

「だって、それしかないだろう？」

日野は、ようやく笑顔になることができた。

「そうね。そりゃ、そうよね」

同じ言葉を繰り返す。

心が決まった。


智恵子さんは、日野と顔を合わせるところを見られたくないかもしれない。

だから日野は事前に智恵子さんに連絡のメッセージを入れた。

――お話ししたいことがあって。藤代さんのことで。

律義《りちぎ》にも、まもなく返信があった。

――閉店後でよければ。書店の裏の公園でどうですか。

だから日野は、バスケットを持参し、公園のベンチで待っていた。

「お待ちしていました」

「お久しぶり、日野さん」

「とりあえず一服、いかが？」

一瞬驚いたような表情になったあとで、智恵子さんは顔をほころばせた。

「わあ、嬉しい」

「では」

智恵子さんとの間に置いたバスケットから、野点《のだて》用の茶器と湯の入った魔法瓶を取り出す。

茶の湯のよいところは、点てている間、静寂な時が流れることだ。主も客も無言になるから。横にすわる智恵子さんを意識しつつ、作法どおりに点てながら、日野はどう切り出そうか、考える。

日野が気になるのは、あれからすでに一年、智恵子さんがどのように過ごしていたかということなのだ。この一年、時を止めているのではないか。

だが点てた茶を智恵子さんにさしだしながら出てきた言葉は、ひねりのない単刀直入なものだった。

「あのね、お節介《せっかい》を焼きに来たの」

「日野さんが？」

智恵子さんが、ちょっと不安そうな顔になる。藤代さんの名前を出したのだから、いったい何の話かと気がかりなのも当然だ。

そんな彼女に、日野はそもそものきっかけ――図書館に舞い込んだ誤返却本のこと――から話し始める。

その本が『桃尻語訳　枕草子』だったこと。間違って返却ポストにその本を入れたのが高校生だったこと。

「問題の本を持ち出したのは、彼の先輩の本棚からだった。中野内装の跡取りさんだとか」

そこまで話したところで、智恵子さんの表情が固まった。

「駅前商店街で内装専門の工務店をやっているおうちの二代目で……。智恵子さん、ご存じの方よね」

「清司《きよし》さんの本……」

「清司さんって言うんだ。お名前は知らなかった、図書館に持ち込んだ高校生が言わなかったもので」

智恵子さんは茶碗を見つめている。日野はそれを見守りながら言った。

「高校生の彼が、変に気を回して心配していたから、私、こうしてお節介を焼いてるの」

須藤君があらぬ疑いを先輩にかけていたから、その疑いを晴らすつもりで、去年の三月十三日夜の清司さんの行動を推測してしまったことを話す。

「智恵子さん、臨時の代役で胡弓を演奏した。清司さんは、ただ、その姿を見たかっただけよね？」

そう、それだけだ。恋人同士の、当たり前のほほえましい行動だ。

だが、その結果……。

「藤代不動産のご隠居、知雄さんが代わりにバスに乗り、事故に遭った」

狭い商店街のつきあいだ。表面的に見れば内装店の跡取りが席を譲った形になった結果、ご隠居が亡くなった。そのことは、すぐに周囲に知られるだろう。

なぜ席を譲ったのか、清司さんは誰にも言わなかった……。

「智恵子さんや清司さんが自分を責める気持ちはわかると思う。でも、これは、お二人以外の誰にも責められることではない」

「そう、だから清司さんが面と向かって非難されたことは一度もなかったわ」

智恵子さんは小さい声で言う。

「それでも、私たち、それまでみたいにはいかなかった」

「わかる……。いえ、わかるような気はする。だけど私、このままにしておけなくて」

日野は、今の自分に満足している。好きな仕事、気の合う同僚、豊かな時間を過ごせる趣味。充分しあわせだ。

だが、この二人は「二人でいること」がしあわせだろう。

だから、日野は今お節介をしているのだ。

「これを見てほしい」

日野がさしだした紙切れに、智恵子さんは目を丸くする。

「去年の三月十三日、午後十時の、スーパーのレシート。最初は『セイカ』は『青果』、食料品だと思った。でも違う。『生花』、花束だった。清司さんは智恵子さんの演奏を聴いたあとで、ふと思い出したのね、翌日がホワイトデーだと。でも、もう花屋さんも閉まっている。智恵子さんには、翌日は朝にしか会えない予定だったの？　だとしたらその夜のうちにお花を用意しないといけない。そこで、たった一か所お花を手に入れられる場所、スーパーに駆け込んだ」

「彼は、朝、あのカフェでモーニングを食べることが多かったの。そして私は、あのお店にはオープン前に雑誌の配達に行く……」

「カフェの店主に協力してもらえば、智恵子さんに花も贈れるね。店内に置かせてもらったりして」

「そう。でなければ、人目につかないようにちらっと目を交わして、挨拶したり。こんな自分、自分でも卑屈で嫌いだった。でも祖母が……」

師岡書店初代夫人は、事業を切り回してきたしっかり者だと、秋庭市の中でも有名な方だ。波風を立てたくないと思えば、そうなってしまうのだろうか。

そしてあの時、向かいの藤代不動産では大変な事態になっていた。清司さんはカフェの席で初めて知ったのだろう。昨日の事故の詳細を。そのタイミングで話しかけてきた後輩を適当にあしらいながら、でも情報を追えば追うほど、深刻さは増していって……。

後輩の、清司さんにとっては考えなしに思える言葉を、藤代不動産の誰にも聞かれるわけにはいかなかった。

「清司さんは秋庭を離れたんですって?」

「他県の、お父さんの商売仲間の会社に修業に行くって言って。私も正直ほっとした。だって、あんなことになったのに、そのあと、どうして二人で笑っていられる?」

「笑えないのなら、笑えないまま、二人でいたらどうだろう」

「だって、小春さんは受け入れてくれるとしても、ほかの方は……」

「受け入れてもらえない方たちの視線も、二人で一緒に受け止めたらどうだろう」

智恵子さんが、途方に暮れた表情になる。二人ともこの一年考え続けてきたことなのだ。第三者に言えることなんて、ほんのわずかだ。

そのわずかな一言で事態が変わるなんて、そう簡単な話ではないだろう。

——やっぱり、お節介でしかなかったな。

日野はそう思いながら、智恵子さんから茶碗を受け取った。

「お話ししたいことは、それだけ」


これで終わりにしてもいいのに。

だが、ええい、お節介ついでだ。

翌日の仕事終わり、日野は中野内装に行ってみた。

やはり。中で接客をしているのは先日顔を合わせた方だった。小春さん。知雄さんの下のお嬢さんだ。

須藤君は言っていた。

——こっちもつきあいのある商店街仲間の身内の人が、長年中野内装の事務を取り仕切ってるんですよ。

そして、昨日の智恵子さんの言葉。

——小春さんは受け入れてくれるとしても。

日野と目が合った、不審そうな顔の小春さんに小さく手招きして、外に出てきてもらう。


「私、師岡智恵子さんの知り合いなんです」

その一言で、小春さんは色々と察したようだった。

「そうか。そうよね、お茶のお仲間なんだもの」

「私はほんの習いたてですが。ただ、このお店の清司さんのこともひょっとしたはずみで知ったんです。それで、一年前のあの事故のこととかを思い合わせて……」

「そう……」

しばらくうつむいてから、小春さんは話し始めた。

「智恵子ちゃんとのことも、前から父を通して知っていたの。私は、応援しようと思った。清司君と智恵子ちゃん。子どもの時から知っている清司君だし、智恵子ちゃんだって知らない仲じゃない。智恵子ちゃん、自分のほうがちょっと年上なのを気にしてたけど、お似合いだと思ってた。例のビル建設の話が出たのはおととしだったかな。智恵子ちゃんのおばあさまが強硬に反対していて、智恵子ちゃんは悩んでたけど。でも、そんなの馬鹿らしいと思わない？」

「思います」

「ねえ？　この時代に、なんで家同士の利害の対立が恋愛にからむのよ」

それから、小春さんは一気に言った。

「私が父に勧めたの。あのバスツアー」

「え？」

「そもそもは、私が入っている音楽サークルで、突然インフルエンザで出られなくなったソリストのために演目に穴が開きそうになったから、智恵子ちゃんを引っ張り出したのよ。私、ピアノを長く続けていて」

「そうだったんですか……」

お線香を上げにいったあのお宅には、たしかにピアノがあった。手ずれのした楽譜も。

「それで、清司君にも智恵子ちゃんの出演のことを知らせた。彼、バスツアーが入っている、幹事に迷惑をかけるからキャンセルできないってためらうから、欠員を出さないために父に行ってもらいましょって。……なんだかキューピッドになれたみたいで、浮き浮きしていた、私」

小春さんは両手で顔を覆う。

「そのこと、ご家族はご存じなんですか」

「姉夫婦も兄も、私が勧めて父がツアーに行ったことは知っているわ。でも、清司君と智恵子ちゃんのことは知らない」

そして顔を上げて問う。

「どうしてわかったの？」

「これです」

日野は、あの古帛紗を取り出す。

「私、この色と柄に見覚えがありました。智恵子さんがおととしの暮、同じものを持っていました」

小春さんが、小さく口を開ける。

「『残りは皆さんへも』。知雄さんは、最初の一枚を智恵子さんに贈っていたんですよ。私、聞いてみたんです。智恵子さんの帛紗を仕立てたのは、私たちの茶の師匠でした」

「そうだったの……」

「師匠が言っていました。『何か、あの子の使えるものをやってくださいませんか』って、知雄さんと師岡書店の社長に頼まれたって。社長、『私の母が頑強に反対するせいであの子は対立構造に巻き込まれて悩んでいる。建設推進派にもあの子に同情する人はいると伝えられないか、この藤代不動産の先代に相談したら、先代が知恵を出してくれたんです』って」

定子が、誤解に苦しんでいる清少納言に紙や畳を人知れず贈ったように。

小春さんが、泣き笑いの顔になる。

「みんな、人のことを思いやっていただけなのにね……」

残酷な結末になった。

知雄さんは命を落とし、清司君は秋庭を離れ、智恵子さんは稽古をやめた。

そして一年が過ぎた。

小春さんが、ぽつんと言う。

「どうしたらいいのかしら」

「私なんかに立ち入ったことを言う資格はありません。みんな、心の傷をそのままに生きていくしかないと思います。部外者の私に言えるのは、それだけです。ただ小春さんは違う。ご自分の心のままに知雄さんを悼《いた》んで、心のままに怒りを抱いていて、それでいいんじゃないですか」

「心のままに、か」

小春さんは空に目をやった。涙がこぼれるのを我慢したように見えた。

「あの子。父が助けた子。無事に今年幼稚園入園ですって。月命日のたびに、ご両親が家に来るのよ。一周忌の前には、事故現場にも花を手向けに行ってくれていたそうよ」

「そうですか。私も、その花は見たと思います」

「あの子が助かってよかった。私だってそう思う。本心から思ってる。でも一方でね、元気な姿を私に見せないで、とも思うの。生きててよかったね、だから幸せに生きていってね、ただし私の知らないところで、って」

「無理もないと思いますけど」

「智恵子ちゃんも清司君も幸せになってほしいわよ。幸せになって、私がとげとげしい感情を持っているのを受け止めてほしいわよ。……それが正直なところ。ねえ、こんな気持ちでいいのかな?」

「いいとも悪いとも、私には言えません。でも、もしも小春さんの立場になってしまったら私も同じような気持ちになるかもしれません」

小春さんは笑おうとした、ように見えた。何か言いかけて、でも結局口を閉じ、唐突にちょっと頭を下げて立ち去ろうとする。

その背中に、日野は言う。

「今年の定期演奏会、聴きにいってもいいですか?」

小春さんは泣き笑いの顔でうなずいた。

「ええ、どうぞ。父が好きだった曲をアレンジしてみたの。知ってる? 雅楽の楽器でクラシックを発表している演奏家がいるのよ。だからお琴とピアノでやってみようって」

日野は、ふと胸を突かれた。

そうだ、知雄さんは日本古典にとても詳しかった……。

茶席には、日本古典の話題がふさわしい。話の合う仲間を見つけて、日野はつい、『枕草子』について熱弁をふるったことがなかっただろうか。

――なるほど、美意識高くてつきあいづらい女性を攻略するのに『枕草子』は最適の参考書、ですか。これはいいことを聞きました。

あの時、そう言って笑ったのは知雄さん、そして智恵子さんも同席していなかったか。

智恵子さんに古帛紗を贈った時、知雄さんの脳裏にも定子と清少納言のエピソードが浮かんでいたのかもしれない。

智恵子さんからメールが送られてきたのは、三日後のことだった。

――やっと、この古帛紗を、また手に取る勇気が出ました。私の一番好きな梅の花を選んで、知雄さんが私に贈ってくれたものですから。

ふと思い出す。あれは清少納言も愛した花だったことを。

木の花は、濃きも淡きも紅梅。

※引用は『枕草子　上』（新潮日本古典集成　萩谷朴校注　新潮社）より。

# 星《ほし》合《あい》

## 星合《ほしあい》：陰暦七月七日、七夕の子季語。

「やっぱ秋庭も暑いな」

渡瀬《わたせ》優《ゆう》が肩から下げたペットケージを駅前の歩道に置いて、額《ひたい》の汗をぬぐう。

「しょうがないよ、今日、東京は最高気温三十八度って言ってたじゃないか。秋庭は田舎って言っても、都心からそんなに離れていないんだから」

佐由留はそう答えて、ケージを覗きこむ。中から、トイプードルのココがきょとんとした目で見上げている。

「よしよし、今出してやるからな」

ケージのロックを外して扉を開けると、ココは勢いよく飛び出して、優の手に注がれた水を飲んだ。佐由留も、自分のミネラルウォーターのペットボトルを取り出した。いくら飲んでも、汗になって体から流れ出ていっている気がする。

午前中に優と待ち合わせて電車を乗り継いで、二時間。着いたのは、佐由留の父さんとじいちゃんばあちゃんが暮らす秋庭市の駅だ。東京都の東南部の、佐由留たちの住む町からまずターミナルである新宿《しんじゅく》駅に向かい、それから電車を乗り換えて西の方向へ三十キロメートルくらい離れた、静かな市だ。

優と秋庭に来るのは、これで二度目だ。中学校の天文クラブで一番仲がいい優だが、最初、去年の冬休みに優を秋庭に誘った時には、結構勇気が必要だった。学校で仲がよくて時折は日曜日に誘い合って遊ぶ間柄だと言っても、何日も一緒に過ごすとなると、やっぱり気を遣わなくちゃいけないだろう。クラブの合宿だったら同学年や先輩や顧問の先生がいるから、「一人ひとりへの気遣い」も薄まるけど、二人だったら互いの言動がすべてになってしまう。

しかも、一人っ子の佐由留は、去年父さんと母さんが離婚して、今は母さんと二人暮らしだ。

母さんは、佐由留にすごくすまないと思っている、らしい。自分たちの都合で離婚したことを。すまないと感じるくらいなら離婚を思いとどまってくれたらよかったじゃないか、そう思ったこともある。でも、それはできない相談だった、らしい。

この件で佐由留が学んだ一番大きなことは、ほかの人の感情は佐由留にはわかりきれないし、どうにもできないということだ。親子であっても。

こんなことを、はっきり母さんに告げたわけではない。でも、母さんにだって佐由留が割り切れない思いでいるのは伝わっていて、だから二人で暮らすようになってからずっと、母さんは佐由留に気を遣ってきた。結果的に、三人でいる時より佐由留は気楽になった。

でも、逆に言うと、最近、佐由留は人に気を遣うことを忘れがちになっている気がする。そんな佐由留が、優と二人きりでいる時に、無意識に気に障ることをしでかしてしまったら。そんなふうに考えていると、優を誘うのにはためらいが生まれてしまったのだ。

優と仲よくなったきっかけだって、ちょっとしたはずみみたいなものだった。

去年の夏、愛犬のケンを亡くして寂しがっていた佐由留が、優の家に犬がいると聞いて、学校帰りに寄らせてもらったのが始まりだ。中高一貫の私立校だから生徒はいろんなところから集まっているが、優と佐由留は最寄り駅が一緒なのだ。学校からも近い。

ココは、ものすごくかわいかった。見かけだけでなく、性格も。臆病だけど、人間は誰でも自分をかわいがってくれるはずだと信じ込んで、初対面の佐由留にもとことこ近づいてくる。

「こいつ、どこに行ってもかわいい～って歓声を浴びるのに慣れてるからさ。人間は全員自分のことが好きだと信じて疑わないいんだ」

ケンを亡くして以来忘れようとしていた犬のぬくもりが、佐由留には嬉しかった。ほかの犬と触れ合ったらケンを亡くした痛みがもっと強く襲ってくるかとこわかったのに、そんな負の感情よりも、懐かしい温かさがダイレクトに胸に迫ってきて、苦しいとか辛いとかよりも懐かしいと思えたことが、嬉しかった。

そんなことを、秋葉のじいちゃんとの電話で話していたら、そのうちにじいちゃんがこう言ったのだ。

――そりゃあ、よかったなあ。どうだ、佐由留、今度冬休みにでも、そのワンコロと友だちを、じいちゃんのうちに連れてこないか？　ここの庭で、いくら走り回ってもいいぞ。

そうだね、そうできたら楽しいかもね、佐由留は気軽にそう相槌を打って電話を終わらせた。ところが、何にでも本気のじいちゃんは、佐由留と電話で話した翌日から、犬小屋を作り始めたのだという。

今さら犬小屋建設中止を言い出せなくなった佐由留は、それでも、ぐずぐずしていた。その間に秋の短期合宿や文化祭を通して、ますます優の性格が好きになっていったけど。

結局、言い出すきっかけは優の方から作ってくれた。期末テストも終わってまもなくの放課後、二人で帰っていた時だ。優がため息をついて、こう言ったのだ。

「いいよなあ、佐由留は一人っ子で」

「どうしてさ?」

「おれの弟、小学五年生なの。今年の冬は、弟の冬期講習のせいで、家族旅行もなし。講習日がきちきちに詰まっているし、そもそも受講料が高いから旅行どころじゃないんだってさ。弟の成績が上がらないってお母さんはぴりぴりしてるし、お父さんがなだめると暢気すぎるって余計にいらだって、二人ですぐ口喧嘩になるし」

「そうかあ」

——こんなチャンス、ないぞ。

佐由留は自分にそう言い聞かせて、切り出した。

「だったらさ、冬休み、ぼくの父さんの家に一緒に行かない? ほかに、じいちゃんとばあちゃんがいるんだけど、何日か泊まりがけで。ココも連れていけるよ。田舎の広い家だから、いくら走り回ってもいいって」

——あの時、思い切って優を誘ってよかった。

佐由留はそのあと、何度もそう思った。

佐由留が事前に想像していたより何倍も、優と過ごした四日間は楽しかったのだ。

何と言っても、優がこだわらない性格だったのが大きい。

「おれ、何でも食べられるし、どこでも寝られる」

自分でそう言うとおり、優は佐由留のばあちゃんが作る味噌汁も野菜の煮つけも大喜びで平らげた。これで、ばあちゃんも大感激してしまった。

気まずくなるかと心配だったのは父さんとのつきあい方のほうだが、これも思ったほどじゃなかった。佐由留の家庭事情をこだわらずに流せるくらい、優が大人だったのが大きい。

そしてじいちゃんはというと、これは最初から優と意気投合していた。例の犬小屋のおかげで。

そう、何より、あの犬小屋が傑作だった。

じいちゃんが張り切って作った犬小屋は、床の広さが二メートル四方を超えていたのだ。

一目見て佐由留は絶句した。ココのケージが二十個でも入りそうな大きさだ。

じいちゃんとばあちゃんは、まさか、ココがこんなにきゃしゃな小型犬とは思っていなかったのだろう。二人がココを見てぽかんとする横で、優は一人歓声を上げた。

「すごい！　ゴージャス！　ねえ、おれたち、ここで寝ていいですよね？」

「え、……君たちがかい？」

遠慮がちにうしろにいた父さんがおそるおそる尋ねるのに、優は即答した。

「はい！　やったな、佐由留！　ここを基地にして毎晩天体観測だ！」

優はその場で家に電話して、お母さんに天体望遠鏡を送ってもらった。

「三年間のお年玉を注ぎ込んだおれの宝物。ココを連れて移動となると、望遠鏡まで担《かつ》いでくる気になれなかったんだけどさ。こうなったら話は別だ！」

優の指示どおりに厳重に梱包《こんぽう》された天体望遠鏡は、翌日届いた。その間に、父さんが、冬山登山用だという寝袋を二つ、用意してくれた。

「ちょっと早いけど、これは、ぼくから君たちへのお年玉だ」

「うわあ、ありがとうございます！」

こういうのも、こだわりなく受け取れるのが優なのだ。

一方、ばあちゃんは家中を探し回って、毛布をどっさりと、古めかしい湯たんぽを三つも掻き集めてきた。

「でも、本当にいいの？　せっかく東京から来てもらったのに、庭で寝るなんて。秋庭は寒いんだよ」

ばあちゃんはそう心配したが、毛布にくるまって寝袋に入り込み、おまけに二人の間には特別の湯たんぽ――ココ――までいるのだ。どんな高級ホテルより、最高の寝心地だった。

優と好きなだけしゃべって、お菓子は食べ放題、加えて気象条件も最高で、小屋から二人で首だけ突き出せば、一晩中星が観られた。

「いいなあ、佐由留のじいちゃんち、最高」


あの楽しい時をもう一度、というわけで、佐由留と優はやってきたのだ。もちろん、ココも一緒だ。おっとりしているから、ケージに入って電車移動しても平気な顔をしている。

優の家の受験事情は去年よりさらに切羽詰《せっぱつ》まっているから、ご迷惑でなかったらいくらでも泊まらせてもらえ、ということで、今回の滞在期間は十日くらい。メインイベントは、八月に極大期が来る流星群観測。

「さて、行くか」

ケージから出されてからあたりを嗅《か》ぎまわっていたココが、その時わんと吠えた。

同時に、近くに一台の車が止まる。

「佐由留！　こっちこっち」

車の窓から身を乗り出して手を振っている女の人に、佐由留は目を丸くした。

「……和子《かずこ》叔母さん？」

「佐由留！　迎えに来たよ！」

「わかった、今行く」

そう答えて、佐由留は優にすばやく耳打ちする。

「あの人、父さんの妹。秋庭にいるのは、ぼくも知らなかったけど」

和子叔母さんに会うのは、久しぶりだ。でも、叔母さんは全然変わっていない。痩せ型で、きりっとした眉が父さんそっくりだ。よく動く口元は似てないと思うけど。白いTシャツ、サングラスを頭に載せている。

そのサングラスをかけて、車から降りてきた。

「佐由留、大きくなったね！　こちらが、お友だちね」

「あ、どうも。優って呼んでください。お世話になります。それからこいつが、ココです」

「あら、かわいい」

一度出されたケージにすぐに戻されるのをココはしぶったが、うまくなだめすかしてケージに入れ、車に乗り込む。

「叔母さん、秋庭に帰ってたんだね」

「そう。勤めているケーキショップが改装ということで、三週間、暇になったの」

「叔母さん、パティシエなんだ」

佐由留は、また優に説明する。

「へえ、かっこいい」

「そんな、体力勝負の仕事よ。でも昔からあこがれの職業だったからね。なかなかまとまった休みも取れないから、こんな機会は珍しいのよ。それで、たまには秋庭でのんびりするのもいいかと思ってね。こんなときは独り身って気楽ね。で、佐由留たちのお迎えに来たの。あ、ただ、ちょっと遠回りさせてね。多摩川《たまがわ》の近くにちょっと珍しい品種のイチゴの農家があるの。寄ってみたいのよ」

「多摩川まで行くんですか？　おれたち、結構前に電車で渡りましたよ」

優が言うと、叔母さんは笑った。

「多摩川は、地図で言うと大雑把《おおざっぱ》に西北西から東南東へ流れていて、君たちが乗ってきた電車はほぼ西に向かっていたわけ。それで私たちは今の駅からまっすぐ北に向かう。六キロメートルくらい。そうすると、君たちが渡ったところからかなり上流の多摩川にぶつかるのよ」

「つまり直角三角形の斜辺《しゃへん》が多摩川で、おれたちはそれと鋭角を描く長辺を電車に乗って運ばれてきたけど、直角に曲がって短辺をたどれば、また多摩川にたどりつけるってわけですね」

「え？　もう一度言ってくれる？」

優がゆっくり繰り返すのを聞いて、叔母さんは理解した。

「そう、そういうこと。君、頭いいのね」

「数学だけは得意なんです」

優はすまして言う。

「多摩川も流域が広いからね。これから行くあたりは君たちが渡った鉄橋よりも上流で、だから農地が多くなってるのよ。まあ、つきあって。うまく仕入れができたら、それで今晩のデザート作ってあげるから」

そんなわけで、七か月ぶりのじいちゃんの家に着いたのは、一時間後くらいだった。大きなリュックをしょった佐由留と優とケージの中のココと、それからイチゴ三種とパッションフルーツを手に入れて上機嫌の叔母さんと。

「はい、降ろすの手伝って。傷がつかないようにそっと運んでね」

叔母さんは人を使うのがうまい。

賑やかに家に入ると、笑みをいっぱいに広げたじいちゃんとばあちゃんが、いそいそと出てきた。ちょっと足が悪くなっているばあちゃんは、ゆっくりだったけど。

「佐由留も優君も、よく来たね。佐由留、お父さんが今日は早く帰るって、もう二回も連絡してきたよ」

ウィークデイだから、父さんは仕事に行っているはずだ。

「久しぶりの息子が来る日くらい、有休取っちゃえばいいのに」

叔母さんが言うのに、ばあちゃんが答える。

「そうはいかないらしいよ。なんだか大事な会議があるとかで」

「兄さん――佐由留のお父さん――とも久しぶりに顔を合わせたけど、相変わらずね。頭が固いサラリーマンだったわ。ね？　佐由留」

叔母さんの言葉に佐由留はどう答えたらいいかわからず、あいまいに笑った。たしかに、父さんはそういうタイプの人だから。


ココは、前回と同じように玄関に落ち着いた。万一のためにリードはつけたままだが、長いので玄関のたたきを自由に動き回れる。分解できるケージは、屋根部分を取り外して寝床にする。トイレも横に備えつけた。

楽しみにしている秘密基地は、庭の真ん中に置いてある。天体観測には見晴らしのいい場所であることが必須条件だから。

その日の午後は暗くならないうちに準備が必要だと、佐由留と優は忙しく働いた。優があらかじめ送っておいた天体望遠鏡の梱包をほどいて設置して、基地も掃除しなければならない。蚊取り線香や虫よけスプレーも用意した。

じいちゃんばあちゃん、帰ってきた父さんに和子叔母さん、六人で夕食を済ませる。叔母さんは約束どおり、デザートにとパッションフルーツでおいしいムースを作ってくれていた。

だが、そのあとで優と二人、茶の間を出たところで佐由留は立ち止まった。

「……あれ」

「どうした、佐由留？　……あ」

優も耳を澄ましてがっかりした顔をする。

みんなでご飯を食べている時は気づかなかったけど、縁側の向こうから、静かに、だけど絶え間ない音が続いていた。

「なんだあ、雨かあ」

「いつのまに降り出してたのかな」

これじゃ、基地にこもって天体観測ができない。

「自然には勝てないや。おれたちは、荷物置いてる二階の部屋に寝かせてもらっていいですか？」

優はあきらめよくそう言って、立ち上がろうとする大人たちを押しとどめる。

「大丈夫、大丈夫。布団くらい、自分たちで敷きますよ」

たっぷり寝たせいで、翌朝は早くから目が覚めてしまった。

でもおかげで、父さんと朝ご飯が食べられたからいいんだろう。徹夜で星を観ていたら、昼過ぎまで眠っていたところだったもの。

父さんは、小雨をついてココの散歩がてら見送りについてきた佐由留と優に、元気に手を振って出勤していった。その後は宿題をする気にもなれず、あてがわれた部屋で優とごろごろしている。雨は、まだ降ったりやんだりの、すっきりしない空模様だ。

「今日は、どうしようか」

「しっかり夜寝たからな、元気だけはあり余ってるよな」

「図書館に行こうか」

佐由留は提案してみた。

「例の、佐由留がファンになってる図書館か？」

「ファンってわけじゃないけど……。最初に行った時、本のことだけじゃなく随分《ずいぶん》色々お世話になったんだよ。ぼくはそれで救われたっていうか……」

そんな話をしていると、大きな音が部屋の外から響いてきた。

「なんだ、あれ」

廊下に出てみると、曲がった廊下の向こうから一歩一歩、近づいてくる足音がする。

姿を現したのは、和子叔母さんだった。タオルを頭からかぶり、マスク姿。大掃除でもするみたいなスタイルだ。

そのマスク越しに、声を張り上げる。

「佐由留も優君も、埃《ほこり》は大丈夫？　アレルギーとか、ない？」

「うん、たぶん大丈夫だけど」

「そう？　でも用心してね。その辺にマスクがあるから、使って」

「何を運んでるんですか」

優が佐由留のうしろから、首を伸ばす。

「二階に物置状態の部屋がいくつもあるのよ。せっかくの機会だから、少しずつ片づけようと思って」

「へえ。断捨離《だんしゃり》って言うんでしょ」

「よく知ってるのね」

和子叔母さんは佐由留と優を見てにっこり笑う。

「二人とも、暇なのかしら？　埃が問題ないなら、これ、下まで運んでくれる？」

いやですとは言えず、二人して叔母さんの指示どおりに、束《たば》ねた本やいくつもの段ボール箱を一階の縁側まで運び降ろした。

「まず、二階廊下の押し入れから始めようと思って。……あら、佐由留のお父さんの卒業アルバムがある」

叔母さんが大きな声を上げる。

「え、本当？」

「高校と中学と、ほら小学校のまで」

なんだか不思議な感じがした。でも、父さんも、この家で勉強したりじいちゃんばあちゃんに怒られたりしていた子どもだったのだ。

そう言えば、またこの家で暮らすようになった父さんは、前とは少し変わった気がする。離婚してから何回も顔を合わせているけど、一緒に暮らしている時よりかえって話しやすいと思うことさえ、たまにある。

佐由留が、ちょっとは成長したせいだろうか。

そんなことを考えながら、佐由留は優と一緒に一階と二階を往復して相当な量の荷物を運び出した。

そして押し入れを一つ空にすると、叔母さんはその雑多なものの前に陣取って一つ一つ整理を始めた。断捨離にはより分ける判断が必要だから、力仕事担当の佐由留と優はお役ご免《めん》だ。

「ご苦労さま。昨日のムースの残りが冷蔵庫にあるわよ。それから今日はチーズケーキを作ってあげる、イチゴソース添えの」

そこで、二人でムースを持って茶の間へ移動した時だ。

今度はじいちゃんが、奥の納戸《なんど》から何か抱えてきた。

「じいちゃん、それ何？」

「死んだおれのお袋、つまり佐由留のひいばあちゃんのものなんだが、長年しまいっぱなしでな。和子が断捨離とかを始めたって言うんで、これも思い出したんだ」

「じいちゃん、ぼくたちが運ぶよ」

マットレスの三つ折り——ちょうど佐由留たちが今朝たたんだもの——を二つ重ねたくらいの大きさなのだ。じいちゃんは元気な人だが、こんな大きなものを運んでいるのを見ると、やっぱりはらはらする。

優と二人で受け取ってみると、結構重い。

「行李《こうり》って言うんだ。昔はこれに細々《こまごま》としたものや衣類をしまっておいたもんだ」

縁側から首を伸ばして覗いた叔母さんも、懐かしそうな声を上げた。

「それ、おばあちゃんのよね？　私も覚えがある。おばあちゃんのお部屋に置いてあったわ」

「何？　呼んだ？」

今度は佐由留のばあちゃんが台所から顔を出すのに、和子叔母さんは笑いながら訂正する。

「違う、違う、お母さんじゃなくて、私のおばあちゃんのことよ。ほら、この行李の持ち主のこと」

「え？　あ、ああ、そうね。よく見つけたわねえ、たしかにお義母さんのだわ」

叔母さんはちょっと首を傾げた。

「おばあちゃんとかひいおばあちゃんとかお義母さんとか呼んでいると、紛らわしいわね。ここには今、三世代がいて、さらにその前の世代のことを話してるんだから。そうね、私のおばあちゃんのことは大刀自と呼んだらどうかしら」

「おおとじ？」

「家の中を司《つかさど》る、一番権力のある女性のこと。主婦を、昔風には刀自と呼ぶんだけど、大刀自はさらにその上の偉い女性」

「へえ」

ばあちゃんも笑った。

「そうね、たしかにお義母さんは大刀自だったわ。この家をまとめていた、重しのような人だったものね」

優が割り込む。

「話を戻していいですか？　これは、その大刀自さんのものだったんですね」

「そう、つまり、遺品だな。着物とか宝石とかは親戚一同に形見分けしたが、この中にあるものは値打ちもないからって、そのままにしておいたんだ」

「それも始末するんですか」

ばあちゃんが渋い顔をするが、じいちゃんはなおも言う。

「このままじゃ困るだろうが。おれとお前が元気なうちに何とかしないと」

「それはそうですけど……」

「おい、何か焦げてるんじゃないか」

「あ！　そうでした」

たしかに、何か匂う。たぶん、お醤油《しょうゆ》が焦げている。

足早にばあちゃんが立ち去った後で、叔母さんが言った。

「とにかく開けてみようか」

扇子《せんす》や鏡といった小物、錐《きり》やニッパーなんかの、工作道具が少し、裁縫箱、使い込まれた鋏《はさみ》や色とりどりの糸で一杯だ。それより重い箱は、硯箱《すずりばこ》だった。中の筆は、かちかちに固まっている。

それから、使い込んで真ん中がすり減った硯。その下には色々書き散らした半紙の束。

「上手な字」

優が感心する。

本当に、お習字の先生みたいな筆使いで、何度も同じ字が書かれている。

「読めないや」

「私も」

「仮名の散らし書きってやつだな」

じいちゃんが言う。

佐由留もぱらぱらと半紙をめくってみた。

「こっちのは読めるよ。『朝川わたる』って書いてあるよ。同じ言葉が何度も」

「お袋は、夜なべでよく習字の稽古をしていたな。いろんなところに挨拶状を書くのに、下手な字じゃ体裁が悪いと言って。うちの奴も、嫁に来てからはつきあってたな」

じいちゃんが、懐かしそうに言う。

「この家が大所帯の時に取り仕切っていたんでしょう、昼間は忙しかったのね」

叔母さんがそう相槌を打つと、じいちゃんは何とも言えない顔になった。

「うん、それもあるけど、昼間からすわって筆を持ったりしていたら、遊んでるって見られて、男衆や女衆《おんなしゅう》に示しがつかなかったんだ」

「遊んでる？　おつきあいに役立つようにお習字をすることが？」

叔母さんが目を吊り上げるのに、じいちゃんはなだめるように言う。

「そういうものだったのさ。女は特に、台所にいるか畑に出ているか、とにかく体を動かしていないと働いているとは思ってもらえなかったんだ」

「ひどい時代ね」

「昭和の、戦後すぐの頃だよ。今とは違いすぎる。お袋は戦前の女学校を出ていて、学校の成績もよかったらしいんだが、かえってそういうのが気に障る親戚もいたようでな。学問ができるのを鼻にかけて嫁ぎ先を見下しているとか、言われたりもしたもんだ。当時としてはハイカラな女だったんだな、今思うと。普段から服屋であつらえたり自分で仕立てたりした洋服を着ていたが、そんなのはお袋だけだったそうだよ。で、色々陰口を言われていやになって、一時は着物も着るようになっていたな。そのうちにまた洋服に戻ったけど」

「つまり、嫁いびりされたわけね？」

「まあ、そうだな。あとは、お袋の実家に、大学まで出たのに身を持ち崩して勘当《かんどう》された伯父さんがいて、秋葉の家にも借金を持ちかけて迷惑かけたとか。そういうことまで、お袋の落ち度のように言われたらしい」

「大刀自さんに学歴があったのと困った親戚がいるのと、どういう関係があるのよ。言いがかりじゃない」

「まあ、今ならそう言い返せるところだが」

そこで、じいちゃんは佐由留たちを見て苦笑する。

「変な昔話だったな。まあ、全部取り出してみようや。……おや、本がたくさん出てきたぞ」

「本というか、雑誌だね。手作り感満載だ」

佐由留も覗きこんでそう言った。

そんなに厚くはない。ちょうど、英語の教科書くらいの大きさと薄さだ。新聞紙みたいな手触りで、そっとめくるだけで、ぱらぱらと埃が舞う。

「うわあ、わら半紙にガリ版刷り。気をつけて佐由留、すごくもろくなってるわよ」

「ガリ版刷り？」

「佐由留たちは知らないよねえ、昔はワープロ打ちしてプリントアウトする技術なんてどこにもなかったから、大量に印刷したい時は、特別な用紙に鉄筆という道具で文字を書いて、インクで刷ったの。それがガリ版刷り。商業誌じゃないけど、雑誌ね。こんなに何冊もある」

表紙だけ、青い色の紙を使ってある。タイトルは『灯台星《とうだいぼし》』。

そっとめくってみる。字ばかりだ。でも、意外に文字の数は少ない。

「……これ、短歌ってやつじゃない？」

「そうね。短歌を一緒に作っている人たちの同人誌かしら」

「同人誌なら、おれたちも知ってます」

優が弾んだ声で言う。

「うん、ぼくたちのクラスにも作っている奴、いるよね。それに去年の文化祭では、上級生がすごい本格的なのを出品してた。漫画同好会とかアニメクラブとかが」

「そうよね、今、大流行なんでしょ。でも、もともとは同人誌ってこういうものだったのよ。それにしても、大刀自さん、どういう御縁でこんなもの持ってたのかしら」

「ああ、思い出したぞ」

そう言ったのはじいちゃんだった。

「これは親父に送られてきたものだよ。年に二回だったか三回だったか……」

「じゃ、私のおじいちゃん……こっちも紛らわしいから大旦那さんと呼ぼうか、その人が、短歌が好きだったの？」

「さてなあ。まったく心当たりはないがな。親父は、風流とは無縁の百姓だったよ。だが、つきあい上、農業協同組合の機関紙とか地元のタウン誌とか、そういうのがたくさん親父宛てには送られてきていたからな。これもそのうちの一つだったんじゃないかな」

佐由留は表紙を破らないように気をつけながら『灯台星』を取り出した。全部で三十冊もある。

それで行李の中はほとんど終わりだったが、おしまいに箱が一つ残った。A4ファイルがちょうど収まるくらいの大きさで、深さは十センチくらい。小学生の時に持っていたお道具箱くらいの大きさだ。だが、この箱は、ところどころ剝げて擦り切れているが、深みのあるワインカラーで、上等そうだ（本革ね、と叔母さんが言った）。そして、上蓋《うわぶた》は蝶番《ちょうつがい》で取りつけられ、反対側についている金具で開け閉めするようになっている。そして、その金具には細い鎖が通されてダイヤル錠が取りつけられていた。

「文箱《ふばこ》か。でも、なんだか秘密めいているわね」

叔母さんが、しげしげと眺めながら言った。

「これだけ鍵がついているなんて」

「鍵というより、正確には錠ですね」

優が訂正した。

「もとからこの箱に取りつけられていたわけじゃなさそうですね。箱を誰かに開けられないように大刀自さんが自分でつけたんじゃないかな」

「そうだね」

佐由留も優に賛成した。

錠そのものは、佐由留たちが学校のロッカーに使っているのと同じようなもので、ダイヤルの数字を合わせれば錠が外れて上蓋を開けられる。

だが、当たり前だが、錠はかかっていた。

「組み合わせの数字は六桁か……」

佐由留はつぶやいた。

「六桁とは、珍しいな。心当たりの数字とか、ありませんか？」

優がじいちゃんや叔母さんの顔を見るが、二人とも首を横に振る。

「ゼロが六つ並んだ状態から、全部試してみるのも大変よね……」

叔母さんが言った。「十の六乗、ということは百万通り？　やってみる気にもなれないわね」

「何か手がかりないのかな」

優が、目を輝かせて言う。

「こういうダイヤル式の錠って、ぼくらも学校のロッカーで使ってるけど、この家でも、たとえば自転車に同じような錠を使ってませんか？」

「ああ、あるよ。自転車もそうだし、あと、物置にもかけているな」

「そういうの番号って、どこかにメモしていませんか？」

「メモはないが、わかりやすい番号にしているよ。自転車は乗る人間の生年月日とか。物置はおれの生年月日だ」

「それは、昔から？　つまり、大刀自さんもそうしてきたんですか？」

「そうだった気がするなあ」

「なんだ、じゃあ簡単じゃないですか。この錠は大刀自さんの誕生日で当たりじゃないの？　元号の二桁に、誕生月と日。それでちょうど六桁じゃない」

「……いや、違うな」

じいちゃんがダイヤルを回してから、首を横に振る。

「お袋は明治四十年六月二十一日生まれだが、４００６２１じゃ開かない」

優が、すばやく自分の携帯電話を操作して言う。

「明治四十年って、一九〇七年だよ。０７０６２１。どう？」

「……駄目だ」

四人は、顔を見合わせた。

「とにかく、昼飯にするか」


食卓の近くまで大刀自さんの文箱を持っていくと、大皿山盛りの焼きおにぎりを持って入ってきたばあちゃんが言った。

「あら。それも、お義母さんのものよね？」

「そうだよ、錠がかかっているんだが。まさか、組み合わせ番号は知らないよな？」

「……さあねえ」

「お袋が書いた日記か何かが残っていないか？」

「お義母さん、日記なんかつけてなかったと思うけど。……あ」

ばあちゃんは、何かを思い出したような顔になる。

「なあに？　お母さん」

「いいえ、何でもないの。開かないなら開かないでいいじゃない。そんなことより、さあ、ご飯にしましょ」

昼ご飯のあと、ばあちゃんは婦人会の用事だと言って出かけていった。

皿洗いを済ませてから佐由留や優と一緒にココと遊んでいた時だ。じいちゃんが急に声を上げた。

「思い出したぞ。お袋、家計簿を熱心につけていたっけ。うん、あれなら取ってあるはずだ。万一、昔の記録が入用《いりよう》になることもあるかと思って」

じいちゃんの大声が聞こえたらしく、叔母さんが台所から顔を出した。

「手がかりになるかもね。お父さん、あとでしまってある場所を教えて。私、もうすぐチーズケーキを作り終わるから」

　そして、チーズケーキを冷蔵庫に収めると、叔母さんは早速、じいちゃんが持ち出してきたノートの束を広げ始める。

「一年に一冊ね」

　こちらもずいぶん粗末《そまつ》な紙のノートだ。乱暴にめくると、もろくなった紙が埃になって粉々になりそうだ。

　和子叔母さんは熱心に調べていく。やがて声を上げた。

「ここに、『自転車（武蔵《むさし》）』って記録があるわよ。一緒にダイヤル錠も買ったみたい。つまりこれ、お父さんが自転車を買ったということよね」

　武蔵というのは、じいちゃんの名前だ。

「そうかもしれんが、それがどうした」

「ノートの欄外に、武蔵誕生日って書いてあるのよ。お父さんの誕生日って、二月十六日でしょ？　お父さん、自転車の鍵の番号、２１６とか、０２１６とかにしてる？」

　じいちゃんが感心したような顔になった。

「そのとおりだ」

「やっぱり。つまり、あの文箱の購入記録が見つかったら、開錠のヒントも書いてあるはずよ。暇な私が、研究してあげる」

　言葉どおりに、その日の午後、叔母さんは縁側で大刀自さんの家計簿を全部積み上げて、取り組み始めた。

ジーンズ姿で胡坐をかいているうしろ姿だけ見ると、とても父さんと二歳違いには思えない。

二階の部屋に引っ込んでゲームをやっていた佐由留と優が下に降りてきたのは、ようやく空が晴れてきた頃だった。西日がまぶしい。

相変わらず胡坐をかいている叔母さんの右に積んだノートの高さは、半分くらいに減っていた。そして左側にも、同じくらいの高さにきちんと積まれたノートがある。

「すごいな、叔母さん。もうこんなにチェックしたの？」

叔母さんは佐由留たちを見上げて、伸びをする。

「ああ、肩が凝った。でも面白いのよ」

「何が？」

佐由留はちらっと見ただけだが、いわゆる普通の「大学ノート」だ。今のものより紙は粗末だけど。ページを縦線で四分割して、一番左に日付、次に項目、それから使った金額、一番右に差引残高が書いてある。

「これは、秋葉家の家計費ね。収入をまとめたノートと、事業——農業とか地代管理とか——の経費を計算したノートは別にあるの。それはそれで面白いんだけど、細々した毎日のお金の出入りのほうも、よーく見ていると、昭和の生活が浮かび上がってくる。ほら、これは昭和二十五年、一九五〇年。まだまだ戦後の大変な頃ね」

叔母さんはチェック済みの山の方から一冊抜き出してページを広げて見せてくれた。

「子どもへのお駄賃が十円、お医者にかかると百二十円……」

「うわっ、安い」

「一方で、こっちのノートには農作業で雇っている人の賃金も載っているけど、月給五千円とあるわ」

「そうか、当たり前だけど収入も今より低いんだね。月給五千円ということは、今の五十分の一……くらいの価値？」

「そうね、そう思っていればいいかも。あら、こっちには大刀自さん個人の収入が書いてある。農作物の売り上げじゃないね。『仕立賃』ってあるから、着物か洋服を作ってあげてその代金をもらったみたい。二百円」

「さっきの、お医者にかかったお金よりもちょっと高いか。でも診察は短時間だけど、仕立てるのは何日もかかるもんね」

「こっちには葉書代二百円とあるわ」

「え、郵便料金って、そんなに高かったの？」

「ううん、枚数が書いてないもの。まさか葉書一枚二百円ってことはないでしょ」

そんなふうに、三人であちこちを拾い読みしては話が盛り上がる。

「つい、横道にそれちゃうね。私は、あの文箱を買った記録がほしいのよ。あの大刀自さんの文箱にかかっている錠も、買った時の家計簿を見れば書いてある可能性大でしょう」

叔母さんは、肩をぐるぐる回してから、またノートを取り上げる。

「あと半分ね。絶対見つけてやる」

おやつにチーズケーキ——これも絶品だった——を食べたあと、叔母さんと優は、また熱心に家計簿に取り組み始めた。

「ここまで来たら、乗りかかった船だ、佐由留」

そんな二人を放っておいて、佐由留はココを庭に連れ出した。雨の間ずっと玄関でつながれていたのに飽きていたココは、嬉しそうに飛び回る。

「どう？　何か収穫あった？」

佐由留は時々、縁側の二人にそう声をかけてみるが、これといった手応えはないようだ。

「だめだ。何も出てこない」

夕飯の席で優が悔しそうに言った。

「目のつけ所は間違ってないと思うんだけどね……」

和子叔母さんが、優と目を合わせてうなずき合う。

そんな二人に向かって、佐由留は遠慮がちに口を挟んだ。

「あのさ、そもそも大刀自さん、あの文箱をいつ買ったのかな」

叔母さんと優が、同時に佐由留を見る。その視線にちょっとたじろぎながらも、佐由留は思いついたことを言ってみる。

「だってさ、大刀自さんの家計簿って、何年からつけてあったの？」

「昭和十三年」

叔母さんが即答する。

「ほう、お袋が杓文字《しやもじ》を握った時からか」

じいちゃんがそう言ったのに、叔母さんと佐由留と優は、口をそろえて聞き返してしまう。

「杓文字を握る？」

「この辺では昔、家計をまかされることをそう言ったんだよ。まあ、飯の分配権をまかされるという意味だ。逆に一家の主婦として引退する時は、杓文字を譲ると言ったもんだ」

「杓文字か、象徴的ね」

ばあちゃんが、笑いながら説明を加える。

「今どきはご飯のお給仕をする人を軽く見るかもしれないけど、昔は食卓の権力者だけに許された役目だもの。みんなおとなしく自分のお茶碗によそってもらうのを待つの。盛られた量に文句つけるなんて、とんでもなかったんだから」

「つまり、大刀自さんもこの家に来てしばらくはお嫁さんとして上の世代の指示に従う側だったけど、昭和十三年に財産の管理をゆだねられたってことね。そうか、だから責任者として家計の収支をつけるようになったんだ」

そう言ってから、叔母さんは佐由留を見る。

「ところで、佐由留のさっきの疑問はどういうこと？」

「つまりさ、大刀自さんがつけていた家計簿は、あくまでも、その、杓文字を握ってから大刀自さんが支払ったお金ってことでしょ」

「わかったぞ、佐由留が何を言いたいか！」

優が目を輝かせた。

「大刀自さんが、杓文字を握る前に買ったものなら、家計簿には記録されてないってことか！」

「そう。だって、あの文箱、相当古そうだもん。かなり若い頃から使ってたんじゃないかな」

そこで、今まで黙っていたばあちゃんが口を開いた。

「あんたたち、そんなことを調べていたの。私はよく覚えてるけど、あの文箱は、お義母さんが娘時代から使っていたものだそうよ。だから、家計簿を見ても書いてないんじゃないかしらね」

「なんだ」

叔母さんががっかりしたように、音を立てて箸《はし》を置いた。

「お母さん、そういう情報は早く出してよ」

ばあちゃんは、恐縮して首を縮める。

「ごめんねえ。まさか、和子がこんなに熱を入れるなんて思ってもみなかったから」

叔母さんの熱は、そこで一回冷めたらしい。だが、まだこだわっている人間がいる。

優だ。

翌朝になって、こんなことを言い出したのだ。

「文箱が古くて記録がないのはわかった。だが、錠を最初からつけていたとは限らないよな？」

「え？」

「考えてみろよ。あの錠はダイヤル式だろ？　あのタイプが普及するようになったのはいつ頃からだよ？　戦前にはなかったんじゃないか？」

「あ、そうか」

佐由留も、一気に目が覚めた。

「文箱はもとから使っていたものだったとして、錠をつけるようになったのはずっと後だった可能性があるわけだ」

「そう！　まだ、記録が残されていないとは限らないってわけだ。文箱の購入記録じゃなしに、ダイヤル錠だけの購入記録を追えばいい」

「ちょっと待って、優」

佐由留は着替えをしながら考える。

「でも、どうして途中から錠をかけるようになったのかな……。それまでは必要を感じていなかったわけだろう」

「うーん」

優が窓の外をにらみながら腕を組む。昨日とは打って変わって、真っ青に光った空が、どこまでも広がっている。

「錠が必要ってことは、誰かに見られないかと心配になったということだ」

「どうして急に心配になるのさ?」

優はひるんだ顔をする。

「一般的、一般的にだぞ、見られたくない人間が新たに家族に加わった時じゃないか?」

「え、それって……」

佐由留も、ちょっと顔をしかめた。

「たとえば、ぼくのばあちゃんがこの家にやってきた時とか? ……つまり、じいちゃんが結婚して、大刀自さんが姑の立場になった時?」


デリケートな問題なので、じいちゃんばあちゃんに聞くのは遠慮したい。

そう思った二人は、やっぱり和子叔母さんに話を持ちかけた。

二人の推理を聞いた叔母さんは、一も二もなく賛成した。

「私のお父さんお母さんが結婚した年よね? もちろん、わかるわ。一九五一年よ。大旦那さんが亡くなる前の前の年」

「その年なら、もう大刀自さんは家計簿をつけていましたよね?」

優が小躍りしながら、家計簿の山に向かう。

しかし。

その年の家計簿——昭和二十六年——には、ダイヤル錠を買った記録は一件も見当たらなかった。


「これで行き詰まりかな」

優が頭のうしろで手を組んで、寝転がる。

佐由留と二人で寝袋の前を開けて、秘密基地から頭だけ出している。ココは二人の足のほうで丸くなっている。暑い季節だから、互いにくっつきたくないのだ。

今夜は、快晴だ。頭の上にベガが光っている。

「優、どうする？　明日から」

「どうするって、また、中学生の何もない夏休みに戻るだけだろうが」

その時、草を踏む足音が近づいてきた。

「起きてるのかい？　二人とも」

「あ、ばあちゃん」

「お勉強、大変だねえ。はい、さしいれ」

佐由留と優にとって天体観測は趣味の一環だが、ばあちゃんは「勉強」と思い込んでいる。

それはともかく、さしいれは大歓迎だ。

「ありがとう！」

漬物を添えたおにぎりだ。夕飯を食べてから四時間近く、二人して大喜びでかぶりつく。

「本当はスイカでも持ってこようかと思ったんだけど、汁がこぼれるだけでも、すぐにアリが寄ってくるからねえ」

「いや、こっちのほうがいいです」

二人が食べるのを見守っていたばあちゃんは、そのうちに遠慮がちに言い出した。

「あの……、お義母さんの文箱だけどねえ、開かないなら開かなくてもいいんじゃないかねえ」

佐由留はおにぎりを持ったまま、ばあちゃんを見上げた。

「どうして、ばあちゃんはそう思うの？」

「あの中にあるのは、お義母さんの秘密なんじゃないかねえ。それを、私たちが穿鑿するのは……」

「ばあちゃんはそう思うんだ……」

それから、佐由留は思い切って言ってみた。

「あのさ、文箱自体は結婚前から大刀自さんが持っていたものなんでしょう？　でも、錠はそれより新しいよね。それはやっぱり、大刀自さんが、ほかの人に見られたくない事情が加わったから、取りつけたのかな」

「事情が加わった？　佐由留、それはどういうこと？」

「ええと、だからつまり、今までと家族構成が変わって、その、新しい人が家族に加わったから、とか」

ばあちゃんはきょとんとした顔で佐由留を見ていたが、やがて笑い出した。

「佐由留、それは、このばあちゃんがお嫁に来て、お義母さんがばあちゃんに隠したくなったって言いたいのかい？」

「あ、ええと、まあ……」

ばあちゃんは、まだ笑いながら手を振った。

「そんなこと、ないよ、ない。お義母さん、そんな人じゃないもの。だいたい、あの頃のこの家は、年に何人も、雇われてきたりまたやめていったり、私だけじゃなくてとにかく人の出入りが激しかったからね。中には使いにくい気性の人もいたし。細かいことを気にしないでどっしり構えてなくちゃ、とても大刀自は務まりませんよ」

「ふうん」

佐由留は感心した。

「大刀自って、経営者みたいですね」

優が言うのに、ばあちゃんは大きくうなずく。

「そう、本当にそのとおり。みんなの面倒を見ている経営者で母親で……ってところかしらね」

そしてばあちゃんは立ち上がった。

「まあ、そんなお義母さんの秘密？　心？　プライベートって言うのかねえ、それが入っているなら、そのままにしておいていいんじゃないかと思うのよねえ」


ばあちゃんにやんわりと制されたものの、それを知らない叔母さんは、翌朝、佐由留の父さんに向かって大刀自さんの文箱の話題を持ち出した。

「というわけで、推理が行き詰まっているんだけど、兄さん、何か心当たりない？」

「そんなことを急に言われてもなあ……」

「人目から隠したいって言っても、中に大金が入っているわけでもないでしょう？　だから鍵となる番号まで、そう念が入った隠し方はしていないと思うのよ。そうだ、ちょっと話は変わるけど、大旦那さんが死んだ時の相続はどうなったんだっけ」

叔母さんがあとのほうは独り言のようにつぶやくのに、父さんは、兄さんらしい顔で答えた。

「大刀自さんはほとんど相続せず、おれたちの親父が継いだよ。遺産というのは大部分が土地だからな。戦後になっていたと言っても、大刀自さんの世代としては跡取りに譲るのが当然という認識だったんだろう」

「だから大刀自さんの残したものはあの行李の中身だけってわけね。とすれば、やっぱりヒントになるのはあの家計簿くらいね。でも、私たちのお母さんがお嫁に来た年じゃない……。この子たちが、そう見当をつけていたんだけど」

叔母さんが優と佐由留を見て言う。

そこで優が口を開いた。

「とにかく、大刀自さんが錠をつけようと思うきっかけがあったはずなんですよね。それは何だったんだろう」

ばあちゃんは開けることに乗り気じゃなかったけど、開かない箱というのは、やっぱり気になってしまう。

今度は、優より先に佐由留が思いついた。

今日も朝からじいちゃんとばあちゃんは何かの会合で出かけているし、叔母さんは同窓会。だから昼ご飯は父さんと佐由留と優の三人だった。そして、父さんがぎごちない手つきでカレーライス——ばあちゃんが作っておいてくれたもの——のためのご飯を盛りつけていた時だ。

「杓文字を譲る！」

「な、なんだ、佐由留」

突然佐由留が叫んだもので、父さんがびっくりして杓文字を取り落としそうになる。

「あ、ごめん。あのね、家計管理を譲ることを、杓文字を譲るって言うんだって！　この家の場合、いつかの時点で大刀自さんがばあちゃんに杓文字を譲ったはずなんだ」

優が、わかったという表情になる。佐由留は言葉を続けた。

「杓文字を譲ったら、大刀自さんは家のことに口を出さなくなるし、逆に、ばあちゃんがどこにでも遠慮なく目を通すことになる。そうやって二人の立場が替わった時に、自分の個人的な持ち物をあの箱に入れて、錠をつけたんじゃないかな？」

ばあちゃんが帰ってくるのを待とうかと思っても、佐由留も優も心が急いていて待ちきれなかった。それに、大刀自さんからばあちゃんへの管理者交代の時期なら、ばあちゃんに聞かなくてもわかる。

家計簿の字が、変わった時だ。

ついでに、家計簿のスタイルも変わっていた。大刀自さんのは何の変哲もない大学ノートだったけど、ばあちゃんは「家計簿」と表紙にある、立派なものを使っていたのだ。

ばあちゃんが杓文字を譲られたのは、昭和三十五、一九六〇年。

二月まで、大刀自さんが杓文字を握っていたようだ。ひょっとすると、じいちゃんの誕生日をよい節目だと考えたのかもしれない。

その二月の最後のほうにこう書かれていた。

## ダイヤル錠　百円

その横、ページの隅に何か書いてある。

「これ、なんだ?」

縦書きの、鉛筆で書いた文字だ。だけど、読めない。

「こういうの、見たことあるな」

「うん」

日本語であることは間違いない。でも、昔の言葉だ。

「これ、書いたのは大刀自さんだよな」

読めないのだが、硯箱にあった半紙の字と似ているような気がする。それに、こんな崩し字を書く人がほかにいるとも思えない。

「これ、誰なら読めるのかな」

「じいちゃんとばあちゃんに聞いてみようか」

じいちゃんより先に帰ってきたばあちゃんに二人で家計簿をさしだすと、びっくりした顔をされた。

「あらまあ、そんなのが書いてあったの……。ごめんね、ばあちゃんには読めないわ」

「そうなんだ」

そこへ横から声がかかった。

「何のこと?」

これも帰ってきた和子叔母さんだ。

佐由留と優がこもごも推理を語るのに、叔母さんは感心した顔をする。

「なるほど。合理的ね。よく見つけたね」

「叔母さん、読める？」

叔母さんはちょっと困った顔をした。

「自信ないなあ……。だけどこれが、あの錠を開けるキーワードかもしれないのよね？」

「あのさ、叔母さん」

「佐由留、なあに？」

「図書館で聞いてみようよ。専門の辞書があるかもしれないし、もしなくても、図書館の人ならこういうのも調べてくれるんじゃない？」

それに、佐由留がとても信頼している人たちが、秋葉図書館にはいるのだ。


優と和子叔母さんを連れて、佐由留は久しぶりに秋葉図書館にやってきた。

カウンターにいた今居さんが、嬉しそうに顔を輝かせて歓迎してくれる。

「佐由留君、秋庭に来ていたのね」

「お久しぶりです。こっちは、ぼくの友だちの優です。それから、叔母さん」

「まあ、秋葉さんのお嬢さんなんですか」

「お嬢さんって年齢じゃないですけどね」

和子叔母さんは、この図書館は初めてらしい。早速問題の字を見せると、今居さんは即答した。

「変体仮名《へんたいがな》の字典がありますから、それでわかると思います」

「すごいなあ」

優が感心する。

「あっというまにわかっちゃった」

問題の文字は謎めいていた。「たかのなかのすずめ」と読むらしい。

「どういう意味かしらね。『鷹の中の雀』でいいのかしら」

「そうだね……。とにかく、帰ってもう一度考えようよ」

ところで、今居さんはちょっと口ごもった末に、こんなことも言った。

「あの、ひとさまの家のことに立ち入るようですが、少しだけ気になったことが……」

「何ですか」

和子叔母さんは、すっかり図書館を信頼しているまなざしだ。

それに勇気を得たかのように、今居さんは続ける。

「大きな家で、家計を司ることを『杓文字を握る』って表現するんですよね。私も、大学の民俗学の講義で聴いたことがあります。それで、今の秋葉の奥さんが杓文字を譲られた時期なんですが、一九六〇年とおっしゃいましたよね」

「ええ」

「でも、今話題に上がっている大刀自さんの旦那様が亡くなったのは、一九五三年だとか」

「ええ、そうです」

「となると、大刀自さんは、お連れ合いの死後も、七年間、隠居という形を取らずに秋葉家の家政権を持ち続けたことになりますよね」

「ああ、そうですね！」

叔母さんが叫んだ。

「どういうこと?」

佐由留と優はぽかんとする。

「大旦那さんが亡くなった時に次世代、つまり私の父と母に譲らずに、大刀自さんは実権を握り続けたことになるの」

「ああ、そうか」

叔母さんの説明に、優が面白そうな顔つきでそう言った。「やっぱり大刀自さんとおばあちゃんの間には、何かわだかまりがありそうだな。なあ、帰ろう」

「どうして?」

「ほかにも、たしかめたいことがあるんだ。最初にこの崩し字を見せた時、おばあちゃんは読めないって言っただろう? でも、おばあちゃんは大刀自さんと一緒にお習字やってたって、おじいちゃんは言っていたじゃないか。ほら、下手な字じゃ体裁が悪いとかで夜稽古していて、佐由留のおばあちゃんもこの家にお嫁に来てからそれにつきあったって」

「あ!」

すごい。佐由留は全然気がつかなかった。

「じゃあ、ばあちゃんは嘘をついてたってこと……?」

「それに、昨日の晩、大刀自さんのことを穿鑿してほしくないみたいに言ってたじゃないか。あと、いつまでも隠居しない大刀自さんのことをどう思っていたかも気になる」

佐由留は感心するばかりだ。これも感心した顔の叔母さんが、きっぱりと言う。

「戻って、たしかめよう」

三人で、洗濯物をたたんでいるばあちゃんのところへ直撃する。

単刀直入に叔母さんが切り出した。

「ねえ、お母さんは大刀自さんのこと、本心ではどう思っていたの？　ずっと家計をまかせてもらえなかったんでしょ」

意外にばあちゃんは穏やかな顔のままだ。

「この前、この子たちには少し話したけどねえ。大刀自さん、度量の広い人だったからそんなけちなことは考えないよ。大体こんな大きな家、三十歳にもならない当時の私が切り回そうったって、無理だったのよ。お義母さんが矢面《やおもて》に立ってくれて、私は気楽でよかったよ」

「そうなの？」

「和子は覚えていないかしら、何しろ、こわい小母《おば》さん連中が親戚にぞろぞろいたからねえ。中でも、隣町に住んでいたお義父さんのお姉さん――大刀自さんにとっては小姑《こじゅうと》よね――が、きつい人で」

「ああ、じいちゃんもそんなこと言っていたよ」

佐由留は思い出してそう言った。

「あの人の相手はお義母さんでなけりゃつとまらなかったのよ。ただのおつきあいじゃすまない。その小姑さんという人の嫁ぎ先はすごいお金持ちでね、お義父さんとお義母さん、戦後すぐにはかなりのお金を借りたみたい」

「へえ。この家は、土地もたくさん持っていて、お金には困らなかったと思っていたのに」

これは和子叔母さんだ。

「土地があったって、作物を作らなきゃお金は手に入らないでしょ。そのためには苗も種も農具も人も必要で、まずそのためのお金がいる。一時はかなり困っていたらしいのよ。そんなわけで、特にお義父さんはその人に頭が上がらなかったみたいだねえ。この近在の有力者の奥さんだもの。お義母さんもそれを心得ていたから、きついこと言われても、決して言い返さずにうまくあしらっていたねえ」

「つまり、その人が大刀自さんをいびっていた首謀者？」

「人聞きは悪いけど、そうなるかねえ。なんだか二言目には、お義母さんの実家のこと、歌なんかやりたがる酔狂な家系だから、とか言ってたねえ」

「歌って、何だ？　歌手にでもなりたかったのかな」

「それとも宴会騒ぎが好きだったとか？」

優と佐由留が不思議がると、ばあちゃんは笑う。

「さてねえ。とにかくお義母さん、決して逆らわずに、その節はご迷惑をかけましたと頭を下げてたわ。そうそう、小姑さん、お義母さんが隠居するすぐ前の春先に突然亡くなったんだけど、ちょうどその頃その人の義理の姪御《めいご》さんだかが秋庭の高校に入るからって、うちに下宿することになってね。これがまた、小姑さんそっくりの勝気な娘さんで。ことあるごとに、秋葉の家にもらわれて小母さんはしあわせ者だこと、とかね。まあ、小娘の癖に憎らしい口を利くのよ。でも私が憤慨しても、お義母さんたら、言いたい人には言わせておけばいいって笑ってた」

ばあちゃんは、大刀自さんの話をするのが楽しそうだ。

「今、思い出したよ。そもそも小姑さんの初七日の法事が終わった夜、お義母さんたら、『さあ、杓文字を譲るよ』っていきなり言い出したんだった。『もう面倒なことを言う人はいなくなったから私は必要ないよ』って」

「下宿し始める姪御さんのほうは気にしてなかったわけだ」

「そりゃあ、ご本尊《ほんぞん》に比べたら、小粒だったもの。なんだかんだで、この家に五年も居続けたけどね」

とにかく、大刀自さんとばあちゃんの間には、「わだかまり」はなかったのだ。

気が楽になった佐由留は、図書館でわかったことを報告する。

「あの文字ね、『鷹の中の雀』って読むんだって」

「ああ、そうなの」

ばあちゃんは、下を向いてじいちゃんの大きなシャツをたたんでいる。その横顔に、佐由留は思い切って聞いてみた。

「あの文字、ばあちゃんは本当に読めなかったの？　大刀自さんとお習字してたんでしょ？」

ばあちゃんが驚いたように顔を上げるのに、佐由留は質問を重ねた。

「ね、ばあちゃん、ばあちゃんはやっぱりあの文箱を開けてほしくないの？」

三人に見つめられたばあちゃんは、一瞬息が詰まったような顔をした。それから大きく息を吸った。

「今さらねえ……」

「まだ話してくれてないことがあるんじゃない？」

勢い込んで聞く叔母さんに、ばあちゃんは困ったように首を振る。

「ただ、私もずっと忘れていたんだけど、あんたたちがあの文箱を持ってきた時に、急に思い出したのよ。昔、『心をしまっておきませんとねえ』ってお義母さんが言っていたのを」

「心？」

ばあちゃんは大きくうなずいた。

「今のこの家からじゃ思いも寄らないでしょうけど、昔は家中に人が大勢いたからね。なかなか、一人になる機会なんてない。そういう暮らしの中で、お義母さんが自分一人きりになった時間が、あの箱には入っているんじゃないかってね。だから私、お義母さんがあの箱を開けている時は、なるべくそばに寄らないようにしていたの。ひょっと、何か目に入っちゃいけないんじゃないかと思ってね」

「そう……」

「それとね……」

ばあちゃんは、またしばらくためらった末にこう言った。

「お義母さん、ずっと手紙を出していた相手がいたのよ。でも亡くなった後に色々整理した時、個人的な手紙はほとんど残っていなかったの」

「じゃあ、そういうプライベートなものも、あの文箱の中ってこと？」

「そう考えたこともあったよ。なにしろお義母さんは熱心に手紙を出していたからねえ。正しくは、手紙と言うか、葉書だけど。私が嫁に来た頃から、時々葉書をポストに入れに行っていたのよ。私が出そうとしても、いい、自分で出しに行くって言うから詳しくはわからないけど、たしか宛名に『先生』ってあったの。私も何十年ぶりかで思い出したくらいで、曖昧だけど」

「大刀自さんの文通相手か……」

叔母さんが考え込んでいると、急に部屋の外から声がした。

「おい、何の話をしているんだ」

じいちゃんだ。父さんもいる。

ばあちゃんは、ちょっと具合の悪そうな顔をしたが、思い切ったように言う。

「いい機会だから、みんなで話しましょうかね」

茶の間のちゃぶ台の真ん中に問題の文箱を置いて、じいちゃんばあちゃん、父さん和子叔母さん、佐由留、そして優もすわる。

「ここまで手伝ってくれたんだもの、優君も仲間よ」

叔母さんがそう言ったのだ。

まず、ばあちゃんがじいちゃんと父さんにざっと今までのことを説明して、それからじいちゃんに聞いた。

「あなたは、お義母さんが時々誰かに手紙を出してたのを覚えてませんかね」

「さあなあ」

首をひねるじいちゃんの横で、父さんが言った。

「誰に出していたかはともかく、その返事が大刀自さんの死後に見つからなかったということは、この文箱の中にある可能性が高いわけだな」

「そうなのよ。でもねえ、誰にも見られたくないと思って錠をつけたものでしょう。それを開ける心覚えだって、普通の人には読めない崩し字で書いていたみたいだし……。そういうものを、いくら身内であっても、開けていいものでしょうかねえ」

「じゃあ、どうするのよ」

これは、和子叔母さん。

「このままじゃ、捨てることもできないわよ。今どき、廃棄物の処理には行政がすごくやかましいんだから。処理場で中身が出ちゃっても、いやじゃない」

「箱ごと、家の庭で燃やすか?」

じいちゃんの提案も、叔母さんははねつける。

「無理。危ないし、この箱は本革だもの、ちょっとやそっとじゃ燃えないわ」

「廃棄するくらいなら、この鎖を切ればいいじゃないか」

今度は父さんが言った。

「そこまで頑丈なものじゃない、鎖を何かで切ってしまえばいい。行李の中にも、手頃な道具が入っていたよ」

「ちょっと待ってよ、そんな乱暴な」

ばあちゃんがそう割り込み、父さんが反論する。

「母さん、じゃあ、どうしろと……」

そして大人四人が黙り込んだ時。

「大刀自さんは、どうしてこの箱を取っておいたのかな」

優がぽつりと言った。全員でその顔を見てしまう。優は周りを見回しながら続ける。

「だって、しっかりした人だったんでしょう。見られたくないものなら、自分で捨てちゃえばいいじゃない」

「捨てたくないほど大事なものだったんだろう」

佐由留がそう答えても、優はまだ首を傾げる。

「それだけかなあ。失礼だけど、結構なお年まで頭もはっきりしてたんでしょう」

「そうねえ、杓文字を譲ってまもなく軽い脳梗塞で倒れて、それから体は弱ったけど、頭は最後までしっかりしてたわ」

　ばあちゃんがうなずき、優は続ける。

「そういう人って、自分が死んだあとの始末とか、考えるものじゃないの？　おれのおじいちゃんとおばあちゃんは生前整理とか言って、やっぱり色々片づけ始めてるよ」

「優君、何が言いたいの？」

　和子叔母さんの問いに、優はこう答えた。

「この箱の中身、見られてもかまわないと思っていたんじゃないのかな。家族には」

　ばあちゃんが、はっとしたように口を開けた。

「佐由留のおばあちゃん、大刀自さんにかわいがってもらったんでしょう？　そんなこと、聞いてませんか？」

　しばらく自分の頭の中をおさらいするみたいに考えていたばあちゃんは、やがて顔を上げた。

「『今となっては、どうでもいいようなものだけど、でもやっぱり今さら知られるのも恥ずかしくてねえ』……。この箱について、そんなふうに言われたことがあるわ。もう、お義母さんが亡くなる直前くらいの頃に」

「つまり、知られると恥ずかしいものが入ってるのか」

　叔母さんが考え込む。ばあちゃんは、また何か思い出したようだ。

「そうそう、ここについている錠、お義母さんと買いに行ったんだった。鎖も一緒に、隣町の金物屋さんに。その頃の秋庭には、たいしたお店がなかったからねえ。普段の料理に使う材料や日用品以外のものは、金物でも上等の服や靴でも、隣町まで買いに行くしかなかったのよ。その時よ、お店の人に何にお使いになるんですかって聞かれてお義母さん、『いざという時に備えて心をしまっておきませんとねえ』って」

「……なんだか、わかりにくい言葉よね」

和子叔母さんが感想を述べる。

「結局、大刀自さんが死後にこの箱の中身をどうしてほしかったかは、わからないか」

父さんがそう言って腕を組むが、佐由留には別の考えがあった。

「そうかな。ぼくは、大刀自さんは箱の中を見られてもいいと考えていたと思うよ」

今度は佐由留が視線を集める番だった。

「どうしてそう思うんだ？」

「だって、錠と鎖を、大刀自さんはばあちゃんと一緒に買いに行ったんだから。そしてそれを開けるキーワードも、ばあちゃんには読める字で書いたんだから」

ばあちゃんが、はっとした顔になった。

「そうだ、きっと、自分のお嫁さんには見られてもいいと思っていたんだよ」

「どっちにしろ、開けないことには処分できないものだしな」

「どうしても駄目なら、鎖を切るという最終手段もあるし」

家族が口々に言うのを聞きながら、ばあちゃんはまだしばらく口を開かなかった。だが最後に、きっぱりとこう言った。

「開けましょう。でも、鎖を切る前に、もう少しみんなで知恵を出し合いましょう。私もできるだけ思い出すけど、佐由留や優君も頭がいいから手伝ってちょうだい」

「そうだな、それでいいな」

代表するようにじいちゃんが言うと、全員がうなずいた。

「まずは、意味を考えることだな。『鷹の中の雀』の」

優が目をきらきらさせて、話を締めくくった。


佐由留と優は、改めて真剣に取り組むことにした。

夏休みの中学生に比べて、大人は忙しい。父さんはお盆休暇前でスケジュールがぎっしり詰まっているし、ここまで戦力になってくれていた和子叔母さんは、改装中の店内に大型厨房《ちゅうぼう》機器が搬入される立ち合いだと言って、翌日は一時、秋庭から離れることになってしまった。

「まかせるわ、探偵さんたち」

頼られた二人は、まず大刀自さんの生涯をじいちゃんばあちゃんから聞き取ることにした。

一九〇七年生まれ。一九二九年信州から秋葉家に嫁いだ。大刀自さんの実家は、その時代に大学に進んだ伯父さんがいることでもわかるとおり、結構裕福だったらしい。

「お義母さん、普段着に洋装でいたらしくてね。嫁いできた頃はハイカラなお嫁さんだって噂されたらしいよ」

ばあちゃんは懐かしそうに、じいちゃんと同じようなことを言う。

「そういうのも、秋葉家側の小母さんたちには気に入らなかったのかな」

「そうね。私たちのお見合いの頃には、地味な和服姿だったもの。そのうちに、そうねえ、結婚した頃には大体洋装になっていたけどねえ。時が経ったら、うるさい小姑みたいな人のことはかまわなくなっていたんだよ、きっと」

佐由留たちはそんなことも一応調査ノートに書きつけた。

一九三〇年にじいちゃんが生まれる。佐由留のじいちゃんとばあちゃんは同い年で、一九五一年に結婚したが、お見合いは一九四九年。八月の予定だったが、都合により九月に延びた。

「ずいぶん結婚が早いんだなあ。十九歳で将来の相手に会ったわけ？」

ばあちゃんは、恥ずかしそうに笑う。

「昔はそんなものだったのよ。早目に相手を決めて、それから嫁ぐための支度したり、お姑さんからいろいろ教えてもらう時間を作ったりしろってね」

「それで、お習字も教わったわけだ」

ばあちゃんは、ちょっと首を傾げた。

「いいえ、それはもっとあと、結婚してからだったねえ。私の花嫁修業って、どちらかと言うと、台所で大所帯のご飯をこしらえるのに慣れるとか、秋葉で農作業する男衆に顔つなぎをしてどんな世話をするのか覚えるとか、とにかく嫁いで来たらその日から知ってなくちゃいけないことをたたき込まれたんだよ」

「厳しい人だった？」

「そうだねえ」

ばあちゃんは笑った。

「あの時代としたら当たり前だね。大きな釜《かま》でご飯炊《た》いて、七輪を五つも並べてアジの干物焼いて、大樽から野菜の漬物を出して、そんな簡単な食事を作るのだって、一回に二十人分とかだからねえ。台所は戦場みたいな大騒ぎだよ。だから当然声も大きくなるし、丁寧な言葉を遣ったりもしていられない。でもね、お義母さんは気持ちのいい人だったよ。何があっても私の味方をしてくれた」

「ふうん」

それから、佐由留は気になったので聞いてみた。

「お見合いが一度延びたって、どうして？　昔の人は縁起を担ぐんでしょう。普通、延ばしたりしないいんじゃない」

「ああ、それは仕方なかったのよ。おじいちゃんのお父さん、大旦那さんが病気になって入院しちゃったの。虫垂炎だったかしら。無事に退院できたんだけど、八月の初めに決めていた日取りを、大事を取って一か月延ばしたのよ」

「そうか、それならお見合いどころじゃないね」

そんなやり取りを脇で聞いていたじいちゃんが、その時声を上げた。

「何です、いったい」

湯呑を倒しそうになったばあちゃんが、たしなめる。それにかまわず、じいちゃんは大きな声で言った。

「それ、お袋が行方知れずになった時じゃないか？」

「行方知れず？」

佐由留と優は、思わず聞き返してしまう。

とんでもないワードが出てきた。

ばあちゃんが顔をしかめる。

「そんな、大袈裟《おおげさ》に言わないでくださいよ」

じいちゃんは、ばあちゃんの小言なんか耳に入っていない。

「たしか、お袋が珍しく出かけたんだよ。その日の夕方、畑から帰ってきた親父が腹が痛いと言い出して、お袋はいつまで経っても帰ってこないし、親父もどんどん悪くなるばかりで、親戚連中で夜中に荷車で病院に運んだんだ。虫垂炎だったたってさ。もうちょっと遅かったら腹膜炎になるところだったたって医者に脅《おど》かされた。戦後すぐで、手術はためらわれたんで入院して様子を見て、結局治まったから一週間くらいで退院できたんだが」

「それで、大刀自さんはその時にいなかったの？」

じいちゃんは大きくうなずいた。

「こんな時に限ってあの人は何をしてるんだって、伯母さんが怒ってたよ」

「伯母さんって、お義父さんのお姉さんでしょう。いつもお義母さんにはきつく当たっていた人じゃないですか」

例の、隣町のお金持ちの所へお嫁に行った人だ。

「それで結局、大刀自さんはどうなったの」

「次の日の朝には帰ってきていたんだが、しかし、どこで何をしていたのか、どうしても言わなかったぞ。おれが聞いても、『うまい具合に始発に間に合わせてもらったんだからいいでしょう』とか、はぐらかして」

「周囲が騒ぎすぎて、言えなくなっただけじゃないですか」

「お前はその時まだこの家にいなかったから、そんな風に言うが。でもなあ」

じいちゃんは、そこまで割り切れないようだ。「おれも明け方まで親父の枕もとにつき添って、帰ってきてみたらお袋がげっそりした顔でこの家の土間にすわりこんでいたんだ。着ている服も埃だらけで、立つのもおっくうそうな、足を引きずるような歩き方をしてさ。だがおれも気が立っていたもんだから、『どこにいたんだよ』って怒鳴っちまったらその言い草でさ。なんだか、おれだけじゃなくお袋も殺気立ったような、青い顔をしていたな。おれが帰ってくる前に女衆の誰かに親父が入院したのを聞いていたらしいから、当たり前かもしれんが。……そうだ、また思い出した」

じいちゃんは、難しい顔で続けた。

「おれが直接聞いたわけじゃないが、留守番の女衆に親父のことを聞かされた時、『生きているんだからいいじゃないの』と言ったとか……。それを耳に挟んだ伯母さんが、また怒ってさ」

「だから、お義母さんのすることは全部気に入らなかった小姑さんなんですから。一晩帰ってこなかったって、そんな、戦後まもなくじゃないですか。色々と不便な時代でしょう」

佐由留と優はしばらく聞いていたが、それ以上の情報は出なかった。話を先に進めてもらう。

じいちゃんのお父さん、大旦那さんが亡くなったのは、一九五三年。もともと体が丈夫な人ではなかったらしい。問題の入院の時はまもなく退院できて、一九五一年にじいちゃんとばあちゃんは結婚。その頃から寝たり起きたりの生活だった大旦那さんは、翌々年に息を引き取ったのだ。

大刀自さんは、それから二十年以上生きた。亡くなったのは、一九七四年だそうだ。

聞き書きを続けるうちに、佐由留たちにも次第に大刀自さんのイメージがはっきりしてきた。

しっかり者だった。夫の死後も、秋葉家を支えた。

「ばあちゃんが一緒にお習字をしたのも、その頃からだったんだね」

「そうだねえ。うちの人はまだ若かったし、だからお義母さんも自分が頑張らないといけないと思ったんだよ、きっと。その頃は何かというと挨拶状を書いていろんな人とつきあいをしたからね。まだ電話だってそんなに普及していなかったから。秋庭で電話を引いていたのは、役所や大きな商店以外だったら、この家くらいのものだったと思うわ。だからもっぱら、手紙だね。そういう時にちゃんとした字を書かないと、まあ、先様《さきさま》に侮《あなど》られたりもするからね」

「面倒くさいんだね」

「和子に話したら、時代遅れだって怒るだろうね。秋庭なんかじゃ、学問のある女の人は少なかったから。女がすわって字を書いたりしていたら、遊んでるって言われたものだよ。だからお稽古は、夜みんなが寝静まってからだった」

信じられない。

「思い出してきたよ。一度私が、偶然、そうやって夜なべの手習いしているところに行き合わせたものだから、それから二人してお習字の稽古が始まったんだった。お義母さん、昔の教育しか受けていないから大人になって勉強し直したかったんだよ、きっと」

聞き取りが終わったところで、優は、行李の中からあの古雑誌の山と習字の紙も引っ張り出してきた。

「ほかに手がかりがないんだ、もう一度これも当たろう」

まず『灯台星』を二人で順に並べてみる。当初は年に二回発行されていたようだ。昭和二十二年秋から昭和二十四年春まで四冊。そのあと、昭和二十六年春から昭和四十七年春まで。昭和二十六年春からの号は間が随分空いていることもあるので、全部で三十冊しかない。

じいちゃんは、この雑誌は郵便で送られてきたものだと言っていた。大刀自さんにとっては、夫の思い出の品だったのか。大旦那さんが死んだあとも、取り続けていたのだから。

もう一度中を見てみるが、本当に、短歌がページに何首か書かれているだけだ。裏表紙の前の最後のページには『編集後記』とあるが、それにも、発行している人が散歩した風景や季節の行事について書いてあるだけ。

たとえば最初の一冊にはこうある。

ようやく発刊にこぎつけました。何度も挫折しかけたものの志《こころざし》捨てがたく、これが最後の挑戦となりましょう。支えて下さる皆様のおためにも小さな道しるべの星とならんことを。


「……情報量が少ないな」

「うん」

あと二冊読んだところで、優も佐由留も投げ出してしまった。

「せめて、どこが発行しているのかだけでも情報があれば、まだ助けになるかもしれないんだけど……」

「うん、そういうのも、何もないよね」

「同人誌だから仕方ないのかな」

あと、大刀自さんの生涯で気になることと言えば……。

また二人で、ばあちゃんのところへ行く。

「やっぱり、手紙のことが気になるんだけど。ばあちゃん、文通相手に本当に心当たりはないの？」

「宛名を見たりしませんよ。『先生』って書いてあったのはたしかだと思うけど。お義母さん、いつも自分でいそいそとポストに出しに行ってたもの。ちょっと体が弱ってからも、それだけは人まかせにしないでね。私が出してきましょうかって声かけても、やっぱり断られて……」

「ばあちゃんがこの家にお嫁に来てから、ずっと？」

「そう」

「大刀自さんって、ほとんど出歩かない人だったんだよね。農作業とこの家の世話に忙しくて。電話もろくにかけないで?」

「そうね、電話で長話をしていたら女衆に噂されてしまうだろうね」

「面倒くさいなあ」

　優が嘆くように言う。

「だとしたら、離れた相手に連絡する手段は、郵便しかないんだね。それで、返事が来たのを見たことがある?」

　ばあちゃんは、かぶりを振る。

「覚えがないねえ。そりゃあ、知り合いや親戚からの礼状や挨拶状はたくさんあったよ。でもそういうのはちゃんと別にまとめていて、一年も経ったら捨てていたわ。私の知らない相手からの手紙なんて、覚えがないよ」

「でも、大刀自さんが真っ先に郵便物を調べて見られたくないものは取り除《の》けていた可能性もあるもんね。そうだ、大刀自さんが葉書を出してたのは、大旦那さんが亡くなってからのこと?」

　また、首が横に振られた。

「その前からだったと思うよ。そしてお義父さんが亡くなってからも、ずっとだったような……」

　聞いているうちに、佐由留にもばあちゃんが気にしている理由がわかってきた。大きな家の奥さんが、頻繁に手紙を出して、返事が来ても家の人間に見せず、すぐに隠していた。

　それは、人に知られたらまずい相手だったからではないのか。

その晩、二人きりでココの散歩をさせている時に、佐由留は優に自分の疑念をぶつけてみた。

「大刀自さん、『行方知れず』の件と文通には何か関わりあるんじゃないかな」

「やっぱり、佐由留もそう思うか?」

「うん。優も?」

「なあ、たとえば、その文通相手と駆け落ちしたかったとか?」

「そこまで言うのは行きすぎかもしれないけど……。でも、秘密にしていたというんだから何か言いたくない事情があるはずだろう」

今夜は、天候のせいで天体観測はお休みだ。

だから二人して二階の部屋にこもり、また、大刀自さんの家計簿から痕跡をたどることにした。

今度は、注目する時期がはっきりしている。

「行方知れず」事件は、大旦那さんの病気や入院と同時期に起きたことだからだ。

そして、見つけた。

「昭和二十四年」の七月。交際費のところにはこんな記録があった。

七月十五日〈支出〉
電車賃　五十円
花　五十円
西屋落雁(ク)　百円

七月十六日〈収入〉

入院見舞○○家　二百円
入院見舞××家　百円

このあと、「入院見舞」金の収入がずらっと並ぶ。

「近所づきあいや親戚づきあいがすごく一杯あったんだな」

優が、それを見ながら感想を述べた。

「うん、……お見舞をもらった家が、全部で二十一軒もある」

「それにしても、入院見舞が百円っていうのも、今じゃ信じられないな。おれ、中学の入学祝だって一万円とか三万円とかもらえたぞ」

「そうだね。物価が今と違いすぎる。この前叔母さんとも話し合ったことだけど。ほら、こっちを見てよ、『日用品』の項目だけど、消しゴムが二円で買えてる」

「なるほど、物価は今の五十分の一程度だったよな。となると、百円は五千円の価値があったってわけか。二十一件の見舞金合計が三千三百円。ってことは、現代の十六万五千円？　大旦那さん、手術したわけでもなかったんだろ、これだけで医療代もずいぶん助かったんじゃないか」

「そうでもなさそうだよ。こっちを見ると」

佐由留は次のページを指さして言った。

七月二十一日〈支出〉
入院代　四千五百八十円

七月二十六日〈支出〉
西屋落雁（マ）　千二百円
西屋落雁（タ）　五百四十円

「大旦那さんは一週間で退院できたんだね」

「うん、それで退院して一段落してから次の支出か。この西屋《にしや》落雁《らくがん》って、何だ？」

「それなら、ぼくも知ってるよ」

佐由留は懐かしい名前に顔をほころばせて言った。

「じいちゃんやばあちゃんが今もおつきあいしている、近所の和菓子屋さんの商品だよ」

去年、佐由留が色々なことを教えてもらった咲子《えみこ》さんという人のお店だ。咲子さんは、もう引退しているけど。

「そこの落雁、こういう挨拶のお使い物によく使われるんだ。だからたぶん、これは見舞金へのお返し品なんだと思う。快気祝い、って言うんだっけ。きっとそれだよ」

「和菓子で合計千七百四十円、さっきの換算法によれば八万七千円。個数が書いてないけど、合計二十一個――お見舞金をもらった家の数と同じだけ――配ったというのを前提にしたら、単価の見当はつくな」

「うん」

二百円の見舞金をもらった家が十二軒。となれば、西屋落雁（マ）の単価を百円とすると、十二軒分でちょうど千二百円になる。「半返し」というやつだ。百円もらった家九軒に贈ったのは、西屋落雁（タ）六十円。「半返し」よりは高くなるが、まあ、ありえる金額だろう。

こんな計算は簡単だが、家計ノートに書かれていたのは、それだけだった。

「気になるのは、やっぱりこの電車賃だな」

「うん。七月十六日に最初の入院見舞が届いていて、大旦那さんが入院したのは十五日の夜。その日に家の誰かが電車に乗って出かけたんだ」

まだ起きていたじいちゃんに聞いてみたが、その日に電車に乗った記憶はないと言う。大旦那さんが担ぎ込まれたのは、この家から荷車で運べる距離の病院だった。そして畑仕事をしてから倒れたというのだから、大旦那さんもその日に電車に乗ったわけではない。

「つまりこれは、大刀自さんが使ったお金なんだ。電車賃五十円」

「どこへ行ったんだろう」

「ちきしょう、行先のヒントくらい書いてくれたっていいじゃないか」

「家計管理の記録だからさ。律義に、お金の出入りしか書かないんだよな」

「そもそも、五十円あったら、どこに行けるんだ?」

「いや、半額だろ。二十五円。往復のはずだから」

「あ、そうか」

「調べるには、やっぱりあそこしかないよ」

佐由留は言った。

「図書館だ。とにかくヒントになりそうなものを全部持って、明日の朝一番に、図書館に調査に行こう」

「昭和二十四年の電車の運賃?」

カウンターにいた日野さんが聞き返した。

「はい。ぼくのひいおばあちゃん——秋葉家の大刀自さん——が、その年の七月に、電車で出かけたらしいんです。それで、わかっているのはその時使った電車賃の額だけで」

日野さんも、頼りになる人だ。佐由留は、大刀自さんの残した文箱の錠のことや秋葉家での話し合いのことを、すっかり話した。じいちゃんばあちゃんからの聞き取りや、二人が覚えていた大刀自さんの言葉を記したノートも見せた。

秋葉図書館の人にならい、じいちゃんもばあちゃんも、何を話しても気にしないと思ったのだ。

聞き終わった日野さんは、忙しくメモを取りながら、こう言った。

「発行物を使って電車の運賃を調べるのなら、時刻表を当たるのが一番なんだけど……。残念ながら、そこまで古いとなるとうちの図書館にはもちろんないし、県内に保管している図書館はないわね……」

日野さんは、カウンターの中の端末にしばらく向かっていたが、やがてこちらに向き直って首を振った。

「昭和二十四年となると、まだ発行そのものも順調ではなかったようね。なにしろ、日本が占領されていた時で、何もかも不足していた時だもの。私の言ってること、わかる？」

優が答える。

「わかります。日本が戦争に負けて、ＧＨＱがいた頃でしょ」

「そう。一応、国立国会図書館——日本の図書館のトップ——には、当時の時刻表が所蔵されているわ。だけどここまで取り寄せるには時間がかかるし、紙質その他の保存状況がよくないと判読しにくいかも……。ちょっと待って」

日野さんはまた端末に向かい、それからカウンターを後にして書架に向かう。

「ほかの方法を当たってみるね」

しばらくして、日野さんは何冊かの本を抱えて戻って来た。

「その大刀自さんの行先がわかっていたら別の調べ方もあるかもしれないけど、それはわからないのよね？」

尋ねられて、優が答えた。

「はい。て言うか、この金額でどのくらいのところまで行けるかがわかったら、行先の見当もつくんじゃないかと思ったんです」

「なるほど。ヒントになりそうな本はあったわ。当時の物価について書かれている本と、戦後史の本。あと、これはどうかしら」

日野さんが見せてくれたのは『国鉄乗車券類大事典』という本だった。

「国鉄、つまり今のＪＲに限定されているけど、日本に鉄道が敷かれてからの乗車券の歴史が詳しく載っているの。運賃というのももちろん重要項目だから、記述されているみたいよ。うちの所蔵では、これが一番詳しいと思うんだけど」

だが、『国鉄乗車券類大事典』は、二人には難しすぎた。とにかく細かい活字が並ぶし、昔の法律が載っていたり、昔の漢字（しかもつぶれている）を使った資料の写真ばかりなのだ。

「うわ、ここなんか、活字自体が読めないや」

早々に降参して、もう少し読みやすい本に移る。すると、次のことがわかった。


**一九四九年の区間三十キロの国鉄料金は、四十五円。**

三十キロというのは、東京駅から国分寺《こくぶんじ》駅までくらいらしい。

「ということは、大刀自さんはこの半分くらいの距離を移動したんだな」

「でも、どこへ行ったのかなんて、まるで見当がつかないよな」

二人で顔を見合わせるところへ、日野さんがやってきた。そのうしろに、父さんがいる。

「あれ、父さん、仕事は？」

「ああ、午前中に、外回りでこの近くに来たんだ。それで家に連絡してみたら、佐由留たちはこだと言われたもので……」

父さんは日野さんにちょっと会釈してから、二人の横に腰を下ろした。

「親父の話の中の、大刀自さんが『行方知れず』になったとかいう件なんだけど」

「うん」

「ついさっき、思いついたんだ。『行方知れず』になったと言うが、大刀自さんは何か不可抗力が起きて帰るに帰れない状況に陥ったんじゃないかと」

「帰るに帰れないって、どういうこと？」

「佐由留たちが図書館に行ったことを聞いて思い出したんだ。去年の冬、ちょっと図書館の人に知恵を授けてもらったことがあってね。いや、たいしたことじゃないんだけど、父さんがお世話になった人が一晩、家に帰らなかったことがあって、結局それは父さんが山で迷子になったのを見つけてつき添ってくれたからだった。そんなふうに、大刀自さんも、出先で、どうしようもない事情が突発的に起きて、その結果の『行方知れず』だったんじゃないか？　父さんも生まれていないが、戦後すぐのことだ、電話だって簡単にかけられなかったと思う。もちろん、携帯電話なんて存在していない。だから、大刀自さんも連絡が取れずに身動きできなくなったんじゃないかな」

「おお！」

優が思わず声を出してから、ここがどこかを思い出して、あわてて声を小さくした。

「お父さん、冴《さ》えてます」

褒められた父さんが嬉しそうに笑って立ち去るのを見送って——会社へ戻るのだそうだ——、二人はまた資料に向き合う。

「しかし本当に、大刀自さんはどこに行ったんだ？」

「もしもヒントがあるとしたら、やっぱり大刀自さんの家計簿だよな……」

全部は重くて無理だったが、問題の昭和二十四年前後のものは、図書館に持ってきている。

そして粘った末に、二人はようやく手掛かりにたどりついた。

家計簿の昭和二十四年三月の「交際費」のところだ。

**出産祝（俊夫《としお》さん）　二百円**

そして、

**運賃　五十円**

「同じ額の電車賃だ！」

「この『俊夫さん』って、誰だ？　失礼だけど、大刀自さん、そんなに社交的に出歩くような生活はしていなかったんだろう？　現に、七月の電車賃だって問題の一回だけだもの。となったら、この、出産祝いを送ったところへこの七月にも出かけたんじゃないのか？」

俊夫さんというのが誰かは、じいちゃんに電話したらすぐにわかった。

秋葉の分家筋で、当時、新宿駅の近くに家があったそうだ。佐由留たちもこの間乗り換えに使ったターミナル駅だ。

「大刀自さん、ここへ行ったんじゃないか？」

「いや、待ってよ」

佐由留は反対する。

「ぼくたちは行方知れずになった時に出かけた先を、突きとめようとしてるんだよ？　もしも親戚の家に出かけただけなら、秘密にしておけるはずがないじゃないか。秋葉家は親戚づきあいがうるさかったんだから、この俊夫さんの側からきっと情報が漏れたよ。ぼくのじいちゃんとか、例のうるさ型の小姑さんとかに」

「それはそうか……」

勢い込んで体を乗り出していた優が、椅子にすわりなおす。

「でも、秋庭から電車に乗ったのなら、行先は新宿だった可能性が高くなったな」

「うん」

新宿は大きな街だ。行先が親戚とは限らない。

「あとは、どうする？」

優に聞かれて、佐由留はさっき思いついたことを提案してみた。

「ほかにも、たしかめられることがあるよ。あの落雁のこと。あれなら、問い合わせるあてがある」

西屋の女主人だった咲子さんのところへ行けばいいのだ。

咲子さんとも、去年、ひょんなことで知り合った。佐由留にとって大切な思い出をくれた人だ。和菓子屋西屋の女主人だったが、もう引退して、この近くに住んでいるのだ。

「まあ、佐由留君、お久しぶり。元気そうね」

咲子さんは喜んで迎えてくれた。二人に冷たいお茶を出してくれて、大刀自さんの家計簿に、興味深そうに見入る。

「君たちの考えたとおりだと思うわ。秋葉の大奥様がこの時お買い求めくださったのは、大旦那様の快気祝いのための、箱詰め落雁でしょうね」

「この（マ）とか（タ）っていうのは何ですか？」

「お値段に差があるから、箱詰めの大きさでしょう。箱にたくさん入っている――お値段の高い――（マ）は松、それより安い（タ）は竹。そんな風に秋葉の大奥様は略していたんじゃないかしら」

「ああ、お寿司屋さんの松とか竹とかの分類と一緒なんですね」

優が、大きくうなずいた。「じゃあ、十五日の（ク）は？」

咲子さんは首を傾げた。

「さあ……。（タ）の書き間違いかしら」

「でも、ほかの（タ）とは値段が違うけど」

「そうよねえ……」

いくら女主人でも、こんなに昔の商品のことまで、詳しくは覚えていなくて当たり前だ。

丁寧にお礼を言って、また遊びに来ると約束して——咲子さんは、ココにも会いたいそうだ——歩き出してから、佐由留ははっとした。

「しまった！　図書館に、忘れ物してきた！」

咲子さんに見せるために佐由留のカバンに入れていた一冊以外の家計簿やあの古い同人誌を何冊か入れた紙袋を、置いてきてしまったのだ。

二人で、あわてて取りに戻る。

お昼近くになっていたせいか、佐由留には覚えがないほど図書館は混んでいた。夏休みの宿題のために、子どもが大勢詰めかけているようだ。カウンターには秋葉図書館の司書三人が勢ぞろいして、貸し出しや利用者の相談に当たっている。

だが、佐由留たちに気づいた男性司書が、手を挙げてくれた。

「能勢さんだ、久しぶり」

佐由留は笑顔になると、優をそっちへ引っ張っていった。

「すみません、ぼくたち、今咲子さんの家へ行ってきたところなんですが、調べ物コーナーに忘れ物を……」

「ああ、この紙袋かな。引き上げておいたよ。どうも君たちの忘れものらしいと、今居が言っていた」

そのやり取りに、今居さんも近づいてきて言った。

「ごめんね、忘れ物だから一応中を調べさせてもらったの。それでちょっと気になることがあって……、待っててね」

今居さんはそう言って、どこか書架に向かった。それを見送り、カウンターの端へ佐由留たちを誘導しながら、能勢さんが言う。

「日野君から聞いている。秋葉家の亡くなった大刀自さんの行動をたどっているそうだね。しかし、これは貴重な資料だな」

「貴重ですか？」

古い家計簿というだけなのに。

「それももちろん歴史資料として面白いが、こっちもだ」

能勢さんは、『灯台星』を示して言う。三十冊全部は重すぎるので、今までチェックしていなかったものを、十冊ほど入れておいたのだ。

「それがですか？」

「短歌の同人誌だね」

「はい、うちにはもっとたくさんあるんです」

「それで、見せてもらったら、興味深い点があったんだ」

能勢さんは、注意深くめくって、最後のページ——地味なことしか書いてない、例の『編集後記』だ——を示した。

「何ですか？」

能勢さんは言いかけてから、ちょっとためらった。

「まだ推測の段階だからな。そうだ、君たち、咲子さんの所に行ったんだね」

「はい。大刀自さんが書いていた、『西屋落雁』のことについて、たしかめに」

佐由留が家計簿のそのページを見せて咲子さんとのやり取りを話すと、能勢さんはこう言った。

「それじゃ、咲子さんにもう一つ確認してくれないか?」

「何をですか?」

能勢さんが答える前に、横から声が割って入った。

「すみません、読書感想文の課題図書を探してるんですけど……」

気がつくと、カウンターは、さらに立て込んできている。

今質問した小学生たちに向き直りながら、能勢さんはこう言った。

「手短に言う。この(ク)というのは、クジラのことではないでしょうか、そう聞いてみてくれ」

「クジラ?」

だが、能勢さんは、もう小学生の集団に取り巻かれている。

「いいよ、とにかく咲子さんに今のことを聞いてみよう」

「電話してもいいけど……」

「いや、直接行ってみようぜ。そうして、あの能勢さんより早く、真相にたどりついてやる」

「そうしようか。あ、でも、今居さんも何か用がありそうだったよね」

その今居さんは、一冊の本を手にやってくるところだ。

「ごめんね、書架で利用者の方に質問されていたので、遅くなっちゃった。それで、あの紙袋の中を調べさせてもらったって言ったよね。もう一度見せてもらっていい?」

今居さんは佐由留の持っている紙袋を指さして言う。

そして、『灯台星』の束《たば》の間から、半紙を取り出した。

「あれ、大刀自さんのお習字だ。優、これも入れてきたの?」

「うん、何かヒントが見つかるかもって。結局、何も調べられてないけど。それで?」

今居さんは二人がやり取りする間、その半紙を見つめていた。そして言った。

「ここに書かれている言葉がね、ちょっと気になったの。日野さんが、君たちは亡くなった大刀自さんが誰にも言わずに出かけた行先を調べているって言っていたので」

今居さんが示したのは『朝川わたる』という文字だった。

「これがどうかしたんですか？」

「偶然かもしれないけど。日本の古典の『万葉集』って知ってる？」

「うん、名前だけは」

「その中にね、この言葉を使った有名な歌があるの」

今居さんは持っていた『萬葉集』のあるページを示した。

人言《ひとごと》を繁《しげ》み言痛《こちた》み己《おの》が世に
いまだ渡らぬ朝川渡る

「たしかに『朝川わたる』だ！」

「じゃあ、大刀自さんはこの歌を書こうとしてたってこと？」

「ところでこれ、どういう意味？」

二人で口々に言った後、答えを求めるように今居さんの顔を見る。

「ええと、ただの推測よ、大刀自さんがこの歌を書こうとしたとは限らないんだから。……これはね、ある皇女が、自分の夫以外の男性の元へ送った歌なの。意味は……『人の噂がうるさいから、いままで渡ったことのない朝の川を渡って、あなたの元から帰ります』……っていうようなことかしら」

二人はまた、顔を見合わせてしまった。

自分の夫が病気で入院した夜、帰ってこなかった大刀自さん。翌朝、どこへ行っていたか絶対に言わなかった大刀自さん。

——生きているんだからいいじゃないの。

——今となっては、どうでもいいようなものだけど、でもやっぱり今さら知られるのも恥ずかしくてねえ。

これもメモしておいた、大刀自さんの言葉が頭に浮かぶ。

「ごめんね、変なこと言っちゃった?」

二人の表情に、今居さんはあわてたようだ。

「ううん、そんなことないです」

佐由留の代わりのように、優が返事した。「すごく参考になりました」

今居さんを見送った後、二人でもう一度顔を見合わせ、大きく息をつく。

「……佐由留、どう思う?」

「今居さんの言っていた歌そのままに大刀自さんが行動したとは思わないけど、でも、なんか、考えちゃうよね」

「結論を出すのは、まだ早い」

優がきっぱりと言った。「ほかにも気になることがある。能勢さんは、『灯台星』の何が興味深かったんだろう」

図書館のホールには、まだ空いているベンチがあった。そこに腰かけて、能勢さんが見ていた

『灯台星』を開く。収穫がないだろうと今まであきらめていた編集後記の所を、一冊ずつ。日々の暮らし、各地の同人からの便りが嬉しい、そんな何気ないことがつづられている。ぴんとくる人の名前はない。『秋葉』の名前も、どこにもない。

だが、五冊目。二年くらい中断していたあとの号を見て、佐由留は声を上げた。

「この発行人？　だった人、亡くなったみたいだ……」

「本当か？」

第五号——二年ほど中断した後の、昭和二十六年春のもの——にはこうあった。

——父が死去しまして、二年近くが経とうとしております。突然の死に打ちのめされていましたが、このたびようやく、『灯台星』の存続に向けての第一歩を踏み出すことができました。これからも、この北多摩《きたたま》の地から、歌詠《よ》みの小さな灯《ひ》をともしつづけていくことを誓います。

「そうか、それで一年以上、発行の時間が空いたんだ」

「『父』ということは、息子さんが次の発行人になったのかな」

「それで、さっきの能勢さんは、このことから何を推理したんだ？」

二人で頭をひねるが、何も思い浮かばない。

「わからないよ。とにかく、咲子さんのところへ戻ろう」

すると、咲子さんの家へ行く途中の道で、優が立ち止まった。

「あれ、なんだ？」

指さしている先の田んぼのあぜ道には、竹が立てられている。

「ああ、七夕《たなばた》だからだよ。忘れていたけど、今日は七日だよね」

「七夕？　だって今、八月だぞ」

佐由留には当たり前のことだから、気にも留めなかった。笑って説明する。

「秋庭では昔から、年中行事は、だいたいひと月遅れでやるんだよ。桃の節句は四月三日。七夕も八月七日とかね」

「へえ。五月五日の端午《たんご》の節句や正月は？」

「それは、カレンダーどおり。日本国が祝日に定めてしまったお節句は、従うしかないからだってさ。じいちゃんがそう言ってた」

「そういうところは、頭が柔らかいんだな」

「でも、合理的でもあるよ。三月三日はまだ寒いけど、四月になれば桃の花も満開になっている。七夕だって、七月七日は梅雨真っ盛りじゃないか、織姫《おりひめ》と彦星《ひこぼし》が会える可能性は低いだろ」

「八月七日ごろなら、雨の心配は七月上旬より少ないよな……」

そこで優が突然立ち止まった。

「どうしたの？」

「おれたち、重大なことを見逃していたんじゃないか？　雛《ひな》祭りは四月、七夕は八月……」

「それがどうしたんだよ？」

佐由留には、まだぴんとこない。優は興奮した声で続ける。

「カレンダーの祝日じゃないイベントは、昔ながらの旧暦《きゅうれき》でやるんだよな。じゃあ、お盆だって新暦と旧暦で、違うんじゃないか？」

佐由留はまだ、優の興奮の理由が思いつかない。

「え？ お盆って、八月十五日だろ？ テレビでもいつも、お盆休みだ帰省だってニュースにしてるじゃないか」

「いや、それは、一般的な世間の夏休みがからんでるからだろ？ そうじゃなくて、新暦《しんれき》に従うなら、お盆の行事は七月十五日にやるんじゃないのか？ おれの親、先月お盆だからって親戚のうちに行ってたぞ」

「七月十五日……」

繰り返してから、佐由留もはっとする。

「大刀自さんが『行方知れず』になった日だ！」

「そう、秋庭では八月にやるから特別な日ではないけど、もしもお盆を七月十五日に行うところに大刀自さんが出かけたとしたら……」

申し合わせたように、足が速くなった。

咲子さんのところへ急ぎたい。

佐由留たちの思いつきを補ってくれるヒントがあるのかもしれない。

能勢さんは、さっき咲子さんにこう聞いてきてくれと言った。

――この（ク）というのは、クジラのことではないでしょうか。

またすぐにやってきた二人に咲子さんは驚いたようだったが、佐由留も優もそれどころではなかった。口々に能勢さんの質問を繰り返して、息を詰めて咲子さんの返事を待つ。

咲子さんは二人の真剣な目に驚いたようだったが、しばらく考えてこう答えた。

「そうねえ。クジラ、かもしれないわねえ。（マ）が松で、（タ）が竹なら」

「それで、クジラって、どういう意味なんですか」

優が勢い込んでさらに質問する。

「鯨幕《くじらまく》って、聞いたことないかしら。お葬式の会場に張られているような黒と白の幕よ。紅白の幕と反対の使い方をするの」

「それって」

佐由留が言いかけるのより、優の声の方が大きかった。

「お祝いごとの反対、つまり誰かが死んだ時に使うものってことですね！」

「そうね……」

佐由留がもう一度さしだした大刀自さんの家計簿を、咲子さんはじっくりとながめながらつぶやく。

「さっきはうっかり見逃していたわ。大奥様が（ク）の落雁をお買い求めになったのは、七月十五日なのね。同じ日にお花を買って、鯨幕の包装をした落雁を買った。そうね、きっとこれはお盆のお参りのためね」

「やっぱり！」

優が、手を打ち合わせる。

「それで、咲子さん、人が亡くなったあとの最初のお盆って、ちょっと特別なんですよね？」

「ええ、そうね。新盆《にいぼん》というの。仏様になってしまった人が、初めてこの世に帰ってくると言われる日ね」

佐由留も、胸がどきどきしてきた。

「大旦那さんが取っていた同人誌、大刀自さんが行李にしまっていた短歌の同人誌の発行人が、この年に亡くなったみたいなんです。大刀自さん、その人の新盆にお墓参りに行ったのかもしれない……」

親戚の俊夫さんの家ではなくて。さっき二人で考えたように、新宿は大きな街だ。図書館で見た本によると、当時は現代ほどのオフィス街ではなかったらしいが、その分、人はたくさん住んでいただろう。

「同人誌のまとめ役で短歌を作ってた人だろ。だったら『先生』と呼んでも不思議はないよな」

咲子さんの家からの帰り道、優が難しい顔で言う。佐由留も言葉にしながら考える。

「その『前』発行人が亡くなったのは昭和二十四年の前半だね。昭和二十四年春の号は発行できているんだから。でも大刀自さんはそのあともずっと文通してたんだよ、お嫁に来たばあちゃんが目撃してるんだから」

「あ、そうか……」

優はさらに考えて、言う。

「『灯台星』も中断したものの続いたんだから、次の発行人の人と文通してたんだ、きっと。前の発行人の、息子さんと」

今度は佐由留がうなずく番だった。

「そうか、そうかもしれないね。そのあと何年も……」

なにしろ、「朝川わたる」の歌のこともあるのだ。

大急ぎでじいちゃんの家に帰り、そそくさと昼ご飯を掻きこんで、今度はすべての『灯台星』の最後のページ、編集後記だけを確認していく。

すると、佐由留が見つけた。

「あったよ！」

昭和三十年春の号。

――作歌を寄せて下さる同人の皆さんのお便りを楽しみにしています。或る方が『鷹の中の雀の街』と呼んでくださるこの武蔵野《むさしの》の片隅にいても、心は全国とつながっているのだと。


「『鷹の中の雀』。決定的だ……」

「うん」

佐由留と優は、顔を見合わせる。

この言葉の意味はわからないけど、一応の推理が成り立った。

あの錠の番号も、わからないままだけど。

「大刀自さん、どんな気持ちだったのかな」

「きっと、この発行人さんたちと仲よくなっていたんだろうな。前の人とも二代目とも。その二人は親子だったんだろ。だから、お線香を上げに行ったんだろう」

想像が難しいが、大刀自さんは当時四十二歳くらい。佐由留の父さんと同じくらいの歳だ。

「でもさ、前の発行人さんが亡くなった時は、何もアクション起こしてないよな。昭和二十四年の前半だろう？　あの年の家計簿はすみからすみまで見たけど、葬式に行った旅費とか香典代とか、一切なかったじゃないか」

優の疑問にも、佐由留は思い当たることがあった。

「それがなおさら、秘密めいていると思わない？」

「あ、そうか……」

人に知られたくないからお葬式にも行けなかった関係の人、ということにならないか。しばらく黙ったまま、二人でセミの声を聞いていた。ココは、風通しのいいところで気持ちよさそうに昼寝している。

その頭をなでながら、佐由留は言った。

「……じいちゃんばあちゃんや、和子叔母さんには、まだ話さなくてもいいかな。父さんにも」

「……うん」

だが、秋葉図書館の能勢さんも今居さんも、かなりのところまで推測しているはずだ。

だから、二人はもう一度、図書館に出向くことにした。

「それにさ、どうせ、ぼくたちが推理したことなんて、特に能勢さんには、お見通しだったんだよ、きっと」

佐由留は優に、そんなことも言った。

夕方近くになっていたので、小学生たちは退散していた。人の少なくなったホールで二人して、さっきのノートや『灯台星』を見せながら語るのを、能勢さんは二冊の本を膝に載せて聞いていた。今居さんも日野さんも、カウンターを気にしながら、代わる代わるに姿を見せる。

最後に、ついさっき発見した、編集後記の「鷹の中の雀の街」という言葉のことを語って、二人で大きく息をつく。

能勢さんは、にこやかにうなずいた。

「そうか、やっぱりそれも『灯台星』にまつわる言葉だったと考えてよさそうだな」

「ぼくたちには意味がわからないですけど。謎みたいな言葉で。でも、短歌を作る人のセンスは、ぼくたちとは違うから」

するど、能勢さんは意外なことを言った。

「文学的鑑賞ではないアプローチをしてもいいんじゃないかと思う。『灯台星』は同人誌で奥付もないから、大刀自さんの相手がどこに住んでいたのかは、はっきりと示されていなかった。ほかにヒントになりそうなのは、編集後記にあった北多摩という地名だけだった」

「東京でも、相当西の方ですよね」

佐由留や優の住まいも学校も、東京の南の方にある。多摩という地名は、縁遠い。天文クラブとしては外せない重要な施設——国立天文台——が三鷹《みたか》市にあるが、学校から遠征すると結構な距離なのだ。

「それと興味深いのは、大刀自さんが朝早くに家に帰っていたことだ」

「ああ、家族はみんな、大旦那さんの病院に行ってたんですけどね」

家に帰ってみたら大刀自さんがいたと、じいちゃんは言っていた。

「君たちは、七月十五日に、大刀自さんが新宿近辺へ行ったと推理していたな。だが、大刀自さんの帰ってきた時の様子は、疲れ切っていたそうだ。歩くのも辛そうだったと。そしてそのあとしばらく、モダンガールの洋装だった大刀自さんが、和服で外出していた、と」

能勢さんは指を一本立てる。それから、もう一本。

「それから、大刀自さんの、『うまい具合に始発に間に合わせてもらったんだから』という言葉も、少しおかしくないか？　新宿の近辺にいたのなら駅は近いはずだ。この言い方では、『駅まで距離があるところにいたが、誰かに、始発に乗れるように段取りをしてもらえた』と解釈できてしまう」

「駅まで距離があるところ?」

「おれは最初、そんなことを考えた。だが、そのあとで、大刀自さんが始発電車に乗って帰ってきた事実は確認されていないことに気づいた。そうだよな?　大刀自さんがどうやって帰って来たかは、誰も知らないんだ。すると、大刀自さんの言葉には別の解釈もできる。『始発の電車が発車するのに間に合って』ではなく、『始発の電車が到着するのに間に合って』だとしたらどうだろう?」

「始発の電車が到着するのに間に合って、って、どういう意味ですか」

「『始発の電車が秋庭に到着するのに間に合って』。つまり、『一晩帰れなかった人間が、朝一番の電車に乗って大急ぎで帰ってきたふりが可能な時刻に帰ってくることができた』という意味になる」

　佐由留も優も、ぽかんとした。

「え、それじゃ、電車に乗って帰ってきたんじゃないってこと?」

　能勢さんがうなずく。

「じゃあ、どうやって帰ってきたんです?」

「当時の交通事情では、夜分に自動車を手配するのは難しいだろう。そもそも、電車賃五十円以外の出費はなかったようなのだから。となると自転車か、あるいはほかに方法がなければ、歩いたんだと思う。服も埃だらけだったんだろう?」

「歩く?　新宿から秋庭まで三十キロ以上あるでしょう?」

「昔の人なら、不可能ではないだろう。だが、この仮定からは、もっと重大な推論が導き出される。帰り道を歩いてきたのなら、五十円の電車賃は、往復の運賃ではなく、片道ということになる。つまり、新宿なんかより、もっとずっと遠いところへ行ったことになるんだ」

「あ！」

佐由留と優は、同時に叫んだ。

「いったい、どこへ？」

「君たちが調べた資料にあっただろう」

能勢さんが膝の上の『国鉄乗車券類大事典』を取り上げた。優と二人で、難しすぎると投げ出した本だ。

「ちょっと思いついたことがあって、新宿駅を起点に、二十五円で行ける範囲を調べてみた。この二十五円の意味はいいな？　大刀自さんが片道で五十円使ったとしたら、新宿まで二十五円必要。これは、同じ昭和二十四年の親戚への電車賃の事実があるから確定と思っていい。その二十五円との差額だ。この本にも個々の電車賃が載っているわけではないから、あくまでもおれの試算だが、国鉄の場合、最低運賃五円、加えて一キロメートルごとに一円四十五銭の運賃率だったらしい。そして、二十五円で行ける範囲に、おれが目星をつけていた駅があった」

「いったい、どこです」

「だいたい、どうして歩いて帰るようなことになったんです？」

また二人で口々に詰問《きつもん》すると、能勢さんはまず、佐由留の問いに答えた。

「三鷹だ」

「三鷹？　どうして？」

佐由留のこの問いには答えず、能勢さんは優を見る。

「どうして歩いて帰るようなことになったのか。電車に乗れない不可抗力の事故が起きたとしたらどうだろう」

「不可抗力？　さっき、佐由留のお父さんが言ってたみたいな？」

「佐由留君のお父さんは、そんなことを言ったのか」

能勢さんはちょっと笑ってから、真顔《まがお》に戻って続けた。

「北多摩と言えば、君たちには東京郊外の、かなり都心から離れた場所と受け取れるんだろうが、東京の変遷《へんせん》は激しい。今はおしゃれな街として有名な三鷹市も、戦後すぐの頃までは北多摩郡三鷹町だったんだよ」

「え？　北多摩？」

能勢さんがさしだしてくれたもう一冊の本のページを見て、二人は呆然とする。

「本当だ……」

「しかも、ここを見てくれ。大刀自さんが残してくれたヒントに関わることだ。これは、三鷹にある地名なんだ」

能勢さんの指の先にはこうあった。

——三鷹町下連雀《しもれんじゃく》。

「鷹の中の雀の街だ……」

呆然としていた佐由留と優だが、やがて優が尋ねた。

「すごいなあ。魔法みたいだ。ねえ、大刀自さんの言葉だけで、すぐに三鷹って地名に思い当たったんですか？」

能勢さんは、笑って首を振った。

「白状すると、違う」

そして、手にした本をゆっくりと閉じる。

「今となっては、昭和という時代は遠くなってしまったな。おれは問題の日づけを聞いて、すぐに連想したものがあったんだ」

そう言って能勢さんはその本の表紙を見せてくれた。

タイトルは、『三鷹事件』。


「一九四九年、新暦の盆七月十五日の夜、三鷹駅で車両が大暴走して、死者六名、負傷者も多数出た事件だ」

「大刀自さんが『行方知れず』になった夜だ……」

佐由留がまた呆然としてつぶやく横から、優が急き込んで尋ねる。

「え、まさか、その事件に大刀自さんが関係しているって言うんですか?」

「いや。これはいまだに昭和史の謎とされているほどの大事件だが、まさか、大刀自さんが関わっていたはずはない。だが、縁もゆかりもなくても、当然電車はその直後から翌日も不通になったから、巻き込まれてしまう」

「あ! それで帰れなくなった……?」

「『灯台星』の発行人のお宅、三鷹町下連雀へお線香を上げに行った。そうしたら帰り道で、三鷹事件に遭遇してしまった。この時日本はGHQの占領下にあって、事件直後から現場近くには厳重に規制線が張られ、一般人の通行はおろか、死傷者の救護もままならなかったと言う。たとえば、発行人さんの家族の中に巻き込まれた人がいないか気がかりになったとしても、大混乱の中、調べるすべはない。大刀自さんは、そのまま帰る気にはなれなかったのだろう。そして、知り合いの人たちの無事をたしかめられた頃には夜も遅くなり、おまけに交通機関はすべて復旧のめどが立たなくなっていた」

「だから歩いて帰ってきたんですか？　秋庭駅に始発の電車が到着する頃まで、歩き通して？」

「じゃあ、『朝川わたる』っていうのは、多摩川を渡ったってこと？　朝帰りの歌を書こうとしたんじゃなくて？」

「朝帰りの歌？」

能勢さんが聞き返したので、二人して、今居さんが『萬葉集』を教えてくれたことを説明する。

「なるほど、たしかに有名な歌だが、それはまだどう関連するかわからないな。だが、そう、三鷹からまっすぐ南に下れば多摩川に出る。十数キロメートルで」

「それで、多摩川から秋庭までは、六キロメートルくらいなんだ……。この前、和子叔母さんがそう言ってた」

「三鷹から新宿、そして秋庭へ電車を乗り継いだら三角形の長い二辺を通ることになるけど、多摩川を渡れば短い一辺だけの移動で済むのか……」

能勢さんがうなずく。

「大変ではあるが、歩けない道のりではないんだ。ここまで推測したとおりに尊敬する人の所へお線香を上げに行くのなら、正装したことだろう。モダンガールの大刀自さんは、洋装だったのだろうな。帰り道、まさか歩くとは思わずによい靴を履いていったら履きつぶしてしまったのかもしれない。しゃれた靴というのは長時間のウォーキングに適さないかもしれないから。と言って、すぐに隣町まで買いにも出られず、息子のお見合いという正装が必要な場面では和服に切り替えたのかもしれない」

「見事に、筋がつながるんですね……」

「ただの推論にすぎないけどね」

能勢さんは小さく笑って、遠くを見やるような目をした。

「ようやく家にたどりついてみたら、早朝というのに家の者は出払っている。残っていた男衆や女衆から夫の入院を知らされる。もちろん大刀自さんも心配したし動転しただろうが、同時に、自分に説明してくれる人間の目に非難の色があったのにも気づいただろう」

——旦那様がこんな大変な時に、行先も告げず、大刀自さん、どこにいたんですか。

「大刀自さんは、その数時間前に、多数の人の命が理不尽に奪われた現場に直面したばかりだった。心身の疲労の限界だったこともあるだろう。だから、思わず口をついて出てしまった」

——（私は）生きているんだからいいじゃないの。

「そうか、自分のことだったんだ……」

入院している夫に対して、たいしたことはない、生きているんだから、そう言い放った言葉ではなかったのだ。

「でも、どうして、本当のことを言わなかったんだろう」

優がつぶやくのに、能勢さんは答えた。

「それに対しても、ある推測はできるんだが、これから先は、まず、今までの推論が正しいかどうかを確認してからのほうがいい。それで問題の発端となった開錠の番号だが、いくつか心当たりがある。まずそれを試してみてくれないか」

そして照れくさそうにこうつけ加えた。

「それで開かなかったら、すべてはおれの馬鹿げた妄想ということになるからな」

能勢さんは、すごい。

佐由留は改めて、優も初めて目《ま》の当たりにした推理力に、感服した。

馬鹿げた妄想ではなかったのだ。

職場での立ち合いから和子叔母さんが戻るのを待ちかねて、じいちゃんばあちゃん、父さん、佐由留と優、六人で手にした文箱の錠は、能勢さんの示した最初の番号で開いたのだ。

240715。

昭和二十四年七月十五日。

三鷹事件の起きた日だ。

長年の気がかりが解消したお礼だと、ばあちゃんは心を込めて料理を作って秋葉図書館の司書さん三人を翌日の夕食に招いた。和子叔母さんは、日野さんや今居さんが歓声を上げるほど豪華なデコレーションケーキを作り上げた。

食卓では、やはり、大刀自さんのことばかりが話題になった。

「文箱の中はどうでした」

今居さんが興味津々という顔で持ちかけると、和子叔母さんが代表して答えた。

「主なものは、手紙の束と、何冊もの『灯台星』でした。手紙の中身は読んでいないけど、差出人の住所はたしかに三鷹町下連雀でした。そして、名前は高市淑子《たかいちよしこ》」

「女性だったんですか！」

今居さんが、声を上げる。

「この人が、おそらく『灯台星』の二代目発行人だと思います」

そう言う叔母さんの横から、じいちゃんも口を添えた。

「お袋の実家側に、高市という姓の家があったと思う。おれもすっかり縁が切れちまっているが」

「まあ。私、失礼な想像をしてしまいました……。でも、じゃあやっぱり、大刀自さんは三鷹事件に遭遇していたんですね」

今居さんが顔を赤くして言うのを、父さんが訂正した。

「正しくは、三鷹事件後の交通機関途絶に巻き込まれたということでしょう。地図によると、下連雀の南の方は三鷹駅からけっこう離れているんです。駅からは離れていて、多摩川にも近い」

今居さんが、さらに恐縮した顔で尋ねる。

「それで、『朝川わたる』の言葉はどう関係していたんですか？　私、大刀自さんに対してとても失礼な……」

「いや、同じようなことを、ぼくらもある程度想像していましたから」

父さんはまた几帳面《きちょうめん》に訂正して、食卓に場所を作ると『灯台星』の一冊を広げた。

「佐由留や優君と一緒に見つけたんです」

不慮のことにて、ある人に多摩川まで率《い》てもらひて
若人《わこうど》の頼もしき背は自転車と
ともに揺れたり朝川わたる

「登世というのは大刀自さんの名前。昭和二十六年秋の号です」

「『灯台星』が再開して二号目ですか。誰かが多摩川まで自転車に乗せて、まっすぐ南下してくれたんですね。『若人』ということは、二代目発行人さんの、息子さんでしょうか」

能勢さんが言うと、ばあちゃんも口を添えた。

「三鷹から多摩川というと、稲田堤《いなだづつみ》あたりに出たんでしょうかねえ。川へ向かうんだから大体は下り道、自転車の荷台に乗せてもらってもそれほど負担ではなかったでしょうね」

そして笑顔になる。

「発行人の高市さんにも、これがどんなことを詠んだ歌かは、すぐにわかったんでしょうねえ」

日野さんが口を挟んだ。

「戦後もしばらく多摩川の渡し舟は残っていたようですよ。七月十五日と言えば、夜が明けるのは早いですよね。空が白《しら》むのを待って自転車で多摩川まで送ってもらい、それから多摩川を渡ってあとは歩く。二時間程度かかるかしら。大刀自さんはそうやって、朝早く、秋庭に始発電車が着くくらいの時間に、この家に帰りついたんですね……」

「靴も履きつぶして、足を引きずって。大刀自さん、大変な思いをしたのね」

和子叔母さんがしみじみとそう言った後、怒ったようにつけ加える。

「それにしても、どうして、そういう事情を誰にも説明しなかったのかしら。いくら朝帰りと言っても、完全な不可抗力じゃないの」

「それも、推測はできますよ」

能勢さんがにこやかに言った。

「まず、この発行人さんと大刀自さんがどういう関係であったかを考えましょう」

「大旦那さんも親しくしていた、大刀自さんの遠縁でしょう？　おつきあいで送られてくる同人誌を読むうちに、大刀自さんのほうが惹かれるようになってしまった」

和子叔母さんの言葉に、能勢さんは答える。

「その可能性もありますが、別の可能性も成り立ちます」

「どういう可能性が？」

「大刀自さんのご実家は裕福で、いわゆるインテリ、趣味が豊かだったようですね。こちらの親戚には不評だったが、戦前の大学教育まで受けた人もいたと」

「大刀自さんの、伯父さんのことですか？」

「はい。『大学まで出たのに身を持ち崩して勘当された』、『秋葉の家にも借金を持ちかけて』きた、そして『歌なんかやりたがる酔狂な』人ですよ。もしもその人が再起を図り、細々ながら三鷹の地で新たに歌を志したとしたらどうでしょう」

「それが『灯台星』ですか！」

和子叔母さんが声を上げる。佐由留も思い当たることがあった。

「そうか、この家は、うるさい小姑さんにお金を借りていたんだよね！　『歌』っていうのは『和歌』とか『短歌』のことなのか！　じゃあ、昭和二十四年に亡くなった発行人さんが、その伯父さん……」

「小姑さんを始めとした姻戚《いんせき》関係の手前、葬式にも行けなかったくらいなら、新盆のお線香を上げにとも言い出せなかったのではないでしょうか。勘当扱いされていた人なのだから」

みんなの話をじっと聞いていたばあちゃんが、そこで口を開いた。

「よくわかりましたよ。佐由留も優君も皆さんも、よく調べてくれたねえ」

そして、大きく息をつく。

「それにしても、あの文箱の錠を買った時の、お義母さんの言葉は何だったんでしょうねえ。『いざという時に備えて心をしまっておきませんとねえ』っていうのは」

能勢さんは、ちょっと考えてから尋ねた。

「その錠は、隣町の金物屋で手に入れたんですね?」

「はい」

「その時、その場にいたのは?」

「金物屋の小父《おじ》さんと、私と……」

「ひょっとしたら、ほかの誰かにも、大刀自さんは気づいていたんじゃないですか?」

「ほかの誰か?」

「隣町でしょう。問題の小姑さんの婚家は、その土地の有力者だ。そこにご注進に及びそうな誰かが店にいたとか。だから、大刀自さんは、そんな丁寧な、奥歯にものの挟まったような言い方になったのではないですか」

ばあちゃんは、何か思い当たったようだ。

「そう言えば……、あの店も、小姑さんの嫁ぎ先が音頭《おんど》を取ってる商店会の一員だったわ……」

「それにしても、いやになっちゃうような面倒な世界ね」

叔母さんが、吐き捨てるようにつぶやく。でも、ばあちゃんは首を振った。

「いいのよ、お義母さんが、私に隔《へだ》てを置かないでこの文箱の始末をまかせてくれるつもりだったって思えさえしたら、それでいいの」

「おまかせになるつもりだったと思いますよ」

能勢さんが穏やかな声で言う。

「どうして、そうわかるんです？」

「行李の中に、文箱と一緒にニッパーがあったそうですから」

「え？　あのニッパーで開けてしまっていいと、大刀自さんが考えていたというんですか」

父さんが、驚いたように言う。

「そうです。開ける事態になるということはつまり、大刀自さんが自分で錠を開けられないし組み合わせ番号を教えることもできない状況ということですよね」

「それが『いざという時』、か……。まあそうだよな。いい年になれば、誰でもそういうことはちらっとでも考えるもんな」

じいちゃんが腕を組んで言う。

「いざそうなった時は壊しても鎖を切ってもかまわないよ、というメッセージが行李に一緒に入れていたニッパーではないでしょうか」

「じゃあ、何のために錠をかけたんです？」

これは、和子叔母さん。

「この家にはたくさんの使用人もいたそうですからねえ。その中には古参の、ハイカラな大刀自さんに反感を持つ人や、小姑さんの家のシンパのような人もいたんじゃないでしょうか。そうそう、大刀自さんが錠を買ったのは、杓文字を譲る時期でもあったが、そのタイミングで、小姑さんの小型版みたいな娘さんがこの家に下宿することも決まったんですよね」

能勢さんの指摘に、ばあちゃんがぱっと顔を明るくした。

「ああ、そうだったわ。だから、お義母さんは錠を買ったのね……」そして笑顔になる。「私が盗み見ることを心配してたんじゃなかったのね」

能勢さんが、大きくうなずいた。

「心を許せない人には見せたくなかったんでしょう。そして、重要なこと。そうした人間は、盗み見はしても、あからさまに錠を壊したり鎖を切ったりはしないはずですから。ダイヤル錠は、大刀自さんにとっては、警戒すべき人間から自分の心を守る盾《たて》だったと思うんです」

「なんだ、じゃあ、おれたちはこんなに苦労して番号を探らなくても、遠慮なく切っちゃってよかったってこと？」

優がとんきょうな声を上げるが、ばあちゃんは首を振った。

「おかげで、お義母さんのことを色々思い出せて、私は嬉しかったよ。何より、私たちはお義母さんに信頼してもらえてたんだねえ。それもわかって嬉しいよ」

「そうだ、『朝川わたる』の本歌のほうも、大刀自さんは知っていたと思うぞ」

能勢さんは、今居さんを見ながら言う。

「伯父さんに対して抱いていた感情は推測するしかないが、ほのかな憧れのようなものはあったんじゃないかな。だからこそ、自分の歌にもその言葉が使われた」

叔母さんがうなずく。

「文芸を志してあきらめない伯父さんが、大刀自さんにとっては魅力的だった。伯父さんの生前は、ひそかに『灯台星』を読むだけだったけど、伯父さんの死に接して、さらに三鷹事件に図らずも遭遇したんだもの、人の命のはかなさを今さらながらに思い知らされたのかもね。だったら生きている自分は、好きなことをしたいと」

「はい。伯父さんの娘さん——高市淑子さん——も後押ししてくれたんでしょう」

「なぜ、そう思うんだい？」

じいちゃんが聞くと、能勢さんは一言だけ答えた。

「仕立賃二百円と葉書代二百円ですよ」

「そうそう、その文通のことはどうなんです」

ばあちゃんが声を上げる。

「私、佐由留たちに調べてもらったんですよ。あの当時、葉書は一枚二円で買えたんです。百枚も葉書を出していた相手は誰だったんです？『灯台星』の次の発行人さん宛てだけじゃなかったはずですよ」

「そう、何枚かは高市淑子さん宛てであったと思いますが、ほかにもあったでしょう。文通というより、自分の作った歌を送る先が」

日野さんが、あっという声を上げた。

「歌を投稿してたのね！」

能勢さんが、また大きくうなずいた。

「新聞社。雑誌社。読者の作歌を掲載してくれる媒体《ばいたい》は、今も昔もたくさんあります」

「そういう相手なら、返事が来なくても当たり前か……」

じいちゃんがうなるように言った。すると、さっきからそわそわしていた優が、そこで口を挟んだ。

「時には、ちゃんと返事が返ってきたんだよ！　ほら！」

そして、夕食ぎりぎりまで佐由留と一緒に調べていた成果を見せる。

何冊もの『灯台星』。新聞の切り抜き。大事そうにしおりを挟んだ雑誌。

「これみんな、大刀自さんの歌だよ！」

「まあまあ」

ばあちゃんが、泣きそうな顔で笑う。「そんなこと、思いつかなかったわ……」

「百枚の葉書は、どのくらいで使い切ったのかしらね。そのあとも、大刀自さんの歌作りは続いていたみたいね。ご隠居の身になったら家計簿には反映されていないだろうけど」

和子叔母さんが、言う。

「農家の女が歌を詠んだり同人誌を定期購読したり、そんなことを大っぴらにはできない時代だったのね……。かわいそう、おばあちゃん。自分で好きな雑誌を買うこともできず、採用された歌も鍵をかけてしまっておかなければならないなんて」

すると能勢さんが言った。

「でも少なくとも、夫である大旦那さんはその意志を認め、応援していたのでしょう。だからこそ、入院に至ったのかもしれませんが」

「どういうことです？」

「大旦那さんは虫垂炎をこじらせた。入院するまでに体調が悪い期間があったはずだ。でも、大刀自さんにはそれを隠して線香を上げて来いと送り出し、その日一日、家の人にも言わなかったんでしょう。言えば大刀自さんの立場が悪くなるから」

叔母さんは、今の言葉をかみしめている。それから言った。

「そうか、『灯台星』を定期購読していたのは大旦那さん……。口うるさい小姑さんの手前、大刀自さんをかばっていたのね。だから、三鷹事件なんて、いまだに語り継がれている大事故のことも言わないで……」

「大旦那さんにはもちろん、すぐに説明したでしょうからね。でも、大刀自さんも大旦那さんも周囲には言えなかったのではないですか。歌への情熱など、理解してもらえると思えなかったのでしょう。おれたちには想像するしかないですが、戦後四年目の日本です。ましてや、秋庭では昔ながらの考えが根強く残っていたかもしれない。大旦那さんは自分の体に自信がなく、大刀自さんに家をまかせなければという思いがあったのかもしれない。当時、大旦那さんは、自分の姉の嫁ぎ先に借金をしていたそうですね。向こうの家の心証を害するわけにはいかない。自分のためだけでなく、息子夫婦、妻、家の男衆女衆、みんなのために」

「それでもお義母さんは、伯父さんの死や三鷹事件をきっかけに、歌を作り始めたんですものね」

　ばあちゃんはそう言って、高市淑子さんからの封筒を大事そうに胸に抱える。

「この方は……高市淑子さんは、そのあとどうなったんでしょうねえ。この子たちが『灯台星』の最後の号を見せてくれたんですけど、体が弱ったので廃刊することにしたって書いてありました。それが、昭和四十七年」

「お袋が死んだのが、昭和四十九年だったな?」

「ええ」

「自分の体が動くうちに、『灯台星』もみんな、行李にしまいこんだのか。今さら知られるのも恥ずかしいって。息子のおれにも、一言も言わず。……まあ、教えられても、おれも無風流だからわからなかっただろうが」

じいちゃんが、しみじみと言う。

「高市淑子さんは、雑誌をやめたあと、どうされたのかなあ。昭和四十七年や四十八年頃だと、お袋ももう遠出はできなくなっていたろうが、不祝儀《ふしゅうぎ》があれば出かけたいと言い出しただろう。それがなかったってことは、お袋よりも長生きはされたんだろうが、お袋の葬式に高市さんという人が来てくれたかどうかは、もうおれたちも覚えていないんだよ。大変な数の参列者だったしなあ」

「どちらにしても、今頃はもう、あの世で仲よくされていますよ。きっと、どちらが先に逝かれたかなんて、お二人とも気にされてませんよ」

ばあちゃんが、切なくなるような笑顔でそう締めくくった。

「大刀自さんの最後の歌、いいですね」

『灯台星』の一冊をながめていた能勢さんがつぶやく。

生かされてまた迎えたる星合う夜《よ》
家人の寝息安らかに聞く

「最後の一つ前の号ですか……。昭和四十六年」

「お義母さん、だいぶ弱っていた頃かしらね。七夕のことですよね、星合う夜って。お義母さん、星を観るのが好きでねえ。夏は縁側の障子を開け放して寝ていたの。夜中に何かあるといけないから、私は隣の部屋で寝て。だから、この、寝息を立てているのはきっと私だわ」

「お幸せな情景ですね」

今居さんが優しく言う。ばあちゃんは、そっと目元をぬぐった。

「この手紙は、もうしばらく私が手元に置かせてもらいましょうかね」

「それがいいよ」

優が弾んだ声で言った。

「じゃあ、佐由留、おれたちは庭に行こうか。今夜あたりから流星が観られるかもしれない」


その夜、空を観測する合間に、佐由留は携帯電話で、ずっと気になっていた言葉を調べていた。

そして、見つけた。

『灯台星』は北極星の別名だった。

人が迷った時、道しるべにする星だ。

それを優に教えると、優はまた、別のことを思いついた。

「なあ、佐由留。今の北極星はこぐま座のアルファ星だけど、北極星は、地球の自転軸の揺らぎのせいで、長い時の間には移動するんだよな。……ええと」

そして検索して、弾んだ声で言う。

「ほら。大昔は織姫星が北極星だったんだ！」

※引用は『萬葉集』（小島憲之ほか校注　小学館）より。

人<sub>じん</sub>
日<sub>じつ</sub>

人日《じんじつ》：五節句の一つ。旧暦一月七日。

秋庭市職員である田中の現在の役職は、秋庭市立秋葉図書館開設準備室室長だ。

田中《たなか》が新しい配属先で新しく獲得した概念である。

ペダンチック。衒学的《げんがくてき》。

異動が決まった時に同僚にはそう言われたし、田中もそう思っていた。

「いいねえ、図書館勤務か。気楽だねえ」

前職は学務課でさまざまな家庭の就学相談、その前は福祉課で各種の給付金の給付資格認定等にも関わってきた。複雑な人間関係や金銭が絡《から》むところには、それなりの修羅場《しゅらば》も発生する。それに比べれば、本を貸していればいい図書館は、たしかに気が楽だと思ったのだ。図書館は人の生死に関わらずに済むだろう。

「いいな、図書館に勤めるんだ」

中学生になってめっきり会話の減った一人娘の由佳里《ゆかり》にそう言われたのも嬉しかった。由佳里が好きなのは本というよりマンガだが、とりあえず本屋が好きな娘と共通点が一つ増えた気がした。それに、図書館はそれほど忙しくもないだろう。開館日の都合上で土日の勤務も入るが、平日夜の残業は減りそうだ。

だが、すぐに悟った。楽な仕事などないと。

いや、仕事は充分やりがいがある。来年一月の開館に向けて建築状況をチェックし、同時に内部の環境を整える。いい仕事だと思う。

しかし、部下がきつい。

新しく部下になった二人のうち、女性の方は日野と言う。

「とにかくたくさん本を買いたいんです」

初対面の自己紹介の時、彼女はそう言った。「だから開設準備室を志願しました。開館まで資料収集がメイン業務ですから」

これを聞いて、田中が内心危ぶんだのは事実である。今は本の発注をしていれば済むとしても、いずれは来館する市民の接客が必要になる。本が好きでたまらないらしい日野は、それをこなせるだろうか。

田中の心配をよそに、彼女は今日も機嫌よく本の発注にいそしんでいる。

ついでにもう一人の職員も、隣の席で日々、本の発注をしている。全身から生気が伝わってくる日野とは正反対に、デスクに向かう後ろ姿は背が丸まっているし、その上に載っている頭には白髪が目立つ。あまりに動かないので時々居眠りしているのではと思うこともある。ただし、

「館長、何か」

田中が近づくとすぐに気配を悟る。その声だけは、おじさんくさい外見からは思いもよらないほど若い。ちなみに、秋葉図書館は厳密にはまだ存在していないので、田中も今のところは準備室室長にすぎない。しかし、内輪ではすでに館長と呼ばれているのだ。

田中は当然二人の職歴も把握しているが、実は二人は同期入庁、勤続八年目なのである。

てきぱきと仕事をこなし、しゃきしゃきと相手を言い負かす日野と組んで開館準備業務を進め

るのに、このぬーぼーとした男で大丈夫なのか、当初田中はそれも危ぶんだ。

ただし、それは杞憂《きゆう》だった。茫洋《ぼうよう》としたたたずまいの能勢は、日野といい勝負の論客だった。本の話題限定だが。

「それでは、選定会議を始めます」

三人そろったところで今日も会議である。秋葉図書館の書架に並べる本を選び、購入していく作業だ。

図書館は本を貸すところなのであるから、「商売物」の選定は、何より重要である。

田中は読書好きではあるが、あくまで肩の凝らない小説を読むだけだ。森羅万象《しんらばんしょう》を扱う書物には不案内だし、日本にどれだけの数の出版社があるかも今まで知らなかった人間である。

しかし、この職に就いたからには、秋葉図書館の蔵書を理解するのは義務である。

選定会議の具体像を、田中は異動するまで知らなかったが、本の内容をプレゼンして蔵書に加えるかどうか決定する会議だと聞き、欠かさず出席することにした。司書二人が「本の内容をプレゼン」するなら、聞いていれば本のことがわかるではないか。

だが。

「じゃ、今日は民俗学及び文化人類学」

その言葉とともに、三人が囲んでいるデスクの真ん中に、相当数の出版社の出版目録がどさりと置かれる。すでにめぼしい本にはチェックが入れられており、片っ端からそれについて議論される。二人の部下は機関銃のようにしゃべりまくる。著者について経歴について出版社について類書について……。

門外漢の田中は、つくねんとすわってその議論を聞いている。そして。

「館長。今日の会議の結果、購入決定した本のリストです。決裁をお願いします」

たった今作られたリストがさしだされる。本のタイトル著者出版社価格がずらりと並んだ項目の一番下には合計冊数と合計金額。

四百五十五冊、六十二万七千八百五十二円。

「今日は単行本がメインでしたので、やや単価が高くなりましたが、今後安めの資料、具体的には各社の新書の選定に入りますので、最終的には単価を当初予算の水準に引き下げられると思います」

「ああ、はい……。よろしく」

単価千二百円で目標四万冊。来年一月の開館までに執行すべき予算は四千八百万円。

ただ問題は、作業工程の最後になるまで本の現物にはお目にかかれないことだ。いかなる本が蔵書になっているのか、田中にはさっぱりつかめない。毎日数十万円という税金を投入しているのに、その蔵書は田中のもとに届くことはない。受注した書店ですべて段ボール箱に入れられ、専用の倉庫におさめられる。秋葉図書館が完成して晴れてその書架に並べられるまで、誰も目にすることができない。

——いったいぼくはどんな本を買っているのだろう?

「ところでですね、館長」

「はい」

日野はまだ田中のデスクの前にいた。

「新書については、取次さんに直接出向いて発注したいのですが」

「ええと、直接出向くと言うと……」

「取次さんの倉庫で実際の在庫を見せていただきまして、その場で見計らい、つまり現物を確認して買ってしまうのです。とにかく即決できるのが利点です」

田中は顔を上げた。

「それ、ぼくも同行していいかな」

「わかりました。それでは取次さんに都合を伺いまして、またご相談に上がります」

本を実際に確認できるらしい。それも、妙齢の女性と二人で「お買い物」だ。

だが、不用意な言動をしないように心構えをしていたのとは大違いの『お買い物』だった。殺風景《さっぷうけい》でひたすら本が並ぶ倉庫に足を踏み入れた瞬間、日野の目が光ったのだ。

獲物を狙う猟師の目というべきか。

新書がどこまでも並ぶ棚につかつかと進むと、日野は迷いもせずに、手慣れた動作で背表紙に指を走らせ、リズミカルに端から本を倒し始めた。時々立てたままの本が残る。指をかける、本が倒れる。延々とその動作が続く。見ていると催眠術にかけられそうだ。

新書棚での作業を終えると、日野はやっと田中に向き直った。

「では締めましょうか」

「この、立っている本を買うのかい？」

「いいえ、逆です。立っている本は残して、倒した本を買います」

「ちょっと待って、日野君。倒した本って言ったら、ほとんど全部じゃないか」

日
人
「はい、このへんの新書の既刊であれば、本館にいた時にすでに内容を確認していますから、少数の例外をのぞき、そのまま蔵書にします。いわゆる大人買いってやつですね」

薄暗い倉庫で日野はにっこり笑った。

この日の戦果。新書、二千四百七十九冊。計百八十七万六千四百八十六円。

「うん、まずまずの収穫ですね」

たしかに田中は本を見た。背表紙のみ。

真面目な田中はまた思い悩む。

「館長」なのに、秋葉図書館の本がわからない。


まだ内装工事中の現場を見れば実感が伴うかと思った田中は、完成間近の秋葉図書館に向かう。道の両側にはのどかな田園風景が広がり、ススキが穂を出し始めている。

資金繰りの関係で、秋葉図書館の建設は一度頓挫《とんざ》しかけた。用地買収のめどが立たなくなったのだ。しかし、その時に大変奇特にも、地元の大地主の秋葉家から用地提供の話が出、秋庭市は渡りに船とばかりにその話に飛びついた。

その結果がこれだ。住宅も少ないススキ野原の真ん中に建つ簡素な四角い建物。その簡素さを、スタイリッシュと取るか資金節約の工夫の結果と取るかは、主観によると思う。

それでも、新しい建物は気持ちがいい。それに、施主として作業チェックのために現地を訪れるのは、手抜き工事防止の鉄則である。去年、二十年ローンを組んでマイホームを手に入れた田中が身をもって学んだことだ。

ところが、絨毯《じゆうたん》張りに立ち会っていた時、田中の携帯が鳴った。能勢からだ。

――館長ですか？　これから富所嗣次《とみどころつぐじ》議員が、そちらに視察においでだそうです。

「市会議員の富所さん？……はい、わかった」

――よろしくお願いします。

心なしか、能勢の声に同情がこもっていたような気がする。

通話を終わらせた田中は、業者に聞かれないように小さくため息をついた。

血税を投入しての図書館建設なのだから、市民の代表たる市会議員がチェックに来るのは当然であり、市職員は歓迎して現況を開示しなければいけない。だが……。この富所議員はかなりのうるさ型だ。すでに三回抜き打ちのように現場に現れ、その都度けちをつけて、いや鋭い指摘をなさっていった。内装が貧弱だ、防音対策を説明しろ、採光に工夫がなく自然光の取り入れ方が貧弱である、云々《うんぬん》……。いくらでも文句をつけたがる。

これも仕事だ。田中はちょっとよれたネクタイを締め直す。


四十間近、精力的な富所議員は一時間にわたって熱心に館内を視察された。

——この絨毯の色はどうなの？　もっと落ち着いた色を選ばなかったのは、なぜ？

——予算の関係で、このランクの価格ですと色に限りがありまして。

——でも、こっち側はコルク張りにしてるじゃない。これ、単価高いでしょ？　向こうのエリアとアンバランスじゃない？

——こちらは児童書のコーナーになる予定でして。絨毯敷きでは埃等の害もありますので子どもたちの健康に配慮いたしました。

——なんか、金のかけ方がちぐはぐなんだよなあ。あ、窓が小さすぎない？

——図書館の蔵書は日光を当てない方がいたみにくいものでして。ただ、北側の窓はそれなりの大きさを心がけましたが……。

——そう？　でも窓が大きいと空調の効率が悪くなるよね？　そこは大丈夫？　断熱材はどの

程度のもの使ってるんだっけ？

さすがに断熱材の性能までは即答できなかった田中は、後日調査の上回答するということでその場を収めた。

このくらいの質問攻めは富所議員としては普通なので、田中もそれほど困ったわけではない。ただ、帰りがけに言われた一言はちょっとこたえた。

――これだけ金をかけているくせに、なんか、没個性なんだよなあ。この図書館のイメージが全然つかめないんだけど。

こたえたのは、田中も漠然《ばくぜん》と疑問に感じていたことだからだ。

ぼくも図書館のイメージがつかめない。


「図書館のイメージですか。それでは、他市の図書館に研修に行かれたらいかがですか。館長にも、今のうちに図書館業務になじんでいただいた方がありがたいですし」

日野の勧めで、田中は秋庭市に隣接するQ市の中央図書館で実地研修させてもらうことにした。Q市は秋庭市より人口も税収も多く、県下の中枢的な位置づけの自治体だ。稼働している図書館の現場を見てみたいし、狭い準備室であの二人のキータッチの音を聞いているより気が楽だ。

Q市立中央図書館長は親切にしてくれた。

「困っていることはありませんか？　何でも相談に乗りますよ」

ええと、博学の部下はどんなふうに操縦すればいいでしょうか。

いや、そんなことは聞けないか。実務経験豊富な館長は自信にあふれている。

「そうだ、一つだけご忠告を。できる限り蔵書は充分にそろえておいた方がいいですよ」

「はあ」

　二人の部下と同じようなことを言うのか。田中はちょっと気分が暗くなる。

「いや、繁盛《はんじょう》するのもいいが、繁盛しすぎると、開館十日後くらいに開店休業状態になりますからね。と言って、もちろん休館するわけにはいかないし。あれは辛いですよ」

「あの、それはどういう……？」

　だがその時、利用者がカウンターにやってきたために、会話は途切れた。


「それはいい忠告をいただきましたね」

　答えながらも、日野は目をディスプレイから離さない。景気よくキーの音が響き、本が買われ、予算が執行されていく。

「開館直後の図書館が、不運にもイナゴに食べつくされた田んぼ状態になることはあるんですよ。特にあのQ市立中央図書館がリニューアルオープンした時の惨状《さんじょう》はひどいもので、しばらく語り草になりましたよ」

「というと？」

　開館準備は進んでいる。建物が完成し本が並んでお客さんを迎えられれば、図書館に「惨状」など起こらないはずではないか。

「館長、秋葉図書館の開館当初の目標冊数はご存じですよね。四万五千冊。それで、図書館開館というのはそれなりに目を引くイベントです。ススキ野原の真ん中に建つ図書館で大変に目立っていますし、ひょっとすると、お客さんが押し寄せるかもしれません」

「結構なことじゃないか」

使われてこその公共施設だ。開館したものの閑古鳥《かんこどり》のすみかとなったりするよりは、よほどありがたい。

「それはそうですが。図書館のお客さんは、皆さん本を借りてお帰りになるんです」

「うん」

当たり前だ。

「秋葉図書館の来館者数を一日五百人と仮定しましょうか。立地によってはもっと利用が見込める図書館もありますが、まあ、ススキ野原にある点を考慮しまして。そして、秋庭市の図書館条例により、一人のお客さんが借りられる上限は五冊と決められています。貸出期間は二週間。公共図書館の平均的な条件ですね」

「うんうん」

いったい、この話はどこへ到着するのだろう。ここまでのところ、田中でも把握している図書館運営の基本中の基本だ。

田中のとまどいなどおかまいなしに、日野の口調には熱がこもる。

「ということは、この図書館が開館した暁《あかつき》には、一日に五百人のお客さんが来館し、五百かける五、つまり一日に二千五百冊借りられる、ほかの言い方をすると図書館から本が出ていくということになります」

気のせいだろうか、日野の口調がなぜかサディスティックになってきたような。

「ところで館長、開館したての図書館は、当然ながら本を借りるお客さんでごった返しますが、一方、本の返却に来るお客さんはほとんどいません。当たり前ですよね、二週間は返さなくていいんですから」

「え、ということは……」

おぼろげにこの話の結論が見えてきた。

「そう。開館したての図書館からは、本は出ていく一方なんです。一口に一日二千五百冊と言いますが、十日続ければ二万五千冊。二週間後、つまり最初の返却期限が来るまでには三万五千冊の本が理論的には貸し出されているという事態になりますね」

「え？　四万五千冊のうちの三万五千冊？」

「はい。蔵書四万五千冊と言っても、その中には百科事典も年鑑も政府の白書も、その他誰も館外で読もうとは思わない種類の蔵書も含んでのカウントです。開館十日後には、エンタテインメント系のジャンルの棚はがらがらで書架が本を配架する前の状態に戻ったなんてことになるかも」

田中の目に、富所議員を案内する自分の姿が浮かんだ。その前には本のない書架。

「いえ、これは空論ではないんですよ。昨日館長がいらしたあのQ市立中央図書館、実際にそういう事態を招いてお客さんからのクレームが殺到し、市内の分館から急遽蔵書を回してもらって急場をしのいだはずです」

Q市には図書館が合計六館あるから、多少の融通《ゆうずう》は利くのかもしれない。だが、秋庭市には、田中も読みたくない古い本を押しつけてきた古い本館と、この秋葉図書館しかないのである。どこに助けを求めるというのか。

すっかり青くなった田中を見て、日野はかわいらしくにっこりと笑った。

「さあ館長。頑張って買いましょう、本」

――頑張って買いましょうと言っても……。

秋葉図書館には、もう先立つものがない。優秀かつ精力的な部下二人が本を買いまくったおかげで、資料費は底を尽きかけている。本館から転換された資料は年鑑類のような書庫の肥やしになりそうなもので、貸し出しはされないだろう。本がないとクレームをつける人も、百科事典を読みたいわけではないのだ。

「そりゃあ大変だ」

話を聞いた秋葉氏が同情してくれる。出張からの帰り道で出会い、そのまま立話になったのだ。完成間近の秋葉図書館を気にかけてくれている地主様である。

「土地なら何とかしてやれたけどな、本じゃあなあ……。うちにもないしなあ」

田中ははっと思いついた。

「秋葉さん、どこか、古い蔵書の始末に困っているようなお宅をご存じないですか」

そう、寄贈だ。図書館は広く寄贈を募《つの》ってもいいはずだ。これなら無料ではないか。まとまった数の蔵書を手放す人が秋庭に存在するかどうかは心もとないが、トライする価値はあるだろう。

「古い蔵書ねえ……」

まだブラインドの取りつけられていない秋葉図書館の窓からは白く輝くススキが見える。そのススキ野原の所有者たる秋葉氏はしばらく腕を組んで考えていたが、やがて何かを思いついたように田中を見た。

「おれの友だちがやってる近藤《こんどう》工務店って知ってるかい？　そこの娘さん、おれの息子の同級生の弟の嫁さんになったんだが」

面倒くさい関係図の中から田中は要点をつかむ。

「聞いたことはあります。この図書館建設の入札にも参加したしっかりした企業ですよね。落札には失敗しましたが」

「その嫁《よめ》入《い》った先も古い家で、おれはずっとつきあいがあるんだが、今言ったうちの息子の同級生が、長男だが病弱な子でさ。学校にもあまり行けずにずっと家で寝たり起きたりの暮らしをしたまんま、三十過ぎで亡くなった。十年ぐらい前だったかな。で、楽しみが読書だけだったから大量の蔵書が残ったままになっているはずだぞ。当たってみちゃどうだい？」

「ああ、もしもいただければ、本当にありがたいです」

「うん。本が多すぎて床が抜けそうだなんて噂を聞いたこともあるからな。家を継いだ次男坊も手広くやっていて忙しいようだし。親父や兄貴もあいついで亡くして、その二人を看取ってくれたかみさんにも少し前に死なれたからなあ。いろいろ手が回らんのかもしれない、あの嗣次も」

田中は愕然《がくぜん》として顔を上げた。

「嗣次……？　ということは、今話していた蔵書のコレクターは、富所嗣次議員のお兄さんなんですか？」


故人は富所将太《しょうた》というそうだ。秋葉氏は、生前の将太さんと親交のあった息子さんに事情を聞いてみると請け合ってくれた。

田中の報告に、二人の部下も乗り気になる。

「十年以上前のエンタテインメント系の本と言うと、思わぬ収穫があるかも」

「ぜひ、どんな蔵書か伺いたいですね」

話し合いながらも、図書館開設のスケジュールは着実にこなさなければいけない。

十二月の初め、図書館はめでたく竣工式《しゅんこうしき》の日を迎えた。

建物は完成しても調度や肝心の本はまだ搬入されていないから、館内はがらんとしている。いくらなんでも晴れの日に殺風景すぎるということで、作りつけのカウンター後ろの棚には、急遽、先日日野がまとめ買いした新書が並べられた。

そのカウンター前のスペースに、市長始め、市のお偉方がずらりと並ぶ。式進行をまかされた田中は慣れない役目に冷や汗をかき通しだったが、どうにか終了できた。二人の部下もよく働いてくれた。とりわけ、こうした式での日野のそつのない動きに田中は驚いた。また一つ、有能ぶりが明らかになった。

のっそりと見える能勢も無難にこなしていたが、一つだけ気になったことがある。

「うわ」

来賓席《らいひんせき》を見るなり、能勢は一言そうつぶやいたのだ。ご出席された富所議員が気になったのか？　だが、そうではなかった。

「よう、兄ちゃん」

式終了後、これも来賓席に陣取っていた秋葉氏が能勢にそう声をかけたのだ。

「おや、お二人は知り合いだったんですか」

田中の問いに能勢は苦笑し、秋葉氏はからからと笑う。

「うちの店子《たなこ》だよ。兄ちゃん、お嬢ちゃんの具合はどうだい」

「はあ、ありがとうございます、今のところ元気にしています」

「風邪が流行《はや》り始めるからな、気をつけてな」

そう言えば能勢は妻帯していて、娘が一人いるはずだ。能勢は照れくさそうに話題を変える。

「ところで秋葉さん、富所家に有望な蔵書が眠っているというお話ですが、具体的にはどんな本だったか、何か思い出されたことはありませんか」

田中はつい、富所議員の姿を探す。だが、多忙の議員はもういなかった。

秋葉氏の方はのんびりと話し出す。

「息子にも電話で聞いてみたよ。それと、おれも富所さんちの本棚をずっと昔に見たことを思い出した。息子が一度、外に出られない将太さんのところに遊びに来てくれないかって頼まれたことがあった時、おれも一緒にお邪魔したことがあってさ」

「将太さんはどんなご病気だったんですか？」

「小さい頃にポリオってやつを患《わずら》って、歩くのにも介添《かいぞ》えが必要だったんだよ。あとは心臓も悪くしていたらしい。二間続きの離れを建てて、その中だけで暮らして、ほとんど外にも出なかった。あ、その離れを建てたのが近藤工務店だ。嗣次さんの結婚もその縁だったのかもな」

発病が四十年近く前のことであれば、まだ医療も発達していなかったのかもしれない。一人の子の父親として、田中もつい同情してしまう。

「それで、秋庭の隣町の本屋、ほれ、幸文堂《こうぶんどう》ってところがあるだろう、あそこに注文を出してたくさん本を買い込んでいたんだよ。親父さん同士が昔から知り合いだったとかで。本棚も近藤工務店の特注だ。で、肝心の本だが、あんな感じの大きさで子どもの読み物が箱入りになってずらっと並んでいたのを見た覚えがある」

秋葉氏が、カウンター後ろの例の新書を指さしたのを見て、田中は首を傾げた。

「秋葉さん、お言葉ですが、あれは新書というお手頃なタイプの本なので……。あの判型のものでわざわざ箱入りにするような本はありますかね……」

「いや、館長、さらにお言葉を返してすみません、以前ならありましたよ」

能勢が申し訳なさそうに言った。

「え？　新書で箱入り？」

「いえ、新書とほぼ同じ大きさの——厳密に言えば少し大きいですが——児童書です。岩波少年文庫。たしかにある時期まで、一冊ずつ箱に入っていたんです。かなりすごいラインナップでしたよ、『星の王子さま』や『クオレ』のような、児童書の名作。『ギリシア・ローマ神話』もありましたね、なんと、岩波文庫版を訳した野上弥生子《のがみやえこ》のものが、ほぼそのまま……」

そこで能勢は自分の熱弁に気づいて、頭を掻いた。「すみません、力説してしまいました」

秋葉氏はすなおに感心している。

「いやあ、さすがだな兄ちゃん」

「それで秋葉さん、ほかにはどうでしょう？」

「そうだな、青い背表紙の本がずらりと並んでいたのを覚えているな」

いつのまにか能勢の横に日野もいる。

「青い背表紙の本ですか。タイトルは覚えていらっしゃいませんか」

「青い紙に白い字で『少年少女』って入ってたのは覚えてるよ。もっと長い題名だったと思うんだが、あとはなあ……」

「いや、それで充分です」

能勢が力強く言い切った。「青い表紙で白抜きの文字が『少年少女』何とか。おそらくあかね書房という出版社が出していた『少年少女20世紀の記録』全四十巻でしょう。戦後刊行されたノンフィクションの全集です」

「今でも読まれているのかい？」

田中のその質問には日野が答えた。

「さすがに内容は古いですよ。冷戦まっただなかの世相《せそう》も反映されていますし。ただ、ものによっては現代史の良質な資料として、少なくとも県立図書館レベルでは収集する価値が充分にあります」

能勢と日野の好反応に触発されたのか、秋葉氏が嬉しそうに続ける。

「おおそうだ、もう一つ、その青い本と並んでもう少し小型の本もたくさんあったぞ。同じように『少年少女何とか』とタイトルについていて、表紙の上の方に『NO.』が大きく入っていたよ。読ませてもらった息子も、青い本より面白かったって言っていた。その本で初めてホームズを知ったんだとさ」

「まあ！　ホームズを？」

日野の目が輝いている。「それはすごいです！　それが全巻そろっていたら……」

「え？　それだけで何の本かわかるのかい？」

司書二人は力を込めてうなずく。

「同じあかね書房の『少年少女世界推理文学全集』でしょう。ポオ、ドイルはもとより、カー、クリスティー、クイーン、クロフツ、チェスタートン、有名どころの代表作が入っていたはずです。あ、最後の方にはたしかＳＦも」

田中もつい、身を乗り出す。

「これも、面白い本なんだね？」

「はい。児童室の目玉になります」

「これはぜひ、いただかなくては。秋葉さん、ほかには？」

日野の目が爛々《らんらん》としてきた。まだいただけると決まったわけではないのだが……。

でも水をさすのはよそう。

「とにかく本は一杯あったたし、うちの息子はそこまで本好きじゃなかったから、うろ覚えみたいだがなあ。ただ、一つ一つの題名なんかははっきりしないが、中学を卒業する頃に近藤工務店が特別あつらえの本棚をつけ足したのは覚えているとさ。中にはぴったり文庫本がはまっていたと言っている。病弱で高校にも行けずに読書だけが楽しみの息子だったからなあ、親としては不憫《ふびん》だったんだろうさ。長男をさしおいて次男の嗣次さんに跡を譲っていろいろ言われたが、賢い判断だったと思うぞ」

日野が何か言いたそうにしている。富所家の内情よりも本のことだと言いたいのだろうが、控えるくらいの常識はあるのだ。

さいわい、すぐに秋葉氏は本題に戻った。

「その本棚には、背表紙に同じマークのついた文庫本がほとんどすきまなく入っていたそうだ。白とか青とかの地色に、クラゲが立ったような模様だったと思うんだが、題名なんかは全然記憶にないって……」

そこで秋葉氏は口をつぐんだ。

司書二人がほとんど同時に秋葉氏に接近してきたのだ。

「な、なんだい？　息子が覚えていたのは、ほとんどこれだけだぞ」

「いいえ、充分です」

能勢が答えた。「特別製の本棚にぴったり収まる。配本が完了しているシリーズということですね。しかも、『白とか青とかの地色に、クラゲが立ったような模様』。間違いないと思います」

日野など、今にも踊りだしそうだ。

「本当はクラゲではなく、火星人なんです。地方の書店では店頭にそろっていたとはあまり考えにくいですが、書店を通して版元から入手していたとなると、全点買いをされていたのかも。全部そろえても、たしか二百冊にも満たないレーベルですから」

「そんなにすごい本なのかい?」

日野は夢見心地でうなずいた。

「一九七〇年代から八〇年代に発行されていたサンリオSF文庫! すごいお宝です!」


竣工式が終わり、ガスと水道が開通する。マイホームがもう一つできたような思いで、田中は毎日のように秋葉図書館を見て回る。電気が開通したら、いよいよ引越しだ。

引越し前日、田中はまた図書館へ足を踏み入れた。誰もいない館内にいるとしみじみと嬉しい。窓の外を誰か歩いているのだろう、例のコルク敷きの床に落ちる影さえ嬉しい。

田中はここの長、一国一城の主《あるじ》だ。

だが、丁寧に鍵をかけたあと。田中はさっき見た人影が、まだあたりをうろついているのに気がついた。

田中の脳内で警報音が鳴る。すでに建築業者から引き渡しが済んでいるので、この建物の火気取締責任者は田中だ。夜は無人となる新築の建物に放火でもされたら。

「何をなさっているのですか?」

田中は武器のつもりでにぎりしめた書類鞄を背中に隠しながら声をかける。

人影は飛び上がった。長い髪が揺れた。

――女の子?

拍子抜けしたが、すぐに自分に言い聞かせる。女の子であっても物騒かもしれない。

だが、彼女は丸い目をみはり、懸命に手を振って弁解した。

「す、すみません、覗いたりして。ただ、新しく図書館ができるって聞いて、どんな感じか実際に見てみたくなって、何度か来ていたんです。教授も、図書館建築の現場はなかなかないから、もしそういう機会があるならぜひ見ておくようにって……」


彼女は今居文子と名乗った。大学の三年生だそうだ。怪しい者ではありませんと学生証を見せてくれたから、事実だろう。

秋葉図書館の周りには足を休められる場所がない。結局、駅前のファストフード店に二人で入った。若い女性の心理が田中にわかるわけがない。彼女は大変にオープンな人柄に見えるが、その実、夜分に火を見たくなるような心の闇を抱えているかもしれないのだ。

だが、向かい合ううちにその疑念は消えた。

「新しい図書館ってわくわくしますね!」

遠慮したのか、一番低価格のハンバーガーを片手に、彼女は目を輝かせている。

その姿がほほえましい。

――そうだ……。

「ごちそうさまでした」

つつましく頭を下げた彼女に田中は聞いてみた。

「そんなに図書館と本が好きなら、中に入ってみないかい？」

開館前の作業のために募集していたバイトが、まだ定員に達していないのだ。

「ほんとですか！」

田中に飛びつかんばかりの今居さんに、にこにことうなずいた時だ。店の自動ドアが一度開いて、誰も入ってこないまま、また閉まった。

そちらを見やって、田中はぎくりとしてハンバーガーを取り落とした。立ち去る少女。紺のブレザーは市立中学校の制服だ。そしてあの背の高い姿……。

娘の由佳里だった。


翌週から、秋葉図書館では肉体労働に明け暮れる日々が始まった。そして田中は、今度こそ本をとっくりと拝むことになった。

日野と能勢が買いまくった四万冊プラス本館からの保管転換本五千冊。それを梱包した段ボール箱およそ千二百個が図書館内に運び込まれる。

「それでは、配架作業を始めます」

きりりと音頭を取るのは日野。

「館内への搬入は業者さんにまかせてください。手順書はお渡ししていますから、書架のすぐ近くまで運んでいただけます」

延々と積まれる段ボール箱を見ているうちに、田中は不安になってきた。これを全部、正しく並べられるのだろうか。

田中も図書館学の初歩の初歩は教わった。秋葉図書館の蔵書はすべてＮＤＣという分類番号を振られている。その番号は「０００」から「９９９」まであって、番号順に書架に並べる。もちろん同じＮＤＣ番号を振られている本は多数あるから、補助番号も必要だ。そこで力を発揮するのが図書館の本にはつきものの、背表紙の三段ラベル。一番上段がＮＤＣ番号、二段目と三段目に補助記号がつけられているので、その番号順に並べればいい。

四万五千の記号が順番に書かれたリボンがあって、その記号順に書架という整理棚に貼り付けるイメージだ。「０００」から始まる最初の書架の一番上の棚の、左端から右へ。一段終わったらその下の段、また左端から右へ。一番下の右端までリボンを屏風《びょうぶ》たたみに貼り終わったら、その右の書架の一番上の棚左端へ。

すべてが終わったら、一本のリボンは一筆書きのように貼られる。理屈で言えば。

ただし、このやり方では、「リボンを貼りつける」作業は一か所でしかできず、たった十日の作業時間では終わらない。だから、その長いリボンを途中で切って何本かに分けて、それぞれのリボンを持った人間が正しい場所に散らばり、一斉に作業する。

しかし、同時に作業を進めてもしもどこかでリボンが余ったりしたら、すべてやり直しだ。余ったリボンをほかの場所に貼るわけにはいかないから、最初からずらすしかない。

それでも日野と能勢は迷わない。

「この時のために、厳密に『０００』の本から選定会議をして購入しています。つまり、原則的には発注日付順＝ＮＤＣ番号順になっている。一つの書架に収まる本の冊数はおよそ計算していますから、理論上はそのまま書架に配置すればいいはずです。もちろん後から微調整は必要になりますが」

田中は半信半疑だったが、とにかく大量の本があとからあとから出てくるため、目の前の作業のほか何も考えられなくなった。

段ボール箱から本を出して分類番号順に書架へ。また次の段ボール箱から本を出して分類番号順に書架へ。ひたすらその繰り返しだ。

田中がスカウトした今居さんも、もう一人、この配架作業要員として雇っていたミセスの江藤《えとう》さんも一緒になって、とにかく箱を開けては本を出して並べていく。

「館長、腰に気をつけてくださいね」

ぎっくり腰のために戦力外になられたら面倒だという含みだろうが、慰労の言葉はありがたくいただく。

そして初日の作業終了後。田中は書架を見て感嘆した。たしかに、0門から2門の本はすべて予定されていた書架に収まっていた。

今さらながらに二人の部下の優秀さに気づかされる。しかも。

「館長、バイトの江藤さん、小学校の同級生に、昔富所家に本を売っていた幸文堂さんの息子さんがいらっしゃるそうです」

優秀な部下たちは配架作業中の情報収集にも余念がなかった。

幸文堂の現主人――江藤さんの同級生――は、時々納品のために富所家を訪れていたそうだ。

「蔵書としては千冊近いですかね。文庫本が多かった気がしますよ。手軽で、寝ていても読めるからね。月に一回富所さんから電話注文が入って、それをお届けしましたね。将太さんの亡くなる間際くらいにはおれも高校生になっていて店番もしたから、時々その電話を受けましたよ。将太さんから来ることもあり、しおりさんからのこともあり」

「しおりさん？」

「弟の嗣次さんの奥さんですよ。大奥さんが早くに亡くなっていたせいで、結婚後はしおりさんが将太さんの世話をしていましたからね。嗣次さんはやり手で仕事に忙しく、兄さんの看病どころじゃなかったんでしょう。ただ、大旦那さん――将太さんと嗣次さんの父親――が亡くなってからは、注文もめっきり減ったかなあ。将太さん、気落ちしたんでしょうね。大旦那さんの死後まもなく亡くなってしまって」

「もしもさしつかえなければ、亡くなった時のことを教えていただけませんか」

能勢が口を開いた。部下二人と田中だけで話を聞いているのである。

「大旦那さんが肺炎で、しおりさんが一度に看病できるように、大旦那さんと将太さん、二人を離れの一間に一緒に寝かせてたんだそうです。布団を並べて。で、ある晩しおりさんは隣の部屋に寝ていたけれど、朝になって将太さんに親父の様子が変だと呼ばれて見に行ったところが、もう息をしてなかったって……」

幸文堂主人は顔をしかめた。

「痰《たん》がのどに詰まって窒息死でした。年寄りには時々ありますよね。横に寝ていた将太さんが気づければよかったんだけど、痛み止めを飲んでいたせいで眠りが深すぎて、朝まで何も知らなかったって。葬式の時、しおりさん、隣の部屋にいたのにどうして気づかなかったのかって自分を責めていて、嗣次さんに慰められてましたよ。お前のせいじゃないって」

「その晩、嗣次さんは？」

能勢が質問する。

「何かの政策研究会とかで、泊まりがけで留守にしていたそうですよ。選挙に打って出ようって頃だったんじゃないかなあ」

幸文堂主人は、そこで我に返る。

「いや、相続がどうとかで揉めることもなかったし、問題なしだったと聞いていますよ」

「問題なしって関係者が力説する時は、えてして問題があるのよね。長男が病身で次男がやり手か……。紛争の種になったかも」

幸文堂主人を見送った後で日野がつぶやいた。田中はやんわりとたしなめる。

「でも、ぼくらには関係ないことだね」

すると日野は反論した。

「いえ館長、関係あるかもしれません。だってお兄さんが亡くなって十年余り、議員は蔵書をそのままにしてきたんですよね。床が抜けそうになっても修理もさせず。その離れを建てたのは奥さんのご実家だというのに」

「まるで離れを封印してきたかのようですね。父親と兄が亡くなった場所を」

能勢のつぶやきに、田中も不安になる。何か触れない方がよい事情があるのか。しかし、寄贈本はほしい、正直なところ。

「……もう少し、考えてみるよ」


どうやって富所議員にアプローチすべきか決めかねているうちに、彼の方がまたもや図書館を訪ねてきた。配架が終わっていることに田中は心底安堵《あんど》して、議員を案内する。

「ほう、本が並ぶとこれでも図書館らしくなるじゃないか」

「ありがとうございます」

歩き回るうちに、富所議員があるところで足を止めた。そして一冊の本を手に取った。

『カラマーゾフの兄弟』、ドストエフスキー著。

「館長、この本を読んだことは？」

「は……、ないです」

勉強不足だなという小言を覚悟したが、富所議員は無表情につぶやいただけだった。

「読まんでもいいよ。まったくあいつ、こんな本のどこがよかったんだか」

「は？」

議員は我に返ったように田中を見る。

「いや、何でもない。人間というのはしょうもないものだと、そんなことが書いてある本だよ」

「はあ……」

議員は『カラマーゾフの兄弟』を田中に渡す。富所家の内情を聞いてしまったせいで、田中はなんだか放っておけない気分になっていた。だから、つい、聞いてしまった。

「議員、何か承《うけたまわ》ることがありませんか？」

他に言いたいことがあるから足しげく図書館に来るのではないか。だが、議員は田中をはぐらかすようにこう尋ねてきた。

「人類最古の殺人は何か知っているかい？」

物騒な言葉に、田中はまたどきりとする。それを見て、議員は小さく笑った。

「いや、すまない。……見送りはいいよ」

カウンターの新書をカウンター後ろから移動させていた今居さんが、去っていく議員を見ていた。長い髪を一つにまとめ、バイト姿もすっかり板についてきた。

「館長、あの方は図書館が好きなんですね」

「図書館が好き……？」

田中がおうむ返しに言うと、今居さんは笑う。

「はい。好きなものほどチェックしたくなるじゃないですか」

今居さんはほがらかに去っていったが、田中は『カラマーゾフの兄弟』を手にしたまま、考え込んでしまった。


その晩、田中は『カラマーゾフの兄弟』を家に持ち帰って読んでみた。

おかげでものすごく疲れる夢を見た。

田中に『カラマーゾフの兄弟』は難物過ぎた。作中の人物は皆、酒に酔っているか他人と論争しているか悲嘆にくれているか騒いでいるかのようで、唐突に歌い出したりもする。

二日酔いのような寝覚めだ。朝食のテーブル、向かいの由佳里はむっつりとカフェオレを飲んでいる。

「今日も寒そうだな。風邪を引かないように気をつけて」

由佳里はカップを口に、うんともううんとも取れるうなり声を上げた。だが、田中はもう一度会話を続けようと努力する。

「なあ、由佳里。『人類最古の殺人』って何か、知っているか？」

ストレートに答えが返ってくるとは思わなかった。だが。

「カインとアベル。身内の殺人」

答えてくれたことに田中は驚き、次にその内容にぎょっとする。身内の殺人？

「聖書の話でしょ。マンガで読んだよ」

「あ、ありがとう」

立ち上がった由佳里に、あわてて礼を言うと、由佳里がちらりとこちらを見た。

「あのさ。若い女性と食事するんならさ」

「あ、この前のは違うんだ、お前が心配するような間柄じゃなくて……」

由佳里は憐《あわ》れむような目になった。

「何を考えすぎてるんだか。お父さんにそんなことできるわけないでしょ。でも、せめて安っぽくないお店でご馳走しなさいよね」


『カラマーゾフの兄弟』を鞄に入れて出勤すると、秋葉図書館のポストから郵便物がはみだしているのに気づいた。そうだ、これからは書類もここに届くのだ。

どうでもいいチラシに交じって、一枚の葉書があった。今まで一度も見なかった場所だが、いつから入っていたのだろう。

年の暮れにふさわしい、喪中葉書。

差出人は富所嗣次。

――妻しおりの死去により、年頭のご挨拶を……。

田中は臆病だ。白状する、今年の夏から時々歯が痛むのだが、こわくて、まだ歯医者に行っていない。この間動転したはずみにシャツにつけたハンバーガーのケチャップを、どこでつけたんですと妻に詰問された時も、黙ってしかられた。

しかし、これは仕事だ。

田中は二人の部下の顔を交互に見ながら、きっぱりと言った。

「富所議員に寄贈依頼に行きましょう」

ほう、というように二人の部下は顔を見合わせた。そしてまず、日野が口を開いた。

「議員は熱心に図書館を視察してくださっていますよね。あれは、品定めしているのかもしれません」

「この図書館が、自分の寄贈先にふさわしいかと？　ぼくもそう思っていたんだ」

日野が笑う。田中はそれに勇気づけられて言葉を続けた。

「最初、議員は亡くなった兄の将太さんに思い入れが強すぎるのかと思った。だから遺品の本を手放さないのかと。でも昨日議員と話をして、別のことを考え始めた」

田中は『カラマーゾフの兄弟』を見せて、昨日のことを二人に説明する。「人類最古の殺人のことも」するとと日野がすぐに反応した。

「カインとアベルの話じゃないですか」

由佳里の答えと同じだ。

「日野君、ぼくはその話を知らないんだが、説明してくれないか？」

「旧約聖書にあります。アダムとイブの二人の息子、カインとアベル。兄のカインが神に愛された弟のアベルを殺し、罪に汚れたためにエデンを追われる。色々な小説や演劇のテーマになっています。あ、最近はマンガにも」

兄が弟を殺す？　日野には悪いが、田中には違和感がある。

「でも……。『カラマーゾフの兄弟』はそれとは違うよね？」

「え？　あれも兄弟の葛藤《かっとう》の話ですよね？」

「い、いやそれはそうなんだけど、でも、この話の一番大きな謎は、殺された父親のことじゃないのかい？」

言ってから、田中は自分の言葉の不穏さに今さらながらどきりとする。

だが、田中は思いついてしまったのだ。議員の屈託ありげな様子。先日能勢が言った「封印」という言葉。

父親の死には説明されている以上の何かがあると、議員は疑っているのではないか。

窒息死した父親と、その隣に寝ていた兄。その部屋には二人だけだったのだ。窒息しかけている父を、兄がそのままにしたのではないか。いや、父の死に兄がさらに関与したことさえ疑える。たとえば枕や、柔らかい布で。病弱な体でも、これまた病床にある老人を死に至らしめることは可能ではないのか。

そしてその証拠となる何かがまだあの離れにあるとしたら。千冊近い蔵書だ。箱入りの本がたくさんある。小さく折りたためるものなら隠せてしまうだろう。

そんなことを、田中が不器用に説明するうちに、日野の顔にも納得の表情が浮かんだ。

「なるほど、これは館長のおっしゃるとおりかもしれません」

気が楽になった田中はまた言葉を続ける。

「それでね、その蔵書を図書館が引き受けることはむしろ議員の救いになるのではないかとも思ったんだ。そして実は議員も、どこかでそれを望んでいるのではないかなと。ただ、聖書の兄弟殺しの話を聞いて、またわからなくなってしまったんだが……」

やはり、こんな状態で議員に会っても仕方がないだろうか。だが、日野が強い口調で言った。

「館長、図書館は本のことだけ考えていればいいんです」

田中は大きくうなずく。

「わかった。寄贈依頼に行ってくる」

すると、黙っていた能勢が口を開いた。

「おれがご一緒しましょう」

能勢が？　だが、日野が笑顔で同意した。

「そうね、それがいい。こういうことなら私より能勢君が適任です」

「え？　どういうことだい？」

日野がまた笑う。

「行けばわかります、館長」


初めて案内された富所家は大きいが、しんとしていた。通いのお手伝いさんはいるが、いつもは一人なのだそうだ。

「それで、何の用かね」

出迎えた富所議員は無表情だった。

家庭の事情に立ち入るべきではないかもしれない。

だが、図書館は本のことだけ考えていればいいのだ。

「実は折り入ってお願いがございまして」

田中は丁寧に頭を下げる。「議員のご所蔵の図書を、秋葉図書館にご寄贈いただけないかという、たってのお願いです」

富所議員がこちらをにらんだような気がしたが、田中もひるまず見つめ返す。

「僭越《せんえつ》ではございますが、こちらの蔵書は大変にすばらしいコレクションと伺いました。秋庭市の読書活動推進のために、なにとぞ、ご快諾《かいだく》いただけないでしょうか」

返事はない。あきらめるしかないか。

だが、その時だった。能勢が口を開いた。

「ご蔵書の搬出には、当館が責任を持ち、館員二名と館長のみが当たります。特注の書架も、そのままいただくことも考えています」

議員が無言のまま、鋭い目で能勢を見た。

「または、蔵書のみいただいて書架は残し、一切手を触れないということでも結構です」

これは何の話だ？　はらはらする田中をよそに二人はまだにらみあっている。それから議員が口を開いた。

「……君は何を知っているのかね？」

「議員が気にされているのは蔵書ではなく、書架の方ではないのですか？　蔵書を動かしたら特注作りつけの書架が残る。もしもそこに何かが隠されていたら……」

そこまで能勢が言った時、議員が唐突にさえぎった。

「呼び鈴《りん》がなくなっていたんだ」

何のことですか、問い返そうとして田中は思いとどまった。能勢と二人で次の言葉を待つ。

「体調が悪くなった時のために、兄の枕元にはずっと陶製の呼び鈴があった。でもしおりは、父が亡くなった晩、呼び鈴は鳴らなかったと言った。そしてたしかに、いくら探しても離れのどこにも呼び鈴は見つからなかった」

議員は仇敵《きゅうてき》であるかのように能勢をにらむ。

「兄は介添えなしには離れから出られない体だ。呼び鈴を隠すなら、離れのあの部屋のどこかだ、隣の部屋にはしおりが眠っていたんだから」

「でも、そんな隠し場所があるんでしょうか……」

言ってから、田中は気づく。

「特注の本棚の中ですか……」

「あの本棚には、私が知らないだけで、秘密の引き出しでもあるのかもしれない」

能勢がもう一度尋ねた。

「そして今になって寄贈を考え始められたんですね。それは、奥さまが亡くなられたことと関係があるのでしょうか」

そうか、本棚を作ったのは奥さんの実家だ。

「しおりが死ぬ前に『心配しないで』と言って、離れを指さしたんだ。でも……」

議員は大きく息を吐く。「私以外の誰も、もうこの世にはいない。だから、全部たしかめてみたくなったんだよ」

「わかりました」

田中は深く頭を下げた。「責任を持って秋葉図書館が蔵書をすべてお預かりいたします」

「呼び鈴ねえ。でもそれが見つかっても、犯罪の証拠にはならないでしょう?」

「ならないさ。ただ、議員は自分の疑念が真実だと知るのが恐ろしくて、長い間、たしかめる勇気がなかったんだ」

「だって陶製だったんでしょう? 奥さんや議員が知らないうちに割れていただけかもしれない

じゃない。あ、もう一つ思いついた」

約束したとおり、部下二人と田中、三人だけでの梱包作業だ。手を動かしながらも、日野の舌はよく動く。

「ひょっとしたら、隠されたのは先代の遺言書とか。実はお兄さんを跡取りにと指示していたとか。だから奥さんはその遺言書を隠して『心配しないで』と言ったとか。本の中に隠すにはもってこいじゃない」

田中はやんわりとなだめる。

「搬出すれば、すべて明らかになるよ」

議員は多忙でこの家にはいない。お手伝いさんも離れには入ってこない。

「でも能勢君、もともと葛藤があったのは兄弟間ではないと確信があったの？」

「あったさ。館長が言っただろう。『カラマーゾフの兄弟』は兄弟の葛藤がテーマと言われているが、あの小説のもっとも底流にある主題は父殺しだ」

「でも、じゃ『人類最古の殺人』はどうなの？　カインとアベルのことでしょ？」

「日野君、それはキリスト教限定の思想だ」

「え？」

「考えてみてくれ。富所兄弟の知識の源泉を。供給源はここにあった蔵書なんだ。そして、昭和半ばの秋庭だぞ。キリスト教思想に兄弟がなじんでいたという証言はどこからもない。一方で、ここにはそれに匹敵する古い話の本があるじゃないか」

きょとんとしてあたりを見回していた日野が、はっと気づいたように声を上げた。

「ギリシア神話？」

その視線の先には箱に入った岩波少年文庫版『ギリシア・ローマ神話』。

「そう。旧約聖書に負けない古い物語だ。そして近代以来、日本ではキリスト教思想より圧倒的にこちらの方がなじみがあった」

能勢は田中に説明するように続ける。

「ギリシア神話でこの世を支配している神は、父クロノスを倒した息子のゼウスです。ほかのエピソードでも、父と対立する息子の話が満載です。有名なオイディプス王の話を始めとしてね」

「……将太さんは、父親に複雑な感情を抱いていたのかもしれないね。そして嗣次さんも」

田中は、次の本を丁寧に箱詰めしながらつぶやく。埃のせいで大きなくしゃみが出た。

書架は取り外され、これも議員の希望により図書館に運ばれた。

書架をくまなく調べても、埃と蜘蛛《くも》の巣以外、何もなかった。

「これが、ぼくの長年の疑問の結末か……」

結果を聞かされた富所議員の顔は、思いのほか晴れ晴れとしていた。「父の死は、誰のせいでもなかったのか……」

「はい。呼び鈴はもっと前になくなっていたのかもしれませんね。割れたのか、何かのはずみに外へ持ち出されていたのか」

『少年少女世界推理文学全集』、サンリオSF文庫、その他、文庫本の数々の搬入を終え、意気揚々《ようよう》と図書館事務室に帰りつくと、日野が勇んで言った。

「さあ、館長、頑張りましょう」

ん？　めでたく寄贈していただけたのに？

「ええと、あとは何を頑張れば……」

「館長、図書館の蔵書には専用の装備が必要です。地印、ラベル、コーティング」

田中ははっと気づいた。そうだ、購入した蔵書はもれなく業者によって必要な装備が施されて図書館側に搬入される。購入冊数と同じだけの装備費用が予算として計上されているからだ。だが、この寄贈本はイレギュラーの受け入れで、したがって装備の費用はどこにもない。

「じゃ、富所さんからいただいた本は……」

「はい、自館装備。つまり私たちがラベルを貼ってフィルムコーティングします。貴重な蔵書ですからね、館長、頑張りましょう」

ありがたい寄贈の結果、田中と部下二人は年末休み返上で装備に当たる羽目になった。

十二月三十日、富所将太の書いた手紙が出てきたのは、日野がコーティングしようとしたサンリオSF文庫の一冊からだった。封は開いていない。宛名は「しおり様」。

富所議員は無言で田中の手から手紙を受け取った。そしてその場で開封し、大きく息をついた。

ひょっとすると、真相は何も不隠なものではなく、ただ少しだけ、許されない恋愛の香りのする何かがあったということなのかもしれない。

看病していた義妹と、看病されていた兄。

だが、その間に流れていた感情について議員が苦しむ必要はないのだろう。今の議員の表情がそれを物語っている。

——心配しないで。

一月七日。秋葉図書館はめでたく開館した。自館装備をした富所コレクションも、無事に元の本棚に収っている。

だが。

「ええと、開館したんだが、お客さんは……」

日野が平然と答えた。

「当初の試算よりも、下回っていますね」

下回っているも何も、お客さんは数えるほどしかいない。新しい館内には秋葉氏が開館祝いにくれた盆栽の梅の花が香るばかりだ。

一日五百人の来館者は？

二千五百冊の貸し出しは？

思わず頭を抱えそうになる田中をよそに、日野は各出版社の目録に目を通している。

「今年度の予算はほとんど執行しましたが、来年度に向けて選定しておきませんとね。館長、新しい図書館に独特のイメージなんかなくて当たり前ですよ。蔵書こそが図書館を作っていくんですから」

能勢は、カウンターの隅に陣取って動かない。まさか、居眠りしているのか？

だが、田中が近づくと、能勢はすばやく顔を上げた。

「ええと……。変わったことはないかね」

能勢は淡々と答える。

「はい、何ごともなしです」

そして、そっとあくびをかみ殺した。

## ●登場した本

『ヘラクレスの冒険』アガサ・クリスティー　田中一江訳　クリスティー文庫（早川書房）
『杉の柩』アガサ・クリスティー　恩地三保子訳　クリスティー文庫（早川書房）
『春にして君を離れ』アガサ・クリスティー　中村妙子訳　ハヤカワ文庫NV
『十三夜 他』樋口一葉原作　藤沢周ほか現代語訳　河出書房新社
『風と共に去りぬ　1〜5』マーガレット・ミッチェル　大久保康雄・竹内道之助訳　新潮文庫
『つるにょうぼう』矢川澄子再話　赤羽末吉画　福音館書店
『さんまいのおふだ』水沢謙一再話　梶山俊夫画　福音館書店
『じごくのそうべえ』たじまゆきひこ　童心社
『ダレン・シャン　1〜12』ダレン・シャン　橋本恵訳　小学館ファンタジー文庫
『名犬ラッシー』エリック＝ナイト　飯島淳秀訳　青い鳥文庫（講談社）
「うそ」『はだか　谷川俊太郎詩集』谷川俊太郎　筑摩書房
『ながいかみのラプンツェル』グリム　フェリクス・ホフマン絵　せたていじ訳　福音館書店
『桃尻語訳　枕草子　上・中・下』橋本治　河出書房新社
『枕草子』新日本古典文学大系　佐竹昭広ほか編　渡辺実校注　岩波書店
『枕草子』日本古典文学全集　秋山虔ほか編　松尾聰ほか校注・訳　小学館
『枕草子』少年少女古典文学館　大庭みな子　講談社
『むかし・あけぼの　上・下』田辺聖子　角川文庫

『枕草子 REMIX』酒井順子　新潮文庫
『国鉄乗車券類大事典』近藤喜代太郎・池田和政　ＪＴＢパブリッシング
『萬葉集』日本古典文学全集　秋山虔ほか編　小島憲之ほか校注・訳　小学館
『三鷹事件』片島紀男　日本放送出版協会
『ギリシア・ローマ神話　上・下』ブルフィンチ　野上弥生子訳　岩波少年文庫
『カラマーゾフの兄弟　上・中・下』ドストエフスキー　原卓也訳　新潮文庫

## ●参考にした本

『語るためのグリム童話　1〜7』グリム原作　小澤俊夫監訳　小澤昔ばなし研究所再話　小峰書店
『昔話の語法』小澤俊夫　福音館書店
『枕草子　上』新潮日本古典集成　萩谷朴校注　新潮社
『値段が語る、僕たちの昭和史』高橋孝輝　主婦の友社

# あとがき

Once upon a time——昔々。

すでに三十有余年も前ですが、筆者が図書館勤務を始めると、すぐに諸先輩方による教育が始まりました。その一つに昔話のレクチャーもありました。恥ずかしながら、筆者はそこで初めてアールネ＝トムソンによる昔話の分類法やマックス・リュティの説く昔話の定義といった知識を学びました。

昔話の定義にもさまざまありますが、ここでご紹介したいのはただ一つ、昔話とは抽象的なもの——だから、時代、舞台、登場人物といった要素を説明しない——ということです。簡単に言うと、「昔々（いつかわからない）、あるところに（どこかわからない）、おじいさんとおばあさん（名前もわからない。せいぜい男の子という意味の太郎とか、あだ名とかで呼ぶ程度）がおりました。」が昔話の基本形だということです。情報が少ない分、昔話は「何が起きたか」に特化したストーリーになる。

この単純な構造に憧れました。登場人物を無色透明にすることは小説を書く以上困難ですが、「Once upon a time」を意識したストーリーは今でも好きです。「いつの時代でもないお話」は、「いつの時代でも起こりうるお話」になれるかもしれないから。

そんな志向のせいで、いわゆる現代ミステリを書く上でもあまり流行を取り入れないことがあります。できれば世相も反映させないように。その結果ある種のリアリティに欠けるのは覚悟の上、でも「いつでも起こりそうなお話」が作れるといい。「いつまでも古びないお話」というのは届かない理想、「今っぽくないかわりに古めかしさの度合いもずっと変わらず、『懐かしさ』を帯びた程度でとどまっていられる物語」。こんなところがせいぜいですが。

『秋葉図書館の四季』シリーズもいつしかそんなストーリー群になっていました。物語を展開させる必要上、架空の秋庭市の場所は徐々に明確になってきていますが、時代性については、すでに「ちょっと昔の、曖昧模糊《あいまいもこ》とした、いつか」に漂い始めています。

ところで、この本の隠れたテーマは「どこにいたの?」です。この言葉を投げかけられてぎくりとした経験のない人は、たぶんいないんじゃないでしょうか。○○をさぼった、△△に行くとごまかして別の場所でこっそり内緒のことをしていた。そんな罪のない隠しごとにどきどきしたり、その反面いるべき人といられない心細さを感じたりしたことは、誰にでもあるでしょう。それこそ、いつの時代でも。

「日常の謎」系ミステリの場合、殺人だの大規模強盗だのといった凶悪で目立つ事件は起こりません。では、どうやって、見過ごされても当たり前の小さな事件が起きていたことが露見するのか。そんな時、往々にして、「いるべき場所にいなかった人」という些細なひっかかりが関わるのではないか。

ということで、各篇に「どこにいたの?」が潜む、「いつか起きていた」お話ができました。文子と能勢もちょっぴり遠景に退《ひ》きつつ、しっかり顔を出しています。

楽しんでいただけたら、本当に幸いです。

二〇二三年

森谷明子

【初出一覧】

良夜　ミステリーズ！vol.87（二〇一八年二月号）
事始　ミステリーズ！vol.74（二〇一五年十二月号）
聖樹　紙魚の手帖vol.03（二〇二二年二月号）
春嵐　書き下ろし
星合　紙魚の手帖vol.03（二〇二二年二月号）
人日　ミステリーズ！vol.68（二〇一四年十二月号）

本書にまとめる際、加筆・修正いたしました。

# 星合《ほしあ》う夜《よる》の失《う》せもの探《さが》し

## 秋葉図書館の四季

2023年7月14日　初 版

著者
森谷《もりや》明子《あきこ》

装画
わみず

装幀
大野リサ

発行者
渋谷健太郎

発行所
株式会社東京創元社
〒162-0814 東京都新宿区新小川町1-5
03-3268-8231（代）
http://www.tsogen.co.jp

印刷
モリモト印刷

製本
加藤製本

 ISBN978-4-488-02897-8　C0093

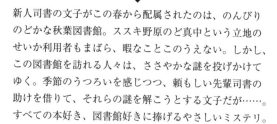

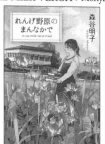

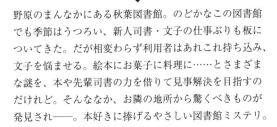

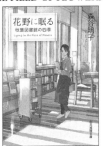